書下ろし

相続人はいっしょに暮らしてください

桜井美奈

祥伝社文庫

目次

第一章　猫を相続

一

他人に期待なんてするものじゃない。

十七歳の花城佳恵がそう実感したのは、小学校五年生——十歳のころだ。今考えても、可愛げのない子どもだと佳恵自身でも思うが、この期待しない「他人」の筆頭にくるのが「実父」であるのだから、さらに可愛げのない子どもだったと思う。そしてその父に対して、現在は「期待していない」ではなく、「まったく信用していない」になっている。そう思うのも、鍵がかかる学習机の一番上の引き出しにしまっておいたはずの現金が封筒ごと消えていたからだ。

「油断してた……」

鍵は佳恵が持っているが、引き出しは開けられた。佳恵がバイトに行っている間の仕業だろう。八月の暑い盛りとあって、いつもなら効きの悪いエアコンの風が、冷や汗を直撃する。網戸にへばりついているセミはガラス越しでもうるさいくらいなのに、少し寒気(さむけ)がした。

鍵穴には無数に傷がついている。机の上にある、変形して使用不可になったクリップが犯行道具らしい。

家の中は荒らされた様子もなく、もちろん玄関には鍵をかけていた。佳恵がバイトから帰ってきたときもかかっていたのだから、犯人は父親以外考えられない。

「パチンコか、競馬か、女の人か……あ、また怪しい投資話って可能性もあるかも」

理由がどれであれ、佳恵はもう驚かない。むしろ、それ以外だった方が驚く。

ダメな大人ランキングなんてものがあったら、佳恵の父親は上位にくることは間違いないだろう。ぶっちぎりの一位に輝くかもしれない。

「どうしよ……」

父親に期待も信用もしていないが、佳恵は頼りにならなかった学習机の鍵を恨(うら)みたくなった。でもそれ以上に恨みたいのは自分だ。鍵なんて持ち歩かずに、現金を持ち歩くべきだったと、今なら思う。

これまでも、本の間や洋服の隙間(すきま)、ときには調味料置き場に隠したこともあったが、ことごとく捜(さが)し出されて、持っていかれた。だからもう、隠し場所としてはバレバレでも、鍵のかかる引き出しに入れていたのだが、それも甘かったということだ。

佳恵は色あせた畳の上に座り込んで、部屋を見回した。

そもそも、六畳と四畳半の二部屋しかないアパートでは隠し場所など限られている。押し入れだって一つしかない。玄関から続く狭い台所は、流し台の下に収納スペースはあるが、それだってわずかしか物が入れられない。

柱の釘にかけてあるプラスチック製の丸い時計は、午後四時を指していた。どこかの店のオープン記念でもらったそれは、八年経ったのにまだ動いている。シンプルといえば聞こえはいいが、オシャレさはなく、殺風景な部屋をさらに殺風景にしていた。

「どうやって生活しよう……」

一昨日、バイト代が振り込まれた通帳には、十二万円ほど入っていた。そこから二万円引き出した。通帳も一緒になくなっている。普段なら現金はなるべく家に置かないようにしているが、今日はこれから、代金引換で購入した電子レンジが届くというのと、ここ一か月間父親が帰ってきたことがなかったため、油断していた。

――ピンポーン。

宅配業者は時間に正確らしい。指定した時間帯にチャイムが鳴った。

配送業者に謝るしかないと思った佳恵は、玄関のドア越しに「どちら様ですか？」と、確認の声をかけた。

チャイムはあるが、インターホンはないから、そうするしかなかった。

「裏の松永だけど、今ちょっといい？」

「あっ……はい」

はい、と言ったものの、佳恵はドアを開けるのを躊躇する。松永がこの部屋へ来たときの要件は聞かなくてもわかっていたからだ。

それでも今さら居留守も使えない。佳恵はドアを開けた。

ほとんど効かないエアコンでも、外気よりはマシだったらしく、ドアを開けたとたん、ムワッとした空気が玄関に流れ込んできた。

「おはようございます」

「もう夕方よ。それより、お父さんいる？」

階段を上がって息を切らしている松永は、こめかみに汗をつたわせていた。

「いえ、今は……」

松永は、半畳ほどの狭い玄関に立つ佳恵の身体の横から、室内を覗く。中に誰もいないのは、見ればすぐにわかる。隠れる場所もないことは、このアパートの大家である松永が一番よく知っているはずだ。

「そうよね。午前中に入っていくところを見たけど、こんな時間までいるわけがないよね」

知っているなら、どうして今来たんですか。――と、訊く必要はない。父親に直接言いたくなかったのだろう。

松永は五センチくらい根本が白くなった髪にほとんど櫛（くし）を入れず、後ろで一つに束（たば）ねていた。化粧もしていないため、実際は六十代前半のはずだが、七十歳くらいと言われても、信じてしまいそうだ。

「あのね、お父さん、ずっとここには住んでいないよね？　今日だって帰ってきたの、一か月ぶりくらいでしょ」

「……はい」

「というか、ここに越してきてから一年半くらいだけど、ほとんど帰ってきてないよね？」

「そう、ですね」

知ってるなら訊（たず）ねないで、と思いながら答えた。

「この部屋、契約しているのはお父さんなのよ。今さら言うことじゃないけど」

「父がいないと、私がここにいるのはダメですか？」

「未成年でしょ。そりゃ、高校生でも一人暮らしをしている人だっているけど、佳恵ちゃんのところは意味が違うよね。通学に時間がかかるとか、部活の関係とかじゃないんだから」

松永は頬（ほお）に手をあてる。ため息がわざとらしく感じた。

「ずっと気にかけてきたのよ。佳恵ちゃんがここに越してきたときから。だってお父さん、滅多に見かけないから」

気にかけて欲しいと頼んだ記憶はないが、反論するのが面倒な佳恵は黙っていた。

「奥さん亡くされたって聞いてたから、少しくらいは大目に見ていたんだけど……。ただ佳恵ちゃんも、もう高校生だし、もう少しきちんと生活して欲しいのよ。ほら、ゴミとか、まとめて出したりしているでしょう？　夜遅くまで電気が点いていたりもするし。騒いだりはしていないから、大目に見てはいるけど」

そんな住人は他にもいるけど、と反論するよりも、佳恵はさっさと話を終わらせたかった。

「あの……ご用件は？」

松永は芝居がかった仕草で、ポンと手を打った。

「あら、私まだ言ってなかった？　あのね、お家賃のことなの。さすがに今は銀行引き落としにしているから普段は取り立てるなんてことはしないんだけど、たまに滞納する人がいるのよね。そんなときは、直接お話にくるわけ」

佳恵の心がざわざわした。というよりも絶望していた。

だがもう、松永が来た理由に気づかないわけがなかった。できることなら、走って逃げ出したい。でも、そんなことをしたところで、状況が改善するわけではない。

「あの……父はいったい、何か月分支払っていないんですか？」

「違うわよ」

「家賃の催促じゃないんですか？」

「そうじゃなくて、滞納分は何か月なんてレベルじゃないの。もう一年ももらっていないんだから。もちろん私も、お父さんが帰ってきたときに、お話ししたわよ。さっきも言ったでしょ。契約しているのはお父さんだから。でもね、さすがにもう待てないの」

「本当にごめんなさい。あの……一年分を一気にお支払いするのは無理ですけど、昨日バイト代……」

佳恵は最後まで言えなかった。引き出したバイト代は二万円。だから通帳には十万円は残っているはずだが、通帳も持っていかれた。キャッシュカードは佳恵の手元にあるが、残金は期待できないだろう。

松永も雰囲気から事態を察したのか、それともあの父親なら子どもの金を盗るくらいのことはやりかねないと思っているのかはわからなかったが、佳恵のことを気の毒そうな目で見ていた。

「そりゃ、佳恵ちゃんに払ってもらえるならその方がありがたいけど、取り立てはお父さんにするわよ。今住んでいる場所は聞いているし」

バイト代を実父に盗まれて冷えていた佳恵の胸が、少し温かくなる。

「松永さん……」

「いいのよ。それより、佳恵ちゃんにお願いがあってね」

「もしかして、共用部分の階段の掃除とかですか？　それとも、ごみ置き場の掃除ですか？」

普段は松永がやっていることを佳恵にしろというのだろうか。

面倒くさいな、と思うが追い出されるよりはマシだ。

「うん、それはありがたいけど、無理しなくていいの」

「でもこのままだと、あの……父がいつ払うかは……」

「そう。だからね、出ていって欲しいの」

「……え？　えっと……」

「佳恵ちゃんが言う通り、お父さんがいつお家賃払ってくれるか、わからないでしょう？　このまま住み続けられると、これから先のお家賃ももらえるかわからないじゃない。私としても、無料（タダ）で貸し続けられるものじゃないの。もちろん、退去についての細かいことは、佳恵ちゃんが考えなくていいのよ。ただ、ずっといられると困るの。私の言っている意味、わかる？」

「あの……でも私、他に行く場所なんてどこにも……」

「お父さんのところへ行けばいいじゃない。あちらには、お義母（かあ）さんもいるんでしょう？

佳恵ちゃん一人くらい、どうにでもなるんじゃない？」

「どうにでもって……」

「だってほら、お父さんが再婚したってことは、佳恵ちゃんのお義母さんでもあるわけでしょう？」

松永の目が弧を描く。佳恵はようやく、松永の意図を理解した。

さっきからずっと、佳恵が気になっていたのは、父親がいるときになぜ滞納の話をしなかったかということだった。

佳恵の父親が、家賃を一年も払っていなかったのは事実だろう。そして、催促したところで簡単には払わない。だったら、過去の分は諦めたとしても、これ以上滞納分を増やさないようにした方が、損が少ないと考えたのかもしれない。

そして追い出すのなら、ほとんど不在で、のらりくらりとかわす父親よりも、佳恵の方がまだ言いやすいと思ったに違いない。

佳恵はうつむいたまま答えた。

「あそこは私の家ではありません」

「でも、お父さんは再婚相手のところにいるんでしょう？　だったら、お父さんと一緒にいたいって言えばいいでしょ。私も心配なのよ。たまーにお父さんが来るとはいえ、ほとんど一人で暮らしているようなものじゃない。まだ高校生なのに」

さっきはもう高校生と言っていたが、今はまだ高校生らしい。大家にとって高校生とは、都合のいい存在だ。

「一人で大丈夫です。それより、ここに置いてください。本当に行くところがないんです」

「じゃあお家賃払って。一度に全部とは言わないけど、せめて半年分。それだって、もう半年分滞納しているってことなんだから」

「それは……」

「もちろん、残りの分だって、来月には全部払ってちょうだいよ」

「来月に全部？　そんなの無理です」

　松永の口からため息が漏れた。

でも佳恵の方だって困っている。どこへ行って誰に相談すればいいのかもわからない。

　このままではホームレスになってしまう。それだけは避けたかった。

　松永は身体の前で腕を組み、眉間にシワを寄せた。

「佳恵ちゃんには払えないでしょ。だから申し訳ないけど、一週間以内に出ていってもらえないかしら。大きな荷物は、お父さんのところへ着払いで送るから、佳恵ちゃんは自分の必要な物だけ持ち出してくれればいいの」

「父のところへは行けません！」

「だったら――」

「うちにいらしてください」

答えたのは松永ではない。別の女性の声が少し離れた場所から聞こえた。

佳恵と松永が声の方を向くと、四十代半ばくらいの女性が立っていた。淡い色のスーツを着ているが、スカートの裾が広がっているせいか、全体的に柔らかさを感じる。だが、後ろでキュッと一つに束ねた長い髪と、ほとんど化粧がされていない顔に、服装との違和感を覚えた。痩せ形でスタイルは悪くないが、美人とか、可愛いとかよりも、真面目そう、というのが第一印象だった。

女性が靴音を鳴らしながら、佳恵と松永の近くに来た。

「紺野環と申します」

松永が「佳恵ちゃんとどういうご関係？」と怪訝そうに訊ねる。

「親戚です」

そうなの？　と、松永が問いかけるような視線を、佳恵に向ける。

だが佳恵に、紺野と名乗った女性の記憶はなかった。初めて見る顔だ。

環は小ぶりのバッグから、白い封筒を取り出し、佳恵に差し出した。

宛名のところに住所はなかったが『花城佳恵　様』と書いてある。裏返して差出人の名前を見ると、表書き同様、整った文字で『弓浜雅子』とあった。

「雅子さんのことはご存じですよね？」

「……はい」

はい、と答えたものの、最初に名前を見たとき、佳恵は雅子という名の人を思い浮かべることはできなかった。でも『弓浜』という姓は記憶にある。佳恵の母親の旧姓だからだ。

「手紙、お祖母ちゃんからですか？」

環がうなずいた。

「生前に用意されていたものです。簡単な状況説明がされているはずです」

生前、という言葉を佳恵は頭の中で二度反芻して、意味を理解した。

「亡くなったんですか？」

「五月の末に」

「二か月以上前にですか？　どうして今ごろ……」

「以前のお住まいから、こちらのアパートに転居されたのは一年半くらい前のことですよね？　その際、住民票の移動がされていなかったようで、佳恵さんの居場所を知るのに、少々時間を要しまして」

「ああ……」

確か父親が、同じ区内だし面倒だと言って、放置していたはずだ。だが、放置した本当佳恵側の理由は、以前のところも家賃を滞納して、夜逃げ同然に引っ越したからだ。

環は申し訳なさそうにしているが、なるべく人との繋がりを断っていたのは、佳恵側の都合だ。

「あの……お祖母ちゃんって、何歳でしたっけ？」

「六十八歳でした」

「六十八……」

佳恵は思わず祖母の年齢を口にした。佳恵の記憶にある祖母と、その数字が合致しなかったからだ。

だがすぐに、それはそうかもしれないと気づいた。

佳恵が最後に祖母に会ったのは、十年以上前だ。当時の祖母は五十代後半だったのだから、子どものころの記憶とズレていてもおかしくはない。

佳恵にとって優しい祖母だった――ような気はするが、その記憶すら怪しい。もともとあまり会うこともなく、母の死後一度も連絡がなかったことで、最近では思い出すことすらなかった。

「そっか……お祖母ちゃん、亡くなったんですね。病気だったんですか？」

「腎臓ガンでした。できる限りの治療はしましたが、発見が遅れたこともあって……」

具体的な病名を聞いたせいか、急に祖母の死が現実のものに思えて、佳恵の中に寂しいという気持ちがわいてきた。

「それで、急なことで申し訳ないのですが、佳恵さんに来ていただけないかと思いまして、お迎えに参りました」

「新潟のお祖母ちゃんの家に？　どうしてですか？」

「遺言書の公開の立ち会いをお願いしたいのです」

「遺言書……？」

「はい、本来なら麻美さんの役割ですが、残念ながらすでに亡くなられているので、佳恵さんにお母さんの代わりということで立ち会っていただきたいのです」

「それって、代襲相続ってことですよね？」

それまで環と佳恵の会話を黙って聞いていた松永が、突然会話に加わってきた。訊きたいことがいくつもあるのか、うずうずとした様子で目が輝いている。

「佳恵ちゃんが相続人ってことになりますよね？」

松永の質問に環が答える。

「はい、相続人は複数いますから、佳恵さんが一人で相続するわけではありませんが」

「わざわざここまで来たってことは、それなりにもらえるんでしょう？　だったら滞納していたお家賃、払ってもらえるかしら？」

「それは先ほど、佳恵さんのお父さんに請求するとのことではなかったでしょうか？」

環の声が少し尖った。環は、父親が家賃を滞納して、佳恵が追い出されそうになっていることを聞いていたらしい。

「そうだけど。でももし、すぐにまとめて払ってもらえるのなら、佳恵ちゃん、ここにいて構わないし、佳恵ちゃんもその方が良いでしょう?」

ギュッと、松永に腕をつかまれた佳恵の顔が引きつる。

佳恵にとっては「ここにいたい」というよりも、「ここ以外行く場所がない」が正しい。

環が松永の手をつかんで、佳恵から離してくれた。

「佳恵さんが相続するには、まず屋敷に来ていただかなければなりません。それが遺産相続の条件の一つです」

「行かないと相続できないんですか?」

「いくつか条件はありますが、それも一つです。もちろん、相続を放棄することはできます。ただ放棄する場合、相続することを知ってから三か月以内という決まりもありますので、時間の問題があります。その前に条件だけでも確認をした方が良いと、私は思います」

「それは……そうですね。というか……」

自分に遺されたものは何なのか、佳恵はそれが気になった。

現金だろうか。それとも何か思い出の品だろうか。

環は相続人が複数いると言っているから、それほど高額なものではないのかもしれない。

ただ、佳恵の記憶にある雅子の家は、庭も広く、まさに「屋敷」と呼ぶにふさわしい建物だった。何度も訪れたわけではないが、普段は狭いアパートで、階下の住人の気配を気にしながら部屋の中を歩いていたことを考えると、あのときの解放感は忘れられない。幼児の佳恵には数えられなかった畳の数。走ってもすぐに壁にぶつからない部屋。大きな声をあげても、隣を気にする必要のない広い庭。

狭いアパートへ帰ってくると、夢から覚めて朝を迎えたときのような感覚になった。

「私が相続するものって何ですか？」

「猫です」

「……猫？　動物の猫のことですか？」

「はい。ニャーと鳴く猫です」

にこりともせず、環はニャーと口にした。冗談ではないと、佳恵は思った。

「ここでは説明も難しいので、ひとまずお越しください。もともと、そのつもりでお迎えに参りましたから」

二

環がその日のうちに発ちたいと言ったため、佳恵は荷物の準備を始めた。すぐに使う物はカバンに詰め、残りは段ボール箱に入れる。それらは後日、松永に発送してもらう。父親の物や家財道具に関しても、松永に任せることになった。諸々の手続きを松永が引き受けたのは、恐らく現金が入っているであろう封筒を、環が松永に渡していたからだ。

最寄り駅に行く前にバイト先に寄ってしばらく休むことを伝え、佳恵と環は、電車を乗り継いで東京駅へ向かった。東京から新潟まで新幹線で約二時間。並んで座ったが、環は乗り込んですぐに眠ってしまったため、話すことはできなかった。移動と暑さで疲れていたようだ。

佳恵は東京駅で環に買ってもらった弁当を食べながら、環の横顔を見る。環は亡くなった雅子のハトコだと言っていた。

雅子は六十八歳だった。環とは二十歳以上違うだろう。親同士がイトコだったというのだから、あり得ない話ではないが、いくら親族とはいえ年齢差を考えると、あまり付き合いがある間柄ではないような気がする。

とはいえ、佳恵の場合、イトコすら会ったことがないのだから、何が一般的なのかはよくわからない。

雅子からの手紙には、環が言った通り本当に簡単なこと——相続のために新潟の家に来て欲しいこと、困ったことがあれば環に相談すること、そして他の相続人とうまくやって欲しいこと——が簡潔に、丁寧(ていねい)な文字で書かれていた。

終着駅の新潟に着き、新幹線のドアが開くと、ムワッとした空気に身体を包まれた。到着の十分前には目を覚ましていた環は、スタスタと歩いてタクシー乗り場に向かう。

時刻はすでに夜の十一時近くになっている。タクシーは待たずにすぐに乗れた。

「この路線は、すでに最終のバスが発車しているんです。東京とは違いますよね」

「まあ……。新潟も結構暑いんですね」

「雪国だからと誤解される方も多いですが、夏は普通に暑いですよ」

後部座席に並んで座る環が、わりとよく言われます、と笑った。

「荷物はカバン一つだけでよかったんですか？」

「着替えと充電器があれば……」

今、佳恵のカバンに入っているのは、母親との思い出が詰まったアルバムと、教科書とノート。その他は、充電器と二日分の着替えだけだ。

荷物のことはいい。ただ、片道切符で帰る場所がなくなったことに関しては、不安しかない。狭くて古くて、風が強い日には窓やドアどころか、建物全体が揺れるアパートでも、佳恵のいる場所は、あそこしかなかったからだ。

「猫のことですけど……動物を相続って、そんなことできるんですか？」

「可能か不可能かといえば、可能です。表現として適切ではないかもしれませんが、法律上動物は〝物〟扱いになります。倫理的な問題は置いておいてください」

「ペットはモノ……」

「法律上では、です。もっとも、モノと思っていないから、雅子さんは〝リネン〟を佳恵さんに遺そうと思ったんでしょうけどね」

「リネン？　え、それって……」

「猫の名前です」

「まだ生きていたんですね。でも、もう高齢じゃ……」

「そうですね。今十三歳なので、人間だと雅子さんと同い年くらいになると思います。それもあってか、雅子さんは最後までリネンのことを気にしていました。自分の亡きあと、独(ひと)りにするのはしのびないと」

「でも、環さんはお祖母ちゃんと一緒に住んでいたんですよね？　だったら、環さんにリネンを託(たく)そうとする方が自然じゃないですか？　それなら環境も変わりませんし」

「住宅は別の人が相続する予定ですから、結局環境を変えることになります。それに、遺言は雅子さんの遺志です。私が決めることではありません」

きっぱりと言い切られてしまえば、佳恵は「そうですか」としか言いようがなかった。

「着きましたよ」

環がタクシー代の精算を済ませている間、佳恵は屋敷の門の前で昔のことを思い出していた。

ここへ来たという記憶は薄っすらある。屋敷をぐるりと囲む塀。大きな門の前に立つと、道路からは家の全景を見ることができない。

環のあとに続いて門をくぐると、視界が開けた。住宅街のため街灯は少ない。庭がどうなっているのかは暗くてよく見えないが、昔も門から玄関まで歩いたような気がしていた。

長いスロープを歩いて玄関に着くと、環は鍵を開けてドアを引いた。

「皆さん、お待ちのはずです」

「……皆さん？」

「佳恵さん以外の相続人です」

以前来たときとは、中の雰囲気が少し違う気がした。

「かなり古い家ですから、何度か改装しているんです。十年くらい前に玄関周りも改装しました」

やっぱり自分の記憶は間違っていなかったのだと、佳恵は思った。

玄関は広く、ホールも合わせせると、佳恵がいたアパートの部屋がすっぽり入ってしまいそうだ。

入ってすぐ右手の部屋に案内される。全体的に和風な家だが、その部屋だけはドアも洋風で、中へ入ると窓も天井から下がる照明や調度品も、外観とはまったく異なる雰囲気だった。大きな木製のテーブルには、二人の女性がいた。

環に促され、佳恵も二人とテーブルを挟む形で席に着く。一人は佳恵を睨むように見ていたが、もう一人は佳恵の方を向くこともなく、窓の外に目を向けたままだった。ちょっと感じが悪いな、と思った。

「ご連絡はしましたが、向こうを出るのが遅くなって、当初の予定より到着が遅れました。とりあえず、お茶の準備をしますね」

そう言うと、環は部屋から出ていく。紹介もなく取り残された佳恵は、居場所が見つけられない空気の中、イスに座り、テーブルの木目をジッと見ていた。

大変なところに来てしまった気がする。

大家から退去を求められた勢いでここまで来たが、これからどうなるのだろうという不安しか、佳恵にはなかった。

「アンタ、麻美の娘？」

木目は昔アニメに出てきた妖怪の目のような模様で、しばらく見ていると浮き上がってきそうに感じた。

「聞いてる？　麻美の娘なんでしょ。それとも違うの？　人が質問しているんだから、黙ってないで返事くらいしなさいよ」

向かいにいたはずの女性が、佳恵のすぐそばに来て凄んでいた。

「私……ですか？」

「他に誰がいるっていうの」

佳恵は女性の顔をまじまじと見た。

化粧は濃いが、目じりのシワは隠せていない。肩より少し長い髪の毛先はパサついている。服装は派手で、ブランドものの服であることは、佳恵でもわかった。環より、少し年上のようだ。

「名前は？」

「花城佳恵です」

「そうそう。麻美、結婚して花城になったんだった」

「母のこと、知っているんですか？」

「そりゃね。私はこの家の娘だし」

「勘当されていたけどね」

それまでずっと、窓の方を向いていた女性がしゃべった。

まだ顔は見えない。白のフレアスリーブのブラウスと黒のマキシ丈のスカートは、身体全体をふんわりと覆(おお)っている。背中まで届きそうな長い髪は、シャンプーの宣伝に出てきそうなくらい艶々(つやつや)している。どんな手入れをしたら、こんな綺麗(きれい)な髪になるのかと思う。

だが、問題はそこではない。後ろ姿と声に違和感を覚えた。

女性が向きを変える。佳恵と目が合った。

佳恵は、あれ？　と思った。

髪の長さは女性だが、鼻筋や顎(あご)のラインが丸みを帯びておらず中性的な顔立ちで、首には喉仏(のどぼとけ)があった。

最初に話しかけてきた女性が佳恵の肩を抱く。

「ね、最初に訊いちゃった方が楽よ。あとになると、訊きにくいでしょ。スカート穿(は)いて、ウィッグつけるくらいなら、ハイネックの服でも着ればいいのに」

「首を覆うと暑いから」

「でもそのせいで、女装が完璧(かんぺき)じゃないのよね」

「女装じゃない」

「どこからどう見ても女装でしょ。幸太郎(こうたろう)なんだから」

「違う。ひまり、よ」

情報量が多すぎて、佳恵の頭がついていかない。

ただ、女性ではなく男性だと思えば、佳恵の中にあった違和感は薄れた。

「でも外じゃあ、普通の格好しているじゃない。ウィッグ外して、スーツを着てネクタイして」

「女性だってスーツくらい着るでしょ」

「はいはい、そうですね。まったく、昔から可愛くないんだから」

「それはお互い様でしょ」

「減らず口！」

「それもお互い様」

「あーもう、環さんたら、いつまでお茶の準備しているのよ。早く話し合い終わらせちゃいたいのに」

女性は佳恵から離れて部屋を出ていく。佳恵がドアの方を見ていると「弓浜利沙子(りさこ)」と、幸太郎と呼ばれた人が言った。

「え？」

「今出ていった女。もう、五十歳近い……って言うと怒るのよね。四十八なのに、失礼な態度でしょ。トシをとっても成長しなかったみたい」

そうですね、とは同意しにくい。

「あの……あなたのことは、何て呼べば……」

「どっちでも良い。ひまりでも幸太郎でも。外では幸太郎で通しているし、姉さんも幸太郎って呼んでいたから。まあ、姉さんはこの姿を見たことないんだけど」

「姉さんって？」

「花城麻美」

「お母さん？　え、えっと、じゃあ、っていうことは……弟……妹？」

　母親にきょうだいがいたなんて、聞いたことがなかった。

「いいわよ、そこまで考えなくて。佳恵のお母さんと一緒に暮らしていたころは、弟だったし、別に戸籍まで変更しているわけじゃないから。だからまあ佳恵からすると、私は叔父（おじ）になるのかしらね。叔母（おば）でもいいけど」

　悩んだ末に佳恵は「幸太郎さん」と呼びかけた。母親がそう呼んでいたのだと思うと、少しだけ距離を縮められるような気がしたからだ。

　もっとも幸太郎は「どっちでも良い」と言いながらも、少し不機嫌そうだった。どうやらひまりと呼んだ方が良かったらしい。

　佳恵の母親である花城麻美は、家を飛び出す形で結婚した。今となっては、佳恵も祖母が結婚に反対した理由を想像できるが、若く、恋に浮かされていた母は、親の言うことなど聞かずに結婚してしまったのだろう。

　そのせいもあってか、佳恵が祖母の家に来たのは、生まれて少し経ってからで、それも数回しかなかった。なぜあんな父親と結婚するために親を捨てたのかと思うが、それを問いたい人はもうこの世にはいない。

姉弟と知ったからかもしれないが、女性の格好をしている幸太郎は、母親にどことなく似ている気がした。

「何、ジロジロ見てるの？」

佳恵としては、母親の面影を探していたつもりだが、幸太郎にしてみれば、女装姿を無遠慮に見られていると感じたのだろうか。

突然ドアが開く。利沙子が部屋に入るなり言った。

「あー、もう、早く終わらせて」

後ろから環がお盆を手に入ってくる。見るからに高そうなティーセットに紅茶が注がれ、フルーティーな香りが漂っていた。

「時間もだいぶ遅いですけど、皆さんをご紹介しますね」

利沙子がイスに座るなり、カップに口を付けた。

「もうだいたいわかっているわよ。麻美の子どもなんでしょ？　相続人が死んでいるなら、その子どもが代わりになることくらい知っているし」

祖母、雅子の遺産は、法律に則って行われるなら、配偶者と子どもに相続されるのが基本だ。もっとも雅子の配偶者――夫は九年前にすでに亡くなっており、今回は子どもが相続の対象となる。だが、雅子の子どもの麻美——佳恵の母親は、七年前に病気で亡くなった。そのため、相続権は、その子どもである佳恵に渡った。

これを代襲相続というのだと、佳恵は環から説明を受けていた。利沙子もその辺は聞いているらしく、不満そうな表情をしながらも、理解はしているようだった。

「でも、子どもが遺産相続なんてできるの？」

「権利の話だけを言えば、胎児にも相続の権利はあります」

「まだ生まれてもいないのに？」

「もちろん、権利が認められるのは生まれたあとの話になります」

「でも、赤ん坊に遺産相続の意味なんて理解できないでしょ」

「佳恵さんはすでに高校三年生ですし、十分理解できる年齢ですから、心配ありません」

利沙子をけん制するように、環はきっぱりと言い切った。

「それより今後のためにも、皆さんを紹介しますね。先ほどから話をしていたのが、弓浜利沙子さん。雅子さんの旦那さんだった方のお子さんです」

「え？」

「雅子さんも旦那さんも、再婚同士ですので」

「えーっと……」

焦れたように利沙子が口を挟む。

「連れ子ってこと。私の母親が死んだあとに、アンタのお祖母さんと結婚したの。だから私とあの人とは、血が繋がっていないってわけ。わかった？」

「あ、はい……だいたい」

「頭に血、回ってる？」

利沙子とはまだ十分程度しか話していないが、すでに十分失礼な人だということはわかった。わかっていても腹が立つ。

環がすかさず、少なくなった利沙子のカップにお茶を足した。

「それで、こちらは弓浜――」

「もう、幸太郎って呼ばれた」

「……その件については、お二人で決めてください。それでしたらご存じかと思いますが、幸太郎さんは佳恵さんのお母さんの弟にあたります。雅子さんにとっては実の子どもですが、幸太郎さんも麻美さんも、雅子さんの前夫との間の子どもですので、この家の主（あるじ）だった再婚相手、利沙子さんのお父さんとの血のつながりはありません」

わかっている、ということを伝えるために、佳恵は少し大きくうなずいた。

環が幸太郎と利沙子の方へ向き直る。

「佳恵さんは、雅子さんの娘である麻美さんのお子さんです。麻美さんは七年前にお亡くなりになっていますので、佳恵さんにお越しいただきました」

「そんなことはもう知っているから、話進めてくれる？　この子が来るまで開封しないって言うから、あの人が死んで三か月近く待ったうえに、今日だってこんな時間まで待っていたんだし」

「承知しました。では、これから雅子さんの遺言書を読み上げたいと思います」

佳恵にしてみれば、今日初めて会った環に突然祖母の死を告げられ、アパートを追い出され、いきなり新潟までやってきた。利沙子も幸太郎も初対面で、この家に到着してからまだ三十分も経っていない。

だが利沙子は小刻みに右手の人差し指でテーブルをたたきながら、待ちきれないといった様子だ。幸太郎は表情一つ動かさないまま、口を一文字に結んでいた。

環が白い封筒から、折りたたまれた用紙を取り出して開く。「遺言書」と言うと、そこで一度大きく深呼吸をした。

「遺言者弓浜雅子は、本遺言書により次の通り遺言する。

一、花城佳恵に現金千五百万円を相続させる。相続金は一括ではなく、進路決定後、毎月一定額渡すものとする。続いて付言事項です。

佳恵が幼いころ、リネンと遊んでいたことをよく覚えています。できれば、私が最期までリネンの世話をしたかったのですが、先に逝くことになってしまいました。そこで佳恵にリネンを頼みたいと思います。リネンの世話にかかる費用、さらに今後の生活における不安があるときは、環さんに相談してください。

佳恵さんへの遺言は以上です」

環が一度、紙をテーブルの上に置き、カップに口を付ける。

利沙子がすかさず口を挟んだ。

「佳恵に千五百万もあげるの？」

「雅子さんの遺産からすれば、多い金額ではありません」

「でも、まだ子どもでしょ」

「先ほども申しましたが、佳恵さんは麻美さんの代わりです。法定相続に従うなら、佳恵さんが受け取る金額はもっと多いことになります」

それでもいいのですか？　と、環が利沙子に問いかけている。

多額の相続を期待しているだろう利沙子は、少し唇を尖らせて不満そうにしながら、それ以上は発しなかった。

「続いて、利沙子さんへのものになります」

利沙子はソワソワと、首を小刻みに動かしていた。

環が読み上げたのは次のようなことだった。

「二、弓浜利沙子に、以下の不動産のうち、遺言者の所有する持ち分を相続させる。

（1）土地

所　在　新潟県新潟市中央区○○

地　番　○○番○

地　目　宅地

地　積　九九六・六五平方メートル

（2）建物

所　在　新潟県新潟市中央区○○　○○番○

家屋番号　○○番○

種　類　居宅

構　造　木造瓦葺二階建て

床面積　一階部分　二三二平方メートル

二階部分　七一平方メートル

なお、長らく登記が行われていないため、相続人、弓浜利沙子を筆頭に、他十六名と遺産分割協議を行い、手続きを行うこと」

「は？　どういうこと？」

利沙子が疑問を口にするが、環は「その説明につきましては、後ほどさせていただきます。次に、幸太郎さんへのものを読みたいと思います」と、相手にしなかった。

「三、弓浜幸太郎に、以下の遺産を相続させる。

遺言者の自宅にある三・五カラットのダイヤモンドの指輪——以上です」

部屋の中が一瞬、シン……とした。

「え……!?」

真っ先に声をあげたのは幸太郎だ。だがよほど驚いたのか、目を瞬かせたまま言葉が続かない。利沙子が矢継ぎ早に質問を口にした。

「幸太郎はそれだけ？　佳恵より少ないんじゃない？　売ったらいくらになるの？」

「三・五カラットのダイヤモンドの鑑定額は約一千万円とのことです」

正確には、一千万を少し超えるくらいだろう、とのことだった。

「大粒ダイヤとしては非常にグレードの高い石になりますので、一千万円は固いと思っていただいて結構です、と伺（うかが）っています」

佳恵にしてみれば、三・五カラットのダイヤモンドがどのくらいの大きさなのか、想像もできない。でも興味はある。

「どんな指輪なんですか？」

環が封筒から写真と鑑定書をテーブルの上に置いた。

「こちらになります」

「わー……」

ケースに入っている指輪は目安になるものがないせいか、石の大きさがわかりにくい。しかもキラキラとしていて綺麗ではあるが、しょせん写真だ。

ダイヤモンドグレーディングレポートと書かれた鑑定書には、カット、カラット、カラー、クラリティと、石の情報が載っているが、それを見ても価格的にどうなのかは、佳恵にわかるわけがなかった。

利沙子が鑑定書を手にする。目の高さまであげて見ていた。

「これってお祖父（じい）ちゃんが買った物でしょ。いつか私がもらえるものだと思っていたんだけど」

「遺言書を書かれたのは雅子さんですから」

「別に取り換えてくれとは言ってない」

利沙子が指輪の方を要求しないのは、圧倒的に土地家屋の方が高額だからだろう。

幸太郎は相変わらず無表情だ。だがダイヤモンドの写真を見る幸太郎は、意識して表情を変えないようにしているようにも佳恵には見えた。

「幸太郎は、これで良いの？」

「……良いも悪いも、遺言書を覆すのは、基本的に無理でしょ」

利沙子と幸太郎の会話に、今度は環が口を挟んだ。

「幸太郎さんの場合、相続分に対して不服があれば、遺留分の請求は行えますので、今よりは増えるはずです」

「ああ……遺留分」

遺留分と聞いて幸太郎はすぐに理解したようだが、佳恵にはわからない。

疑問が顔に浮かんでいたのに環が気づいたらしく、説明してくれた。

「遺留分とは、雅子さんが幸太郎さんに対して、最低限残さなくてはいけない遺産のことです。指輪は確かに高額ですが、本来幸太郎さんがもらうはずだった遺産からすると少額ですので、額に不満がある場合、幸太郎さんには取り戻す権利がある、ということです。とはいえ、倍には増えないと思いますが……行われますか？」

途中まで佳恵に説明してくれていた環だが、最後の言葉は幸太郎に向けていた。

幸太郎は小さく首を横に振った。

「すぐに答えは出せない。まだ、遺産をもらうかもわからないし」

「もちろん、しばらく考えてくださって結構です。ただ……」

「相続放棄する場合は期日が迫っている、でしょう？」

環が「ええ」と答えると、利沙子が「えー？」と、甲高い声で疑問を口にした。

「放棄なんて、借金の方が多いとき以外はしないでしょ。普通」

イスから立ち上がった利沙子が環の横に立った。

「それより、遺言書を見せて。他にも何か書いてあるんでしょ」

利沙子は環の手から奪うように遺言書を取り上げた。

「えーっと、紺野環は……遺言執行者としてすべての遺産相続の完了を見届けること。その期間内の生活費として、一か月十万円、さらにすべてを終えたあとに支度金として百万円。……本当にこの金額？」

「本当です」

「でもさっきから相続の話を仕切っているでしょ。本当はどこかに隠してあったりするんじゃない？」

「この遺言書は公証役場で作成されたものです。不正は行えません」

「じゃあ生前にもらっているの？　もしかしたら一番高額だったりするんじゃない？」

環の顔色がサッと変化する。動揺しているのは誰の目にも明らかだった。

「……もらっていません」

嘘をついているようにも感じられたが、証拠はどこにもない。

利沙子はまだ納得していないらしく、本当？　と何度も訊ねていた。

幸太郎が「それより」と、利沙子の言葉を遮る。

「さっきの他十六名ってとこを、ちゃんと訊いといた方がいいんじゃない？」

「あ、そうよ！　十六人って、どういうこと？　環さん、説明して」

「それは、遺言書にも記されていましたが、代々土地家屋の登記を行っていなかったため、相続人がネズミ算式に増えて、現在利沙子さんを含めて十七名いるということです」

「ちょっと、意味わかんないんだけど！」

幸太郎がニヤニヤしている。環が遺言書を読み上げているときに、今後利沙子に待ち受けている困難に気づいていたのだろう。

「一人ひとりに相続放棄に同意してもらうって、大変そうね。しかも、利沙子さん以外の相続人に放棄してもらえなかった場合、総取りできないってことじゃない」

「そんなの許せるわけないじゃない！　なんで私ばかり、こんな面倒なのよ！　全員の同意を取るって、凄い労力がいるじゃない！」

「そうねー。海外にいたりしたら大変ね。ま、今までは雅子さんが固定資産税を全部払っていたんだろうけど、他の人が相続して登記した場合、払う必要があるだろうから、そのデメリットを伝えて諦めてもらうしかないんじゃない？　一回はそれほど大きい金額じゃなくても、毎年のことだし、自分名義にしたところで、所有者全員の同意がなければ土地を自由にできないわけだし、言いくるめる方法はあるでしょ」

言葉だけはいたわっているようにも聞こえるが、声のトーンや表情から、幸太郎が面白がっているのは明らかだ。

環がテーブルの上に放り出された遺言書をたたみながら言う。

「土地家屋の評価額は六千万円とのことでした。すべての方から放棄してもらえたら、利沙子さんの相続分は、佳恵さんや幸太郎さんと比べて、はるかに大きな金額になります。あと、この土地のことは生前のお父様のご遺志でもあるそうです」

「父さんの？」

「はい。最終的に家と土地を相続するのは、利沙子さんにして欲しい、という意向があったため、利沙子さんのお父様と、麻美さんと幸太郎さんは養子縁組をされていなかったとのことです。ですので、お父様の死後、いったんは雅子さんが相続し……実際は登記が行われなかったのですが……雅子さんの管理下に置かれました」

佳恵には環が言っていることの意味がわからなかった。

幸太郎の方を向くと、目が合った。

「わからない？」

「……はい」

「この家の持ち主だった、利沙子さんの父親からすると、他人に継がせたくなかったってことでしょ。私と佳恵のお母さんは、別の人との子どもだから。再婚したとはいえ、家屋敷を渡すほどの愛情はなかったという話」

佳恵は会ったこともない血の繋がりもない祖父のことを考えても、そんなものか、としか思わない。

だが幸太郎はどうなのだろう。本心は複雑だったりしないのだろうか。幸太郎の表情からは、それは読めない。

こういう空気になることは想像していたのか、環は落ち着いていた。

「ひとまず、幸太郎さんは相続するかどうかを考えること、利沙子さんは手続きを進める、ということでよろしいでしょうか？」

「良いも悪いも、そうしないと私はこの家と土地がもらえないんでしょ？」

「はい。そしてここからが重要なことですが、今後、すべての相続が終わるまで、皆さんにはこの家で暮らしていただきたいと思います」

真っ先に疑問を口にしたのは幸太郎だった。

「私も利沙子さんも、市内に住んでいるのにわざわざ？」

「先ほどは読み上げませんでしたが、それもこちらに付言事項として記載されています」

環が再び遺言書を開き、その部分を指で示す。皆が顔を寄せて覗き込んだ。

「嘘でしょ！」

利沙子が叫んだ。

「そう思いたいけど……確かに書いてある」

幸太郎のつぶやき通り、遺言書には『相続が終わるまでは全員、この家で暮らすこと』と書かれていた。

利沙子も幸太郎も不満を表しているが、環は淡々と話を続ける。

「雅子さんが亡くなってから原則、十か月以内に相続税を納める必要があります。期間内に納めないと、延滞税が発生しますから、遅くとも来年の三月末までにすべての手続きを完了しなければなりません」

利沙子は慌てた。

「そういうことは亡くなった連絡をしてきたときに言ってよ！」

「そうそう、環さん。脳で考えられずに脊髄反射する人のために、ちゃーんと、わかりやすく言わないと、伝わらないから。とはいえ、あの人が亡くなって、もう三か月近く経っているし、利沙子さんの相続手続きを期間内にすべて終えるには、相当急がないとね」

幸太郎が重い息を吐きだした。

「そうですね。そしてこれが一番厄介なことですが、利沙子さん以外の土地家屋の相続人の中には、生前、雅子さんが動いて、相続の放棄に同意してもらった人たちもいますが、交渉が進んでいない人や、居場所がわからない人もいます」

「はあ？」

利沙子の顔は瞬時に真っ赤になる。

「探偵でもないのに、どうやって捜せっていうの！」

「それを考えることも含めて、利沙子さんがすべきこと、と雅子さんは言っていました」

「ちょっとヤダ。私、そんなことしたくない」

「でしたら、放棄されますか？　この家と土地の相続人、すべての人から放棄してもらえれば六千万ほどのものを手にできますが」

利沙子は不満そうにしながらも、口をつぐんだ。

幸太郎が悩ましそうな表情をする。

「相続が終わるまでここにいるって、佳恵は高校生よね？　夏休みだってもうすぐ終わるだろうし、ここから学校へ通うのは無理でしょ」

「学校は大丈夫です。通信制の学校なので。こっちにサポート校もありますし、スクーリングはほとんど終わっていますから。バイトは辞める連絡をします」

「なるほど……。でも親は？　お父さんはなんて言っているの？」

助けを求めるように佳恵が環を見ると、「時間も遅いですので、そのあたりの話は追々と」と言葉を添えてくれた。すでに日付は変わっている。

幸太郎も、環が把握しているのなら構わないと思ったのか、背もたれに身体を預けながら、盛大なため息をついた。

「面倒くさいことになってきた。一応、自分の親だからここへ来たけど、私は家を出た身だし、本当は帰ってきたくなんてなかったの。そりゃ一千万円はありがたいけど、利沙子さんみたいに切羽詰まっているわけじゃないし」

不満をぶつける幸太郎の視線は、利沙子と佳恵を行き来している。

「ね、環さん。私が相続放棄した場合、どうなるの？」

「幸太郎さんに限らず、皆さんには放棄する権利はあります。ただし誰か一人でも放棄した場合……すべての遺産を慈善団体に遺贈することになっています」

「は？　嘘でしょ！」

真っ先に不満を口にしたのは利沙子だった。

環はそうなることを想定していたのか、表情一つ変えない。

「本当です。全員そろって遺言に従わなければ、すべて慈善団体に遺贈するという条件が付いています」

利沙子が環に詰め寄る。

「その場合、遺留分は？」

「請求する権利はありますが、利沙子さんに関しては、土地家屋の総額よりかなり低くなるはずです」

悔しそうに利沙子が顔を歪めた。

「アンタはそれでいいの？　私らの誰か一人でも相続放棄したら、自分だってもらえないんだから」

「私の場合、もともと受け取るつもりのなかったお金ですので、問題ありません」

「ってことはやっぱりもう、何かもらっているんじゃない？」

険しい視線で、利沙子が環を追い詰める。

環の眼球が微かに左右に動いた。だが、見せた動揺はそれだけだった。

幸太郎は冷めた目でダイヤモンドの写真を眺めていた。

「あの人の言いそうなことね」

利沙子が「何が？」と訊ねる。

「私たちを困らせたいというか、自分が正しいと思う方に導きたいというか……。思うようにならなかった、子どもたちへの復讐だったりして」

「そうね。というか、そもそもどうして、相続が終わるまでここに住まなきゃならないの？　佳恵はともかく、私も幸太郎も通えるのに」

納得できない様子の利沙子に、環は小さく首を横に振った。

「私にわかっているのは、それが雅子さんの望みだったということだけです」

「それって、私のことを信用していないんじゃない？　相続の手続きを終える前に逃げるんじゃないかって」

「そこまではわかりませんが、一緒にいた方が、お手伝いできることもあるかも、という雅子さんの親心かもしれません」

「はっ、そんなことあるものですか。あの人は親なんかじゃないから」

「血は繋がっていませんが、利沙子さんと雅子さんは養子縁組していますから、戸籍上は親子です。少なくとも雅子さんは、お父様の希望通りのものを利沙子さんに遺しました」

利沙子は、でも……と言いながらも、それ以上言葉を続けなかった。

環は佳恵の方に向き直った。

「佳恵さんはどうされますか？　相続するには猫の世話が含まれています。それは、猫の寿命が尽きるまで世話をすること、とも言えます」

佳恵が答える前に利沙子が口を開いた。

「猫と遊ぶだけでしょ。相続人捜すよりずっと楽じゃない」

そう言った利沙子は、佳恵を睨んでいる。

幸太郎と利沙子次第だが、佳恵の答えは決まっていた。

「だって、そうするしかないし……」

佳恵にはもう、ここしか住む場所がない。新たにアパートを借りるお金もない。あの父親と一緒に住むくらいなら、初対面の人たちといる方がまだマシな気がした。

「私……猫、好きだし……」

「わかりました。幸太郎さんはどうされますか？」

「さっきも言ったけど、すぐには決められない。とりあえず早急にアパート引き払って、ここに引っ越して、追々考えるしかなさそうね」

「えー……」

幸太郎の言葉に、利沙子が不満を漏らす。

「ここへ住めば、家賃かからないけど？」

不満を呑(の)み込んだのか、利沙子は口をきつく結んだ。

各自、異なる思いを抱(いだ)きながらも、ひとまず相続に向けて動き出すことが決定した。

部屋に案内される前に、佳恵は居間にある、雅子の仏壇(ぶつだん)に手を合わせた。遺影の雅子は、口元に微笑(ほほえ)みをたたえているものの、晴れた冬の朝のような空気を感じた。

「お祖母ちゃんって、こんな顔でした？」

「こんな顔、とは？」

環も一緒に、手を合わせている。線香の香りが部屋の中に漂っていた。

「なんか……昔と違うなって」

「別の人みたいですか？」

「お祖母ちゃんといえば、お祖母ちゃんなんですけど」

前髪をスッキリとあげたショートヘアは、鋭角な輪郭を持つ祖母にはよく似合っている。上半身しか写っていないが、背筋をピシッと伸ばした姿も、祖母らしいと思う。

会わなかった時間の分だけ、年齢を重ねるのは当然だ。佳恵が戸惑っているのは、外見的な変化ではない。佳恵は優しいお祖母ちゃん、と思っていたが、笑みを浮かべている写真からは、なぜか厳しさが伝わってくる。

「怖いですか？」

環の直球の質問に、佳恵は返事ができない。だが黙っていることは、それを認めているということでもあった。

「佳恵さんがそう感じるのであれば、それも正解の一つかもしれません」

「環さんはどう思っていましたか？」

「とても優しい人でした」

本当だろうか？

感情的な利沙子の言葉ならストレートに受け入れられるような気もしたが、環の場合、どこに本心があるか、佳恵にはわからない。

「ここにいる間に、雅子さんがどんな人だったか、佳恵さんなりに見つけてみてはいかがですか?」

本人はもういないのに、そんなことが可能だろうか。だが、できることならしてみたいと思った。

「さて、もう遅いですし、今日はお休みください。お部屋に案内しますね」

佳恵にあてがわれた部屋は二階の和室で、出入り口には鍵がかかるようになっていた。隣は利沙子の部屋、その奥が幸太郎の部屋だと、環が説明してくれた。

「二階は全部で四部屋あります。一つは空(あ)いているので、もしお部屋を替えたかったら、おっしゃってください。二階にもトイレと洗面所はありますが、お風呂は一階だけです。必要なところにはだいたい内側から鍵がかけられるようになっています。あと、タオルや身の回りのものは、一通りタンスに入っています。もし何か足りないものがありましたら、言ってください」

環の説明通り、タンスの中にはタオルの他に洗顔フォームやヘアブラシ、生理用品なども用意されている。この日のためにわざわざ準備していてくれたのだと思った。

部屋も廊下も、埃(ほこり)一つなく、丁寧に掃除がされていた。

「それからこれを」

茶封筒が差し出される。

「何ですか？」

「手持ちがないと困ると思いますから」

手渡された封筒には現金が入っているらしい。

「でも、まだ私……」

「相続の手続きに動きだした時点で、生活費は渡すように言われています。仮に、何かの事情で相続が行われなかった場合も、このお金は返す必要はないので安心してください。これは雅子さんが生前に準備していたものです」

でも……と、もう一度言おうと思った。

だけど今の佳恵には、受け取る以外なかった。

「ありがとうございます」

「それでは何かありましたら、一階のお風呂場の隣の部屋にいますので、声をかけてください」

「……はい。あの、さっきから気になっていたんですけど、リネンは今どこにいるんですか？」

すっかり遅くなってしまったため、家の中を見て回るのは明日以降になった。だから佳恵は、玄関と応接室、そしてトイレや風呂など、必要な場所以外は見ていない。そのどこにもリネンの姿はなかった。

「家の中を自由に動き回っていると思いますが、雅子さんが使っていた部屋にいる時間が一番長いですね」

「じゃあ、私もお祖母ちゃんの部屋にいた方が良いのかな……」

「それは少しずつ考えていきましょう。最終的に、この家は利沙子さんが相続する予定ですから、違う場所に慣らしていくことが必要になりますし。まあ、場所についてはどうにかなると思いますが……」

「何か心配でも？」

「リネンは人を選ぶというか、なかなか懐かないんです。私も雅子さんが入院したころから、毎日キャットフードをあげているのに、いまだに警戒されています」

佳恵は不安になった。

「それ、私で大丈夫ですか？」

「私にはなんとも……。佳恵さんに渡すと決めたのは雅子さんですから」

リネンを相続するのは、誰でも良かったということなのだろうか。

だが、遺言として行き先を決めるほど大切にしていた猫を「誰でもいい」とは考えないだろう。

「とりあえず今日は疲れたでしょうから、ゆっくり休んでください」

環はそう言ってドアを閉める。佳恵は入り口に立って部屋を見た。

掃除はされているが、やはり建物には歴史を感じる。柱の傷や天井の微かな汚れ、家具を動かした畳には、日に焼けたあともある。家具からは新品の木の匂いがするが、部屋は昔、誰かが使っていたのだろう。

もしかしたら佳恵の母親だろうか。

しばらく部屋の中を調べてみたが、特定できるものは何もなかった。

「……寝よ」

ジェットコースターのような一日に、佳恵は興奮していたが、想像以上に疲れていたのか、すぐに眠りに落ちた。

三

瞼に感じる眩しさとともに佳恵を起こしたものは、ドアの外から聞こえる音だった。

ノック？　とも思ったが違うような気もする。

佳恵は首筋につたう汗をぬぐいながら、部屋のドアを開けた。

「あれ？」

部屋の外には誰もいない。ドアを閉めて、ベッドに座る。ぼんやりしていると、再びドアをたたく音がした。今度ははっきりとノックとわかった。

「まだ寝てるの？」

ドアの外には、風に揺れる薄い生地のロングスカートを穿いた幸太郎がいた。

「もう、お昼になるわよ」

「え？」

「昨日の今日で、よく寝坊できるわね」

「すみません……」

「別に、私に謝ることじゃないけど」

考える前に謝罪が口から出てしまうのは、癖みたいなものだ。その方がスムーズに物事が進むと知っているから。が、幸太郎には通用しないらしい。

柱にかかっている時計で時間を確認すると、正午になろうとしていた。

「もうすぐ、お昼ご飯だって」

「呼びに来てくれたんですか？」

「いつまでも起きてこないから、死んでないか見に来たの」

優しいのか優しくないのかわからない。

「さっき、この部屋のドアの前に誰かいましたか？」

「さあ？　私は今来たところだし、利沙子さんはまだ寝てるし、環さんは昼食の準備でキッチンにいるから……」

幸太郎がニヤリと笑って、佳恵に顔を近づけた。

「呼びに来たんじゃない？」

「誰がですか？」

幸太郎が相変わらずニヤニヤしながら、天井の方を指さすが、佳恵には意味がわからなかった。

「ネズミ？」

「それなら猫が仕留めてくれるでしょ」

「じゃあ……えっ？　あ、幽……」

佳恵の頬が引きつった。冗談にしてもタチが悪い。

「お祖母ちゃんはそんなことしません」

「どうしてそう思うの？」

幸太郎はさっきまでの意地の悪い笑みを消して、真顔になった。

「自分に財産を遺してくれたから？　でもそれは、単純に佳恵の権利でしょ。私のときに遺留分の話が出たけど、その権利はあなたにもあることだし。後々、面倒なことになるくらいなら、最初から渡しておいた方がいいと思ったんじゃない？」

幸太郎の言うことにも一理あるかもしれない。

だが昨日から佳恵は、他にも理由があるような気がしていた。祖母にとって大切なリネンを佳恵に遺したからだ。

「ま、佳恵のお祖母ちゃんは姉さんのことを気に入っていたから、失敗した娘の代わりに育て直したかったのかもしれないけど。遺産が毎月一定額っていうことは、佳恵が就職するんじゃなくて、進学を想定しているからでしょ。そういう意味もあるんじゃない？」

「お祖母ちゃんが、お母さんのことを気に入っていた？」

幸太郎は、知らなかったの？　といった顔をしていた。

「そりゃそうよ。高校に入ったころまでは、自慢の娘だったんだから。それがろくでもない男……失礼」

「いいえ」

父親のことをけなされてもかまわない。ろくでもない男、とは佳恵が一番思っている。

「恋に狂って、大学に行かずに駆け落ち同然に家を飛び出したのよ。佳恵が生まれてから、少しは交流があったらしいけど」

「保育園のころまで……」

最後に祖母に会ったのは、母の葬式ではない。それ以前に交流がなくなっていた。

まだ学校に上がる前の佳恵には、大人の事情はわからなかったが、今になれば想像はできる。あの父親が、金でもせびりに来たのだろう。

「お祖母ちゃん、お母さんのお葬式にも来てくれなかったんですよね……」

「それに関しては私も同罪。もっとも私の場合、姉さんが亡くなったことを知ったのが、一年以上あとだったからだけど」

幸太郎が申し訳なさそうに頭を下げた。

佳恵は幸太郎の存在すら知らなかった。母は結婚前のことはあまり話したがらず、祖母の口からも聞くことはなかった。

それは、幸太郎が女性の格好をしていることと、何か関係があるのだろうか。

「何？」

「お祖母ちゃんは、どんな人でしたか？　私、あまりよく覚えていなくて」

映画のワンシーンのように、幸太郎は軽く肩をすくめる。

「それを話していたら、お昼ご飯が冷めてしまう」

はぐらかされたように思えたが、話したくないことがあるのは、遺言書が公開された昨夜、何となく察せられた。

「ま、こんな格好しているから、親とはいろいろね」

らしくない歯切れの悪い言葉を聞いた佳恵は、これからは幸太郎ではなく、ひまりと呼ぼうと思った。

台所とダイニングは区切られておらず、開放感があった。台所回りは四年前にリフォームしたという。

食卓に並んだ料理に佳恵は目を見張った。ＳＮＳで見るカフェランチのようなワンプレート料理だ。

「凄い……」

環は、はにかんだような笑みを浮かべた。

「たいしたものではないですよ。鶏肉はパン粉を付けて揚げただけで、サラダも野菜を洗って切っただけですから。キッシュは昨日の残り物ですし」

環は謙遜しているが、盛り付けも綺麗で、売りものにしか見えない。それに、チキンカツと言っても、パン粉は細かく、ソースも市販品とは色が違う。

「食べられないものがあったら言ってくださいね」

佳恵がぼーっと皿を見ていたせいか、環が気を遣ってくれる。

カツを一口かじる。衣からはチーズとハーブのような香辛料が感じられた。

「美味しいです」

環がニコッとした。

「それは良かったです」

　昼食は食べないか、カップ麺かパンをかじっていた佳恵からすると贅沢すぎる。夕飯だってバイト先の廃棄弁当がもらえるときは良い方で、もらえないときはご飯に納豆だ。足りない場合はお菓子でしのぐ。毎日弁当が欲しいとオーナーに言ってみたが、食品は廃棄するように本部から言われていると断られた。それでもたまに、売れ残りが多い日などは、こっそり持っていって良いと言ってもらえた。外食も、ファストフードやラーメンくらいなら行くこともあるが、カフェは一日分の食費を超えるから、人が投稿したインスタの写真を眺めることくらいしかできなかった。

　キッシュは生地からバターの香りがする。フィリングも卵と生クリームの濃厚な味が口の中に広がった。

「今日はちょっと時間がなかったから、スープはないの。ごめんなさい」

　普段はどうなんだろう……と思いながら、佳恵はまた、キッシュを口に入れる。

「あの……私以外の人は？」

　食卓には環と佳恵しかいない。

「ひまりさんも朝食の時間は寝ていらしたので、ブランチの時間に食べられました。利沙子さんはまだ寝ていらっしゃいます」

　ということは、ひまりは食事を終えてから佳恵を起こしに来たらしい。

　佳恵ももう少し寝ていたかったが、外食以外で、誰かが作ってくれる熱々の料理など、もう何年も口にしていなかったから、起きて良かったと思った。それに、あの二人と顔を合わせずに食事をする方が気楽だ。

「皆さん生活時間帯が違うので、一緒にお食事をするのは難しそうですよね。どうにかしたいとは思いますが、ひまりさんのお仕事は帰りも遅いので、夜は難しそうですし」

いったい何の仕事をしているのだろう。

「あの……ひまりさんって……」

スリッパのパタパタという足音が近づいてくる。環がイスから腰を浮かせた。

「あら、利沙子さん、お目覚めですか？」

すでに午後一時になろうとしているが、利沙子も何をしているのか謎だ。

でも、何よりも謎なのは、雅子が四人で生活するようにと言い遺したことだった。

昼食を終えた佳恵は家の中を歩いていた。

雅子の部屋にいると思っていたリネンの姿がどこにもない。環は銀行へ行き、ひまりも利沙子も、いつの間にか家を出ていた。

誰もいない家は一層広く感じる。

「リネーン、返事してー……って、人間じゃないんだから、無理だよね」

愚痴がこぼれるのは、かれこれ三十分ほど家の中を捜しているからだ。

いくら広い家とはいえ、風呂や台所を入れても、十分もあれば全部の部屋を確認することはできる。もっとも、利沙子やひまりの部屋には、外側からも鍵がかけられるようになっているため、その二つの部屋には入っていない。すでに三周ほど家の中を見て回っているが、それでもまだリネンの姿を見つけられなかった。

「本当に、家の中にいるのかな……」

環に聞いたところ、外飼いはしていないらしい。高齢になってからは、窓が開いていても、家の中から出ることはなくなったと言っていた。

それでも見つからない。

家の中を三周見終えた佳恵は、台所へ行き、冷蔵庫の扉を開けた。

スリードアの冷蔵庫は、あまり大きくはなく、少し古いタイプだ。綺麗に整理整頓されているが、中にはたくさんの食材が詰められていた。

これまで雅子と環の二人暮らしだったのだから、大きな冷蔵庫は必要なかったのだろう。

麦茶の入ったペットボトルをしまうときに、佳恵は冷蔵庫の奥にあるビンに目が留まった。「リネン」と書かれたシールが貼ってあったからだ。

「餌……？」

手を伸ばすと、ビンの中には薄緑色のペースト状の物が入っている。粒も見えるが、原形をとどめていない。普段、リネンはキャットフードを与えられているはずだ。環がそう言っていた。

蓋を開けて中を見ようかと思ったが、主のいないときに家捜しをしているみたいで、佳恵はビンを冷蔵庫に戻した。

麦茶を飲んでから、再び「リネン、リネーン」と名前を呼びながら家の中を捜す。でも、応えてくれる声はいつまでもなかった。

三十分ほど経ったころ、利沙子が帰ってきた。外はまだ暑いらしく、汗で背中に服が張り付いている。四十八歳という年齢を知ってから利沙子を見ると、一層若作りに感じた。視線が合うなり、佳恵は利沙子に睨まれた。

「いつ出ていくの？」

「え？」

「早々に手続き終わらせて、この家なんてすぐに売るから出ていく準備をしておいてね。今、近所の不動産屋でこの家の売却価格を確かめてきたんだけど、もしかしたら六千万以上になるかもしれないって言われたの。ちょうどこのあたりに、このくらいの敷地を探している人がいるんだって。こういうのってタイミングもあるから、希望者がいるうちに進めたいの」

「でも私、行く場所なくて……」

「親は？」

「ちょっと……」

佳恵が言葉を濁(にご)すと、利沙子は、ふーん、とニヤニヤした。

「親に恵まれないことはあるよね。私だってあの人が来てからこの家にいづらくなったし」

あの人とは雅子のことだろう。昨夜から利沙子が雅子について話すとき、ずっと「あの人」だ。

年齢から推察すると、利沙子の父親と雅子が再婚したのは、利沙子が二十歳(はたち)を過ぎてからになる。そうなると、小さな子どものように、雅子を実の母親と思うことはできなかったのだろう。むしろ、多額の遺産を持つ父親に近づいた女、と考えたのかもしれない、と昨夜の態度を見ていて佳恵は感じていた。

「事情はともかく、アンタはいつでも出ていけるように、猫と仲良くなっておきなさい」

「それなんですけど、リネンがどこにいるかわかりますか？」

「さあ？　餌でおびき寄せるとかすれば出てくるんじゃない？」

「そんな……」

雑な方法で、と言いかけたが、今のところ佳恵もそれくらいしかアイディアはない。とりあえずリネンのことは、利沙子には頼れないことだけはハッキリした。

利沙子は台所へ行き、さっき佳恵が手にした麦茶のペットボトルを出す。グラスに注いで一気に飲み干すと、そのまま台所を去ろうとした。だが、ペットボトルの蓋は開けたままだし、冷蔵庫に戻していないし、グラスも洗っていない。

「あの……これ」

すでに身体半分、台所から出ていた利沙子の振り返った顔は、うるさいなあ、と語っていた。

「アンタ片付けておいて」

「え?」

「この家に住まわせてあげているんだから、そのくらいやってよ」

迫力に押された佳恵は、言われるがままペットボトルを冷蔵庫にしまい、コップを洗った。

「利沙子さんはずっとこの家にはいなかったんですよね?」

「突然、何? だから、この家の相続の権利はないとでも言いたいの?」

「そうじゃなくて……あの……お祖母ちゃんって、どんな人でしたか?」

「そんなこと訊いてどうするの?」

「どうって……ただ、私が最後に会ったのは保育園に通っていたころだから、あまり覚えていなくて。せっかくここにいるんだから、いろいろ知りたいかなって」

利沙子は佳恵の質問を無視して、廊下をスタスタ歩いていく。

佳恵は利沙子のあとを追いかけた。

「教えてもらえませんか？」

「死んだ人間のこと知ってどうするの？」

「それは……」

佳恵は言葉が続けられない。

本当は別に理由がある。だがそれを言ってはダメな気がした。

「違和感があるんです。遺影の写真と、私の記憶の中のお祖母ちゃんに」

「遺影の写真なんて、写りの良さそうなのを、加工したりするでしょ」

「それはそうですけど……」

違和感を言葉にするのは難しい。少なくとも佳恵は、雅子に厳しいことを言われた記憶はない。ただそれは、幼かったから忘れているだけなのか、本当に言われていないかまではわからない。

だけど、厳しさしか感じられない祖母の写真は、どうしても記憶の中の祖母と一致しない。

「知りたいんです。利沙子さんから見て、お祖母ちゃんはどんな人でしたか？」

佳恵が利沙子の腕をつかんで問いかけると、うるさそうに振りほどきながらも足を止めてくれた。

「ああもう、わかったわよ！　あの人は口うるさいし、生活は規則的だし、お金だってあるのにあんまり使わないし。切れた靴下繕って履くし、空き箱とかだってリメイクして収納箱にしたりしていた。これで満足？」

「……本当ですか？」

「嘘言ってもしょうがないじゃない。壊れたりなくしたら買えばいいのに、使えるものは使うの。エコって言えばエコだけど、一緒にいると、息が詰まったのよ。清く正しい人で」

「清く正しい人？」

利沙子は皮肉な笑みを浮かべて、佳恵の方に身体の向きを変えた。

「そ、清く正しく生きるが、あの人の座右の銘。清く正しいって、ご立派なことだけど、他人に強制するから、私は一緒にいられなかった。まあ、父親と再婚したときの私は、もう一緒にいる年齢でもなかったしね」

そう言うと、利沙子は階段を上がっていった。

それまで動いていた空気が、急に止まったように、廊下がシン……とする。

長い廊下を見ていたら、佳恵の脳裏に短い髪の中年女性の姿が浮かんだ。

遺影の写真と、利沙子から聞いたことが重なる。

佳恵は自分の記憶が、少し違うかもしれないと思った。


再び雅子の部屋を覗くと、リネンはベッドの上にいた。

環の話では、祖母の部屋は生前のままにしてあるというから、リネンも居心地(いごこち)が良いのかもしれない。

八畳ほどの和室に介護用のベッドが置かれていた。息を引き取ったのは病院だったが、ギリギリまで自宅で過ごしたという。

タンスはもともとこの家にあったものなのか、それとも祖母が越してきたときからの物なのかはわからないが、少なくとも相当年季が入っている。

祖母の部屋のドアにだけ、猫が出入りできる小さな出入り口がついていた。リネン用の扉があるため、自由に家の中を歩き回っていたのだろう。

リネンは白・茶・こげ茶の三色の三毛猫(みけねこ)だ。

「まったく、こっちは家中捜していたというのに」

佳恵の声に反応したのか、リネンが薄目を開ける。

――こっちは捜してくれなんて頼んでないよ。

そんなことを思っているのか、またすぐに目を閉じて眠ってしまった。

「ねえ、少し遊ばない？」

リネンは反応しなかった。オマエとなんて遊んでやらないよ、と思っているのかもしれない。

ここはリネンのテリトリーだ。追い出されないだけましなのかもしれないとは思うが、いつまでもこの距離感では埒が明かない。

佳恵は足音を立てないように注意しながら、一歩一歩リネンとの距離を縮めることにした。心の距離が遠いなら、物理的な距離を縮めてしまえ、の乱暴な方法だ。

「ちょっと抱かせて」

ベッドまであと一メートルくらいのところで床が軋む。

パッとリネンの目が開いた。

今の今まで寝ていたはずなのに、タンタンと軽い足取りで、タンスの上にのぼってしまった。

「おばあちゃん猫なのに、元気だね」

タンスは佳恵の背より高い。身長百五十五センチの佳恵では、一番上は手を伸ばしても届かなかった。

「ちょっと、降りてきてよー」

叫んでも、顔すら拝ませてくれない。見えるのは、小さく揺れる尻尾の先だけだ。

「あー あ……」

こんな調子で、佳恵がリネンと仲良くなれる日は来るのだろうか。仲良くならなくても世話はできるかもしれないが、このままでは部屋から出すことすら佳恵にはできない。

「お祖母ちゃんが、どうして私にオマエを遺してくれたのか知っている？」

——それについては答えられないね、と思っているのか、リネンの返事はなかった。

四

佳恵が新潟に来てから二週間が過ぎた。

環は淡々と、日々家事をこなしている。佳恵は頼まれれば手伝いをするが、他にすることがない。リネンは相変わらずまったく相手にもしてくれない。

ひまりはほぼ毎日、午後になると家を出て、夜中に帰ってくる。佳恵は一度、何の仕事をしているのか訊いたが、「わからないの？　夜の仕事よ」と言われた。夜の仕事と聞いて思い浮かべるのはバーやクラブだが、そのわりには、帰宅後のひまりからアルコールの臭いがしたことは一度もなかった。しかもオフィス街にいるようなスーツ姿で出勤している。

利沙子も毎日のように昼過ぎから出かけていた。出かける時間は特に決まっていないらしく、起きたタイミング次第のようだ。仕事をしているようには見えないが、だからといって、相続の手続きが進んでいるようでもない。日増しにイライラが増しているようで、佳恵だけでなく、同居人すべてに当たり散らすので、家の中がギスギスしていた。

「佳恵、リネンとは打ち解けたの？　そのうち私じゃなくて、猫に追い出されるんじゃない？」

「幸太郎。出かけるときもスカート穿いたら？」

「環さん。あの人の財産、まだどこかに隠しているんでしょ」

初対面から言いたい放題ではあったが、今は歯に衣など着せていない。素っ裸だ。しかも日常生活でもマイペースで、自分のやりたいように生活している。

雨の日に自分の傘が見つからないといって玄関でわめいていたと思ったら、環の傘を無断使用する。さらに出先で天候が回復したため、どこかに忘れてきたと言う。立ち寄ったという店に電話で訊ねてみたがなかったらしく、環はしょんぼりと肩を落としていた。

「あの傘は雅子さんの形見だったんです……」

二千円程度の傘だ。環だって自分の傘はある。だが、最後に入院するときに譲られた傘は、雅子と環の思い出の品だったらしい。

その話を聞いて利沙子は、ごめんなさいね、と口では謝るものの、言葉だけが宙に浮いていた。

いい大人なのに子どもっぽい、と佳恵は思っていたが、それはひまりも同じように感じていたらしい。

「ねえ、子どもなら子どもでいいんだけど、実年齢は高齢者に近いでしょ？　もしかして、若年性認知症の始まりなの？」

ひまりは今しがた利沙子がいた台所の方を指さす。誰もいない台所だが、電気が煌々と点いていた。

「消してきなさいよ」

「気づいたなら、幸太郎が消してよ」

「あら、子どもだって自分のことくらい自分でするでしょ？」

「私は忙しいの」

「ふーん、忙しいねえ」

ひまりは、利沙子の外出理由を知っているのか、含みを持たせた笑みを浮かべている。

利沙子はこれまでどうやって生活していたのかよくわからないし、訊いても教えてくれない。ひまりの推測では、「働いていたこともあるようだけど、遊ぶお金は親にたかっていたはずよ。黙っているのは、遺産相続のときに、生前贈与扱いになって、遺産を減らされるのが嫌だからじゃない？」とのことだ。その場にいた環が訂正しなかったところを見ると、恐らくそれは間違っていないのだろう。

環の夜は早く、スーツ姿の「幸太郎」が帰ってくる時間に起きているのは利沙子と佳恵だけだ。夕食も別々に食べるため、家の中でも顔を合わせることはあまりないが、この日は偶然、佳恵は台所で利沙子と鉢合(はちあ)わせした。

「佳恵、アンタ勉強できる？」

利沙子は缶ビールを手にしていた。

「と、突然どうしたんですか？」

「さっきネットのニュースで、小学生が英検一級に受かった記事を見たから、高校三年生はどうなのかなって思ったの。この前クイズ番組見ていたとき、小学五年生の問題も間違っていたでしょ」

数日前、佳恵が夕食中に、ダイニングのテレビを見ていたとき、ちょうど利沙子が帰宅した。そのとき、佳恵がクイズの答えを間違ったのを覚えていたらしい。

「利沙子さんだって、次の問題……」

「私はいいのよ。もう学生じゃないもの。でも佳恵は今高校三年生でしょう？　遺産もらっても、大学に行けるの？」

反論できないツッコミに佳恵は黙る。

「通信制の高校って、どんな勉強してるのよ」

「一概に言えないけど、基礎的な学習ね」

ちょうど帰宅した「幸太郎」が、突然会話に加わった。

「そうでしょう？」

佳恵に問いかけてはいるが、ひまりは確信に満ちた表情をしていた。

「だと思います」

冷蔵庫の中を物色しているひまりは、結局何も取らずに扉を閉めた。

「どうして今の学校を選んだの」

「働かないとだったし、勉強したかったわけでもなかったので」

ああ……と、ひまりが納得した表情をした。その辺の事情は環から聞いたのだろう。

「利沙子さんじゃないけど、相続したらどうするの？」

「どうしましょうか」

「自分のことなのに、他人事ね」

「だって……卒業したら、バイトを増やすつもりだったから」

進学の費用をあの父親が出してくれるとは思っていなかった。だからといって、就職活動をする気力もない。何となくこのまま、バイトを続けるんだろうな、と思っていた。

そんなとき、アパートを追い出され、遺産相続の話になった。

自分から訊ねた利沙子だったが、興味が失せたのか台所を出ていこうとしていた。

「ちょっと、コレ、しまいなさいよ」

ひまりの指は、ナッツの入った袋を指していた。

「あー、そうだった。食べようかと思ってたんだ。やっぱりいらないからしまっておいて」

「自分でしまって。さっき出したものも忘れるって──」

「あーもう！　ハイハイ、わかったわよ。わかりました！　そうやってまた、人を年寄り扱いするんでしょう」

「ちゃんと自分でしまえば言わないわよ」

ブツブツ文句を言いながら、利沙子はナッツの袋を食品棚に片づけた。

「そういうところは、やっぱりあの人の子どもよね」

瞬時にひまりの顔が険しくなる。

「今なんて言った？」

険しい顔をしているひまりとは対照的に、利沙子はからかうような表情をしている。

「言って欲しいの？　嫌っているようだけど、やっぱり血の繋がりはどうにもならないってことを」

「ちょっと！」

ひまりは男性としては長身ではないが、それでも利沙子よりは高い。

見下ろす形で、ひまりは利沙子に詰め寄る。だが利沙子の表情は崩れない。余裕のある態度で、うるさそうに片耳を押さえていた。

「そんなに怒鳴らないで。本当のことを言われたからって」

「違うから！」

「違わない。雅子お母サマと幸太郎はよく似ている」

ひまりは両手をギュッと握っていた。その手が震えている。怒りを鎮めようとしているのか、目は一点を見据えていた。

怒りが消えた様子はなかったが、それ以上突っかかるようなことはしなかった。

利沙子は、ばいばーい、と手をヒラヒラさせながら、自室へ戻っていった。

「あの……」

佳恵を拒否するように、ひまりは黙ったまま台所から立ち去る。

一人になった佳恵は、静かになった台所で立ち尽くしていた。

五

九月も終わりに近づくと、秋の風を感じる。

東京から越してきて、もう一か月以上が経った。変わったことといえば、朝晩の気温くらいで、リネンとの距離は相変わらずだ。さすがに焦る気持ちがわいてくる。

雲に覆われた空は太陽を隠し、もうじき雨が降りそうだと、空を見ながら佳恵は思った。

もともとは祖母が育てていた植物だが、手伝ううちにガーデニングが趣味になったという環はよく庭に出ている。道路から見ると和風の塀と門構えから、庭も盆栽などを想像していたが、実際は可愛らしい花やハーブで彩られていた。

環に手伝って欲しいと言われた佳恵は、草むしりをしていた。

「そういえば……冷蔵庫の中にあった、リネンって書いてるビンの中身、なんだったんですか？　気が付いたらなくなっていましたけど」

「薄緑色のペーストですか？」

「そうです。あれって、リネンの餌ですか？」

「餌でした、と言った方が正しいですね。ちょっと思い出深くて、なかなか捨てられなかったのですが、佳恵さんがこの家にいらしたころにはもう、古くなっていましたから」

「え、意外」

台所を一手に引き受けている環が食材を無駄にしているところを見たことがない。大きなキャベツを買ってきても、硬い芯の部分も細かく切ってスープに入れたりして、余すことなく使っている。

その環が、食材を無駄にするなんて、と思う。

「あれは私が作ったものではなく、雅子さんがリネンのために作ったものなんです。中身は茹でた枝豆をフードプロセッサにかけたものです」

「それであんな色に」

「以前は大量に作ってリネンの餌にしたり、私と雅子さんが食べる枝豆のポタージュにしたり、お餅にからめたりしていました。ただ、最後のペーストを作ったころはまだ、地物が出回る時期ではなかったのと、雅子さんの容体もかなり悪くなっていたので、少ししか作れなかったんです。それでもったいなくて食べないでいるうちに、雅子さんが亡くなって……ダメにしてしまいました」

「そうだったんですか……」

「雅子さんが元気だったら絶対にしないことですけどね」

環にとっては、まだ祖母との時間が続いているようだ。

「私と雅子さんが二人で暮らしていたときは静かな家でしたが、皆さんが集まってからにぎやかになりました。特にこの前は今までになく」

「この前？　あ……起きていたんですか？　……ごめんなさい、うるさくして」

環が言っているのは、先日の深夜の、利沙子とひまりの諍いのことだろう。離れているとはいえ、環の部屋は一階にある。

「私の眠りが浅いだけですから」

「でも……」

「佳恵さんが謝ることではないです。あの二人の関係を考えれば、何かしらわだかまりはあるかもしれませんし、そうなった原因である雅子さんはもう、いないわけですから」

「でも環さんは、雅子さんの味方ですよね？」

「味方？」

しゃがんでいた環は立ち上がって腰を伸ばす。スカートのシワか汚れが気になるのか、何度か腰のあたりを払っていた。同じ姿勢をしていた佳恵も、背筋を伸ばした。

「佳恵さんからは、私は雅子さんの味方に見えますか？」

「違うんですか？」

「味方……と言われると、ちょっと違うような気はします。私は親族といっても、かなり遠い関係ですし」

「だけど一緒に住んでいた」

「八年くらいのことです。拾ってもらったんです。私が離婚して、行き場がなかったので」

「あ……」

余計なことを言わせてしまったと思った佳恵は、すぐに「ごめんなさい」と頭を下げた。

　だが環は気にした素振りも見せず、にこやかに首を横に振る。

「雅子さんにとっては、私もリネンも同じようなものなのだと思います。知っていますか？　リネンも子猫のころ、雅子さんに拾われたことを」

「そうだったんですか？」

「放っておけないと思うと、雅子さんは手を差し伸べずにはいられないんでしょう。きっとそれが、あの人の正しい生き方なんだと思います」

「正しい生き方……」

　正しい生き方、とは何だろう。

　これまで佳恵は、ただ流されるように、毎日過ごしていた。目標なんてなかったし、今だって遺産をもらっても、しばらくバイトをしなくても生活できるだろう、くらいにしか考えていなかった。

「……難しそうですね。そうできたら良いことでしょうけど」

「正しさは、いろいろですから」

　良い、と断言しない環に違和感を覚える。ということは、悪い、何かがあるのか。

　だが、いくら待っても環はそれ以上何も言わず、再び膝を折り、草むしりを始めた。佳恵もまた作業を再開した。

雑草は夏でも枯れることなく、秋になって雨が続くと、さらに生命力を増したようだった。

「この、紫色の花はなんて言うんですか？」

「コルチカムです」

佳恵は花よりも地面から伸びる茎の方に目がいく。高さは十センチくらいで、地面から茎を伸ばし、明るい紫色の花を咲かせている。

「こっちのハーブは食べられるんですよね？」

「はい。オレガノとセージなので、お料理に使いたいときはご自由にどうぞ」

「料理はほとんどしたことがなくて……」

環が作ってくれる料理は、和・洋・中と、レパートリーが広い。学生時代にはレストランでのバイト経験もあるというから、かなり上手だ。

「じゃあ、今日は一緒に作りますか？　カレーに入れると、ちょっと本格的な香りになりますよ」

ちょっと面倒かも、と思ったが、何もせずに居候するのも申し訳ない。それに、ここではバイトもしていないため、たまに教科書を広げることくらいしか、することもなかった。

「この辺、摘めばいいですか？」

「そうですね。いつの間にか増えてしまいましたし、余ったら乾燥させておけば別の料理にも使えますから、ちょっと多めに摘んでおいてください」

わかりました、と佳恵は緑の葉に手を伸ばす。

小学校で、花壇の水やり当番になったとき以来の土いじりだ。佳恵は次々に葉を摘んでいった。

「あ、佳恵さん。摘む葉を間違えないでくださいね。中には毒のあるものもありますから」

「え？」

佳恵が慌てて葉っぱから手を離すと、クスクスと環が笑っていた。

「大丈夫ですよ。ここに生えているもので、触ってかぶれるような種類はありませんから」

「なんだ……」

ホッとした佳恵は、再び手を動かす。

しばらくすると、庭の雑草はすっかりなくなり、綺麗な花々が風に揺れていた。

六

利沙子の相続手続きは、遅々として進まなかった。遠方にいる人や、連絡が取れない人、中には承諾しない人もいて、対応に困っていた。さらに調べても居場所がまったくつかめない人すらいた。

六千万円という大金を手にするのは大変そうだなあ、と思いながら利沙子を見ていたが、佳恵も順調とは言いがたい。

「ねえリネン、少しは私と仲良くなってくれてもいいんじゃない？」

毎日リネンに餌をあげ、日中も雅子の部屋にいるようにしている。トイレの片付けだってするし、リネンが起きているときは話しかけてもいる。

だが、近づこうとすると「フゥーッ！」と威嚇され、猫用の遊び道具を用意しても、見向きもしてもらえない。餌で釣ろうにも、佳恵が餌のそばにいると寄ってこないのだ。

「距離が遠い……」

物理的にも、精神的にも、だ。

「おーいリネン。ちょっとは遊んでよー」

完全に佳恵が『遊んでもらう』立場だが、十回くらい頼むと近づいてきてくれることもあるため、今は何としてもそばに来てもらうことを優先していた。

「ねえリネン。私の部屋に来ない？」

近づいていたリネンの足が止まる。そっぽを向かれた。

「何かしたいこと言って？」

――出ていって。

そう言われている気もするが、言葉は通じないから、そこは無視をする。

「利沙子さんの手続きが終わるまでに、私がリネンと仲良くならないと困るんだよ」

一度佳恵の方を見たあと、リネンはごろりと、雅子のベッドの上に横になった。

――そんなの、こっちの知ったことじゃない、とでも言われているようだ。

「お祖母ちゃんとどんなふうに過ごしていたの？」

ピクッと、リネンの前足が動く。

「雅子さんのことだよ」

寝転がったリネンが頭をあげた。

「私のお祖母ちゃんが雅子さんだってことを知っているでしょ？」

リネンはニャーとは言わなかったが、今度はそっぽを向くことはなく、佳恵を見ていた。

「ねえ……私たち、昔からの知り合いじゃない。少しは相手してくれないかな」

リネンの反応がない。やっぱり忘れられているのだろうか。

「じゃあさ、お祖母ちゃんのこと教えて。ひまりさんも利沙子さんも、嫌っている感じだし、環さんは……なんだか寂しそうだったし」

環からは利沙子たちのような怒りは感じないが、その分辛そうなものが伝わってくる。

「お祖母ちゃんの最期を看取った人だから、寂しいんだろうけど」

佳恵から見て、環は若いとは言えないが、歳をとっているというほどではない。離婚したというのだから、少なくとも一度は結婚したのだろう。

利沙子は環より年上だが、結婚や子どもについての話を聞いたことはない。ひまりが「幸太郎」として外出しているときはいったい何をしているのか、いまだに佳恵はわからない。リネンだけでなく、他の同居人たちとも距離が遠い。

「私とリネンの共通点って、枝豆くらいだよね。私も枝豆好きなんだ。茹でたて食べるのも好きだけど、ずんだ餅も好きだし。でも……猫は嫌いなんだよね」

この家に来てから、初めてそのことを口にした。

この家に来た日、皆の前で猫が好きと言ったが、本当は猫が嫌いだ。アレルギーではないから近づくことはできるが、嫌いなものと一緒に住みたくはない。

「でも、嫌いでもオマエを飼わないと……」

言葉は通じなくても、リネンは佳恵が嫌っていることを感じ取っているのかもしれない。

　突然、部屋のドアが開いて、ひまりが顔を覗かせた。

「ね、環さん、どこに行ったか知らない？」

「ノ、ノックくらいしてください」

　いつものように、ひまりが外出しているとばかり思っていた佳恵は慌てる。

「ここは佳恵の部屋じゃないでしょ？　あなたも利沙子さんみたいに自分の持ち物だって言うつもり？　まあ、争いたかったら好きにすればいいけど、この家屋敷の相続手続きは、一筋縄どころか、二筋も三筋もいかないわよ」

「家は別に……」

「そうね。こんなに広いと一人暮らしじゃあ、もて余すだろうし。手入れはしてあるけど、年期が入っているから使い勝手がイマイチだしね。私も欲しいとは思わない。ただ……佳恵は、利沙子さんの手続きが長引く方が助かるでしょ」

「え？」

　佳恵の顔がこわばる。

　さっきの独り言を聞かれていたのだろうか。

　ひまりは、普段から含みのありそうな笑みを浮かべているから、何を考えているのかわからない。

「……今日は出かけないんですか？　てっきりもう外出したのかと」

服装が「ひまり」のままだ。いつもならひまりは、午後二時半にはスーツ姿で家を出ていき、帰宅は深夜だ。

だが今は、午後四時を過ぎているのにスカートを穿いている。

「今日は外出する予定はナシ。一日家にいる日なの。それより環さん知らない？」

「庭にいませんか？」

「庭？」

「環さん、ガーデニングが趣味だから」

そういえば、ひまりが外出している日中に、環は庭いじりをしている。先日手伝った話を佳恵がすると、ひまりは庭が見える廊下の方へ行った。昔ながらの日本家屋は、ガラス戸が何枚も続く長い廊下が庭に面している。

「環さんに何の用ですか？」

佳恵がひまりの背中を追いかけると、廊下に利沙子が立っていた。

「あら、おそろいで珍しい」

「そういう利沙子さんこそ、こんな時間に起きているとは珍しいわね」

ひまりと利沙子の嫌味の応酬は、聞いていると苦しくなる。

佳恵は二人から少し距離をとって、庭にいる環をガラス越しに見た。環は何かの球根を植えているようだった。

　利沙子の視線の先には環がいる。腕組みをしたまま言った。

「あの人、何が目的なんだろう」

「遺言書通りに遺産相続を終わらせるため、じゃないですか？」

「バカ。あの程度のお金で、どうしてそんな面倒なことを引き受けるの？　私の相続なんて、いつ終わるかわからないのよ。それなのに、こんな場所に縛(しば)り付けられて、何のメリットがあるっていうの。あるとしたら、この家を乗っ取るつもりとかじゃない？」

「まさか……」

「そもそも、ずっと一緒にいた環さんが、あの人をどうかしたって可能性もあるのよね」

　利沙子と同じように、環を見ているひまりが口を開く。

「どうかしたって、何をしたって言うの？」

　利沙子が何か言おうとしたとき、庭にいた環が三人に気づいたらしく、近づいてきて、ガラス戸を開けた。

「何か御用ですか？」

「指輪のことで――」

　そこまでひまりが言ったとき、利沙子が先を奪った。

「環さん、あの人のこと殺した？」

「利沙子さん、何を言って……！」

佳恵が焦って止めようとするが、利沙子は動じない。腕を組んだ姿勢を崩さずに、環を見ていた。

「私だけじゃないわよ。どうせ幸太郎だって同じことを考えているハズだから」

話を振られても、ひまりは口を開かない。だけど否定もしない。「言わない」言葉が重くのしかかる。

そして、佳恵も気になっていることがあった。

庭には毒をもつ植物があると、環は言っていた。

触っても大丈夫らしいが、食べたらどうなるかまでは聞いていない。

環を糾弾（きゅうだん）しようとしていた利沙子は、今度は佳恵の方を向く。

「佳恵。アンタだって、今回得したわよね。高校生が一千万を超えるお金を手にするって、普通はあり得ないじゃない」

「え？」

「それって母親が――」

「利沙子さん」

ひまりが低い声で利沙子の言葉を遮るが、もう遅い。利沙子が何を言おうとしたのかわかったからだ。

母親が死んでいたから相続できて良かった？

そんなことあるわけがない。

母親には生きていて欲しかった。たった十年で死別して、良かったなんて一度も思ったことはない。父親の理不尽も、将来への不安も、母親がいれば一緒に戦えた。もちろん今、こんな場所で利沙子に暴言を吐かれることも、嫌いな猫に悪戦苦闘する必要もなかったはずだ。

勝手なことを言うな。私の不安なんて少しも知らないクセに。

「利沙子さんの、バカ！」

佳恵はそれだけ言って、家を飛び出した。

財布を持たずに家を飛び出した佳恵はバスにも乗れず、歩くしかなかった。

ムカつく、というより悲しい。でもムカつく。

成長するにつれて、考えても仕方がないことは意識的に考えないようにしていたが、それでも母親を忘れることはなかった。

会いたい。そばにいて欲しい。佳恵が困ったときに助けて欲しい。父親は「親は大切にしろよ」と言っては、女性とうまくいかなくなるとアパートに帰ってきたが、佳恵からしてみれば「親なんだから、子どもを大切にしてよ」と思っていた。

でも、言っても無駄だ。無駄だから、佳恵は希望を口にすることをしなくなり、やがて考えることもやめてしまった。

それでも、まったく思わないわけではない。

降ってわいた相続話は、渡りに船だった。お祖母ちゃんが助けてくれる、と思った。

だけど、一緒に指定されていた相続人は、デリカシーの欠片もなかった。

「どこへ行こう……」

新潟に来てから、環が運転する車に乗って買い物に行ったことはあったが、助手席に乗っていただけの佳恵は道を覚えていない。そして佳恵には行くあてはない。アパートはすでに引き払ったし、父親のところには絶対に行きたくない。そもそも交通費すらない。

十月になって日が暮れるのが早くなった。今日は曇りということと、午後五時近くになっているせいか、すでに薄暗くなっている。

明かりに引き寄せられる虫のように、佳恵は人通りの多い方へ歩いていった。

「この先どうしよう……」

あてもなくフラフラしていると、ビルに備え付けられていたデジタル時計が、午後六時を指していた。

何度も同じ場所をぐるぐるしていたのか、佳恵の足はすっかりくたびれている。

「何か着てくればよかった」

日中は暖かくても、日が暮れると肌寒い。薄手の長袖だけでは身体が冷える。でももう、歩き続けるのも疲れた。

「ねえ、彼女。ヒマ？　時間ある？」

突然肩を抱かれた。後ろから男性が近づいていたことに、佳恵は気づいていなかった。

二十代前半くらいだろうか。ほとんど金色に近い髪色で、片耳にピアスがついている。社会人には見えない。学生かもしれない。

初対面で距離感を間違えている人とは仲良くなれない、と佳恵は思った。

「暇じゃないです」

「でもさっきから、どのお店にも入らないし、誰かと待ち合わせている感じでもないから」

いつからなのかはわからないが、見られていたらしい。

「この辺、よく知らないから、歩いていただけです」

「あー、そっかー。じゃあ案内してあげるから、一緒に飲みに行かない？」

「未成年です」

「大丈夫だよー。キミ大人っぽいし、可愛いし」

肩にかかる手の力がさらに強くなる。耳元に知らない男の息がかかって気持ち悪い。

嫌だ。放して欲しい。だけど男の腕は細いわりに力強く、振りほどけない。

「暇だったら、少し一緒に遊ぼうよってだけの話だからさ。外は寒いし、キミ薄着じゃない。一緒に暖かいところへ行こう」

「嫌です！」

「こんなところにいるより楽しいよ」

佳恵が身をよじって逃げようとするが、男は放してくれず、誘いを繰り返す。

「嫌だって言っているよ。その子を放して」

ひまりの声がした。走ってきたのか、ひまりの首筋に汗がつたっている。

「どうして？」

「捜したに決まってるでしょ」

「何？　この人アンタの知り合い？　カレシ……じゃないよな。オッサンだし」

ひまりは仕事へ行くときと同じように、スーツを着ている。

「今日は外出しないんじゃ……」

「誰のせいだと」

眉間に深いシワを寄せたひまりは、ムスッと唇を曲げた。

ひまりが佳恵の腕を引っ張る。声をかけてきた男の手が佳恵の肩から外れ、身体が軽くなった。

「この子は連れて帰るから」

声をかけてきた男も、面倒ごとに巻き込まれるつもりはないのか、「ハイハイ」と軽い調子で言いながら、その場を離れる。次のターゲットを探しに行くのだろう。

ひまりは、フンと鼻を鳴らした。

「あーあ、ホント、面倒くさい。今日は一日引きこもっているつもりだったのに」

「別に捜してなんて……」

「素直じゃないわね。じゃあ、あの男と一緒に行きたかったわけ？」

「それは……」

ごめんなさい、ありがとう、を言えば良いことくらい、佳恵にもわかっている。

だが、さっきのことを思い出すと、素直な言葉は口に出す前に消えてしまう。

「どうして、外出するときは男性の格好なんですか？」

「その方が何かと楽なの。前にも言ったけど、スーツなんて女性でも着るでしょ」

「でもウィッグも外しているし」

「そりゃ、このスーツに長髪は似合わないもの」

それだけだろうか？　佳恵が胡乱(うろん)な目で見ていると、今度は、はぁー……と、深いため息を吐いた。

「そういう条件で仕事しているの。私は特に治療もしていないから、どうしたって隠しきれないし。それに、本当に女性になりたいというのともちょっと違うしね。だから、仕事のときは戸籍上の性別のまま生きているってわけ」

「そういえば、ひまりさんって、何の仕事をしているんですか？　毎日ヘンな時間に外出してますよね」

「ヘンって何よ。世の中には、人が寝ている間に働く人も、休みなく働き続ける人も、毎日何もせずに生きている人も、色々でしょ。佳恵の周りには、みんな朝八時に家を出て、夜七時前に帰ってきて、土日は休みで、夏休みと冬休みがある人しかいなかったわけ？」

「コンビニでバイトしてたから……」

「じゃあ、夜に働く人がいることだって知っているでしょ」

「ひまりさん、コンビニでバイトしているんですか？」

「どうしてそうなるの。病院で働く人や、警察官だって夜勤はあるでしょってこと」

「そういう人は、シフト制かと……」

「ああもう、うるさいわね。みんな心配しているから帰るわよ」

「でも私に帰る場所なんて」

たとえ謝られても、利沙子は許せない。顔も見たくなかった。

「利沙子さんの言ったことは正しくないけど、全部が間違いだった？」

「え？」

「姉さんが亡くなったことは、佳恵にとって悲しいことだけど、姉さんが生きていたら……あの人は相続人には含めなかったかもしれない」

「でも遺留分が」

ひまりが苦笑した。

「高校生が変なことを覚えちゃって。遺留分なんて言葉、高校生のときの私は知らなかったわよ。でもそうね。遺言書に姉さんの名前がなくても、姉さんが遺留分を請求すれば、もらえたでしょうね。ただ、もし姉さんが生きていたら、請求しなかったんじゃないかな」

「どうして？」

「二人とも意地っ張りだから」

ひまりは二人を思い出しているのか、遠くを見ていた。

佳恵にはわからない昔の話。まだ佳恵の母親が結婚する前の時間。ひまりは、それを知っている。

ひまりは佳恵の手を引いて歩きだした。だが佳恵は、やっぱり帰りたくなかった。

抵抗するように力をかけて歩みを遅くする。それでもひまりは、ぐいぐい佳恵の手を引っ張る。

ひまりの方が力は強いから、少しずつバス停の方へ近づいていた。

「まったく、薄着でお金も持たずに家を飛び出すなんて、バカのすることよ」

「お金持って、服も用意するくらい冷静だったら、家なんか飛び出しません」

振り返ったひまりは、一瞬目を大きくしたかと思うと、次の瞬間声をあげて笑った。

「確かにそうね。佳恵が正しい」

褒められても嬉しくない。

「正しいから、猫が嫌いでもリネンを飼って、遺言書通りにお金をもらいなさい。それは佳恵にとって必要になるものだから」

「あ……」

「別にいいんじゃない？　遺言書にはリネンを好きになることとは書いていないんだし。ちゃんと世話をすればいいわけでしょう？」

「そうかもしれませんけど……」

祖母が何を考えて、リネンを佳恵に託したのかはわからない。

嫌いなものを託すなんて、もしかしたら復讐のつもりだったのかもしれない、とすら思う。佳恵に対してではなく、本来の相続人である麻美への……。

だけど、好きにならなくてもいいと思ったら、少し心が軽くなった。

自分で歩きだすと、ひまりは佳恵の腕を放す。二人で並んでバス停に立った。

「でも、利沙子さんの顔は見たくありません」

「あの人のことは、一人で熱くなっているなあ、くらいの目で見てなさいよ。そう思うと、結構面白い人だから。それより進路のことを考えなさい。バイトを否定するわけじゃないけど、相続が完了したら、進学費用がもらえるわけでしょ。大学に行けるお金が受け取れるのよ」

「別にやりたいこともないし……勉強も好きじゃないし」

「今なんて、入試方法はたくさんあるし、やり方はいくらでもあるわよ。もちろん勉強はしなきゃだけど」

「でも……」

「でもじゃないでしょ。このままでいいの？　親に頼れないならなおさら、自分ができることを増やさないと」

「そうかもしれませんけど……」

煮え切らない佳恵に、ひまりは、あー……と、何とも言えない声を出して、黙ってしまった。

遠くから赤色の屋根のバスが、佳恵たちの方へ向かって走ってくる。近づくライトが、二人の影を作り出していた。

大学かあ……と、佳恵は息を吐き出すようにつぶやいた。大学生に憧れがないわけではない。

「でも、私が大学に入れるとは思えないし……」

ひまりが、ああもう！　と、声をあげた。

「さっきも言った通り、やり方はいくらでもあるの。わからないなら、教えてあげるから！」

「誰が？」

「私が」

「ひまりさんが？　できるんですか？」

「できるから言ってんの！　これでも塾で英語を教えているんだから」

「え？　……それで、遅い時間から仕事？」

「そう。するの？　しないの？」

「します」

勢いで言わされたようにも思ったが、まあいいか、と佳恵は思った。

飛び出していった手前、いくらひまりが一緒とはいえ、佳恵は帰宅するのは気が重かった。だが今、佳恵が帰る場所はここしかない。

「ただいま帰りましたー」

ひまりが玄関を開けても返事がない。

バスの中でひまりは環に、佳恵と一緒に帰ることを連絡していたが出てこなかった。

「ある意味いつも通りね。ほら、気にする必要ないでしょ」

佳恵は少し拍子抜けしたが、ひまりの言う通りだ。

玄関で靴を脱いでいると、ひまりは「利沙子さんはともかく、環さんについては私もよくわからない」と言った。

「親戚とはいえ、ほとんど会ったこともない他人と一緒に住むなんて、あの人がするかなって思うし……高齢者とはいえ、平均的な寿命より、かなり早く逝っちゃったしね」

「確かにそうですね。私たちが知っているのは、どれも環さんから聞いた話だけですし……」

——ガシャーン。

ひまりと佳恵は顔を見合わせる。雅子の部屋の方から、何かが割れる音がした。

二人は急いで音の方へ走った。

「どこにあるの！」

利沙子の声だ。

雅子の部屋のドアが開いている。中にいた利沙子は、押し入れの中から物を投げるように出していた。傍らには人形が入ったケースが割れて、ガラスが飛散している。

「どこに隠したの！」

環も部屋の中にいるが、無言で立っている。やがてスカートのポケットから小さくたたまれたビニール袋を取り出して、ガラスを片づけ始めた。

「ちょっと、何事？」

ひまりの姿を見て、興奮状態の利沙子は肩で息をしながら言った。

「指輪、どこにあるの？」

「――え？」

「捜しているけど、見当たらないの。幸太郎の手元にある？」

「ないけど……ここにないの？」

環は割れたガラスを慎重な手つきで拾いながら言った。

「私はてっきり、雅子さんの部屋にあると思っていました。とても高価な指輪ですから、現物は、遺言書と写真とは別にしまっておくと聞いていましたし。ですのでこの家のどこかに、大切に保管されているかと……」

「でも、なかった！」

「だとしたら、他の部屋かと……」

「どこ？　こんなに部屋数の多い家で、指輪なんて小さなもの、いつになったら見つけられるっていうのよ。そもそも本当にあるの？」

「私はあるものだと思って、雅子さんの話を聞いていました。相続の手続きは今しばらく時間がかかるようですから、その間に捜されればいいんじゃないですか?」

環はひまりの方を見ていた。でもひまりは、指輪がなかったことがショックなのか、何の反応もしなかった。

佳恵も環と一緒に、荒れた部屋の中を片づけ始める。

ぐちゃぐちゃになった服は、元通りにするのに時間がかかりそうだ。

いくつかブラウスをたたむと、床に手紙の束が落ちていることに気づいた。

「あ……これ」

「どうかしましたか?」

環が佳恵の手元を見る。幼い文字の手紙は、子どものころの佳恵が雅子に宛てたものだった。

「全然覚えてないです。手紙を出したことなんて……」

手紙の内容は、他愛もないことだった。まだ小学校に上がる前だから、文字も文章もつたない。間違っているところがいくつもあった。

だが、五歳という年齢を考えれば不思議なことではない。

疑問だったのは、その手紙に、幼児独特のタッチの、アンバランスな猫が描かれていたことだった。

第二章　十七人の相続人

一

　雅子が生前、土地家屋の相続人を捜し当て、放棄してもらうための必要書類に判を押してもらっていたのは十名。その人たちにはすぐに連絡がつき、再度利沙子から意思確認をした。その人たちは問題ない。頭が痛いのは残りの六名だ。数からすると、それほど手間でもないとタカをくくっていたが、雅子でさえできなかったのだから簡単ではない。

　それでも、居場所のわからなかった二名の所在を確認し、手紙で連絡をしている。電話やメールでなく手紙というところがまどろっこしいが、飛行機を利用しても一泊で帰ってこられるかもわからない場所にいる相手で、電話番号もメールアドレスもわからないのだから、こうするよりほかかない。

　残りの四名のうち、依然として居場所がわからない人が一名。そして交渉しているものの同意してくれないのが三名。そのうちの一人、同じ新潟市内に住んでいる岩田健三の家には、すでに何度か訪ね、交渉に当たっていた。

岩田の家は市内でも郊外にある住宅地だった。元は広い土地を分割して、建売住宅として売り出したのだろう。外壁の色が違うだけで、ほぼ同じデザインの小さな家が四軒並んでいる。

利沙子は右から二番目の家のインターホンを押した。

「帰れ」

カメラ付きのインターホンから聞こえた声には、敵意がこもっていた。実際に顔を合わせることができたのは、最初に訪問したときだけだ。

利沙子から相手の顔は見えないが、家の中からは利沙子の顔が見えるのだろう。今日も話し合う気はなさそうだ。

利沙子はもう一度ボタンを押した。今度は応答もない。どうにかして玄関ドアを開けさせたいが、インターホンまで無視されたら手段がなくなる。

還暦を少し過ぎたくらいの岩田は、とにかく話が通じない。金をよこせとしか主張しない。もちろん利沙子は金を渡したくない。双方の主張は平行線をたどり、まったくもって交わる気配はなかった。

利沙子は何度も何度も、インターホンを鳴らした。

「うるさい！　しょっちゅう来られても迷惑だ、帰れ！」

「だったら書類にハンコを押してください。そうすればもう来ませんから」

「俺にも権利はある」

「でも他の人は、全員承諾してくれたんで――」

「本当か？」

「もちろんです」

嘘だ。岩田の他にも、ゴネている相続人はいる。ただ、これまで会った中で一番強く拒否しているのが、岩田であることは間違いない。

「他の連中も承諾したというなら、そいつらをここに連れてこい。皆で裁判を起こすように俺が説得してやる」

「それだと相続分よりも、裁判費用の方が高くつきますよ」

「そんなの、やってみなけりゃわからんだろう」

「本当です。知り合いの弁護士さんに確認しましたから」

もちろんこれも嘘だ。実際のところは知らない。利沙子にはそんな知恵も、相談する相手も、費用もない。ただ仮に嘘であっても、相手が諦めてくれればそれで良い。手続きが終わってしまえばこっちのものだ。

「とにかくゴチャゴチャ言ってないで、オマエこそ放棄しろ」

スピーカー越しに聞こえる怒鳴り声は拡声器並みにうるさい。利沙子も負けじと声を張り上げた。

「無理に決まってるでしょ！　私にって、遺言書もあるんだから。さっさと書類にハンコ押して！」

「それが人にものを頼む態度か？　帰れ、帰れ。絶対オマエの言うことなんて聞いてやらないからな」

「ケチ！　頑固ジジイの強欲ジジイ！」

　玄関先で怒鳴っているので、遠巻きに近所の人の視線を感じるが、そんなものは気にしていられない。

　遺言書では利沙子に遺すと書かれているのだから、みんなそれに従ってくれればいいのに。

「時間がないんだから」

　あと四か月で終わるだろうか。いや、利沙子はもっと早く手続きを終えたい。今はそればかりが頭の中で渦巻いていた。

二

　スマホのアラームが鳴り続いている。薄目を開けた利沙子は、手にしたスマホを壁に投げつけようとしたところで目が覚めた。時刻を確認すると、正午になろうとしていた。

部屋の中は薄暗い。雨が降っているからだろう。来月になれば雪の季節になる。想像しただけで寒気(さむけ)がした。

「あー、ヤダヤダ」

十一月でも布団(ふとん)から出るのが億劫(おっくう)だ。それでなくとも、昨日はアルコールを飲みすぎて頭が重い。

寝起きが悪いのは子どものころからで、大人になれば少しは変わるかと思ったが、そんなことはなかった。結局は大人になるかどうかではなく、人それぞれの問題だということを、利沙子は最近――この家で生活するようになってから気づいた。

あの人……雅子のせいだ。

雅子はいつも、朝五時には起きていた。夏でも冬でも変わらなかった。なぜそれを知っているかといえば、利沙子が眠る時間に雅子は動き始めていたからだ。仕事もしていたが、家事が滞(とどこお)っているところは見たことがなかった。

利沙子が二十一歳になってからできた義母は、資産目当て以外の何者でもないと思っていた。いや、今でもそう思っている。進まない遺産相続の手続きが、その考えを確信に近づけていた。

「私に相続させる気なんてないんでしょうね」

利沙子に遺された土地家屋の相続手続きは、すでに三か月近く経っているというのに、終わりが見えない。

そもそも、利沙子の父親が亡くなったときに登記をしていれば、こんなことにはならなかったはずだ。なぜ雅子がそれを怠ったのか。雅子の性格からして、理由なく放置するようには思えない。実際、居場所を突き止めていた相続人もいた。

だけど、その雅子も土地家屋の登記手続きは中途半端なままだった。

「私に嫌がらせしたかったんだろうけど」

利沙子がずっと疑問に思っていることだ。

土地家屋を利沙子に遺したいというのは、利沙子の亡き父の意向だという。だが、父親は雅子より先に鬼籍に入った。意向について父親は何も書き残していない。つまり、雅子の心の中だけにとどめておけば、遺産の分配などどうにでもできたはずだ。

癪なのは、雅子は嫌がらせのためだけに、こんなことをするような人だっただろうか……と考えるくらいには、利沙子から見ても、曲がったことはしない人だった。

布団の中でゴロゴロしていると、ドンドンと、強くドアをノックする音がした。

「ちょっとー、いつまで寝ているの？」

幸太郎だ。佳恵や環はひまりと呼んでいるが、利沙子は幸太郎と呼んでいる。利沙子は「幸太郎だった」ころを知っている。本人はひまりと呼ばれたいみたいだが、そんなことは知ったことではない。

「うるさいなあ」

利沙子はドアに向かって声を張り上げた。

「うるさいと思うなら早く起きて。佳恵だって、とっくに起きているのに」

「若いコと一緒にしないで」

「あ、ごめんなさい、オバサンに無理言っちゃって」

「はあ?」

ドアに向かって枕を投げるが反応はない。

もう、ドアの前にはいないらしい。幸太郎の顔は見えなかったが、声は笑っていた。

利沙子と幸太郎は十四歳離れている。今、幸太郎は三十四歳。初めて会ったときは、六歳だった。母親とともにこの家にやってきたときの幸太郎は、今からは想像ができないくらい大人しく、無口な子どもだった。広い家に喜ぶわけでもなく、新しい父親と馴染むわけでもなかった。実の姉である麻美との仲は良さそうだったが、年齢が十歳離れていたこともあって、一人でいる時間が長かったように思う。

幸太郎と利沙子が一緒に暮らした期間はそれほど長くはない。利沙子が雅子に追い出される形で家を出たからだ。

だから、その後何があって、幸太郎がひまりと名乗るようになったのか、詳しいことはわからない。が、雅子に対する反発もあったのではないかと思っている。

「あのババアと一緒にいたら、息が詰まるものね」

雅子は今でいう丁寧な暮らしをして、道行く人に挨拶を欠かさず、いつでも身なりを整えていた。家中の掃除は行き届き、部屋はもちろん、広い庭も雑草が生えていることなどなかった。雅子本人だけでなく、雅子の視界に入るものは、何もかも整っていた。

でも整いすぎていた。利沙子は、一緒にいると息が詰まった。

「環さん、よくあんな人と一緒にいられたわね」

息苦しくはなかったのだろうか。それとも……。

「一緒にいられなくなって殺したとか」

利沙子は環の態度が引っ掛かっている。直接手を下したかどうかはわからないが、こっそりどこかに雅子の財産を隠しているのではないかと疑っている。少なくとも、生前に何かを受け取っていたような気がしていた。

ゴロンと寝返りを打つと、ドンッと、音とともにドアが揺れた。

「うるさい、幸太郎！」

「……お昼」

ボソッとした声がした。佳恵だ。利沙子がなかなか起きてこないから、呼んでくるように幸太郎に言われたのだろう。

以前は昼過ぎまで寝ていたが、最近は四人で食べることが増えた。もちろん利沙子から望んだわけではない。だが、寝ていても起こされてしまう。

「うるさいなあ」

利沙子が布団から這い出てドアを開けると、そこにはもう佳恵の姿はなかった。

昼食は親子丼とサラダと味噌汁。定食屋のようなメニューだ。卵は絶妙の火加減のトロフワで、出汁も濃すぎず薄すぎず、塩辛くないのに旨味はしっかりと感じる。つまり美味しい。環の料理の腕はかなりのものだった。

利沙子が頬を緩ませながら食べていると、環が佳恵を指さした。

「今日の親子丼を作ったのは佳恵さんです」

「え？　へ、へえ……どうりで、いつもより卵に火が入りすぎていると思ったのよ。ほら、ここの卵、カチカチでしょ」

横に座る環の手が利沙子の持つ食器に伸びてくる。が、利沙子はサッとその手を避けた。

「捨てるのもったいないから食べてあげる」

嫌味を言っても、佳恵は黙っている。家に来たころはもう少し話していたが、最近はずっとこの調子だ。佳恵が家を飛び出したときに利沙子が言った言葉を、根に持っているらしい。不満そうにしながら黙っている姿を見ると、やりにくいったらありゃしない。

環が「味付けの塩梅が絶妙ですね」と褒めていた。

「そうそう。昼食が終わったら、佳恵さん、買い物に付き合ってもらえます？　一人一個限定のトイレットペーパーを買いたいんです。近所だから、すぐに帰ってこられますから」

環が気遣っているのは、佳恵の勉強を邪魔したくないからだろう。佳恵は「大丈夫です」と笑顔で応じている。

それにしても、親子丼は美味しい。言われなければ、環が作ったものと思ったまま食べていただろう。出汁や塩加減はいつもと変わらない。

なぜか幸太郎が不機嫌そうだ。料理が口に合わないのだろうかと思ったが、ワイシャツの首元を緩めるように手をあてていたのを見て、利沙子はピンッときた。

「珍しいじゃない、その格好で食べるの」

幸太郎がムスッと口を曲げる。

「誰かさんが遅いからでしょ。なかなか起きてこないから先に着替えたの。今日はちょっと早く出勤しなきゃならないし」

「先に食べればいいじゃない。私は待っていてなんて言ってない」

なった。

「私だって、このメンバーで顔を突き合わせて食べたいわけじゃないけど……ねえ？」

幸太郎の視線が環に向く。皆で食べようというのは、環が言い出したことだ。できることなら夕飯を一緒に食べたかったようだが、幸太郎の仕事が夜遅くまであるため、昼食になった。

環が箸(はし)を置いてお茶を一口飲んだ。

「外せない予定があるときは別ですけど、せっかく皆さんがいるのなら、一日一食くらい一緒に食べても良いかと思いまして。利沙子さんも、夜はいらっしゃらないことが多いですし」

「ねえそれ、あの人の遺言でしょ」

環は黙っている。否定しないということは、当たりらしい。

「よくわかんないけど、一つ屋根の下で生活しているのなら、一緒に食事をしろとか言いそうじゃない。しかも食事中にスマホいじるな、とか。学校じゃないんだから、好きにさせて欲しいんだよね」

あの人、とは雅子のことだ。

利沙子は昔、短大を卒業したころ、雅子に言われたことがあった。夕方に出勤して、明け方に帰ってくる仕事をしていた利沙子にとって、朝は寝ている時間だった。さすがに朝食の時間帯は起こされなかったが、昼食のときはもう少し寝ていたいと思っても、許されなかった。「一つ屋根の下で生活している家族ですから、一緒に食事をしましょう」と。利沙子にしてみれば、一緒に住んでいるのは成り行きだったたし、家族になったつもりなどなかったが、雅子の主張が変わることはなかった。

　幸太郎がうなずいた。

「私も中学生のころ、朝食は六時三十分、夕食は七時に決まっていたんだけど、学校のある日はともかく、休みの日は寝坊したかったのに、許してもらえなかったわ。生活のサイクルを乱すのは良くないって」

「あー、それも言ってた」

「まあ何度言われても、生活態度が変わらない人もいるみたいだけど」

　幸太郎は人をバカにしたような笑みを浮かべて、利沙子を見ていた。言われっぱなしは我慢ならない。

「アンタだって似たようなものでしょ。どうせあの人、女装なんて許さなかっただろうし」

「そうね」

　言い返してくるかと思っていたが、幸太郎はあっさりと認める。

「うるさい」

　佳恵がボソッと言った。

利沙子には態度は悪いが、最近は生活態度も規則正しく、さらに環とは一緒に食事を作ったり、ガーデニングをしたり、幸太郎に勉強を教わっているらしい。らしい、ばかりなのは利沙子が寝ていて確かめようがないからだが、会話からそんな様子をうかがい知ることができた。

「良い子ちゃんは、お祖母ちゃんが生きていたら、さぞ可愛がってもらえたでしょうね。ダメ男に走った母親の代わりに。もしかして、良い子になったら相続分を増やしてもらえるとかって、オプションがあったりするわけ？」

「車の契約じゃないんだから、そんなものあるわけないでしょ」

答えたのは幸太郎だ。さっきまでの人をバカにしたような表情が消えて、少しばかり怒りをにじませている。

「わかんないじゃない。遺産が本当に遺言書に記載されていたものだけかなんて、私たちには。ね、環さん？」

「……私が伺っているのは、遺言書のことだけですから」

「えー、私、知ってるのよ。環さんが毎月、佳恵にお金渡していることを」

「別に隠しているわけではありませんし、お小遣い程度のものです。身の回りの物など、自分で買いたいものもあるでしょうから」

「そのお金はどうなっているの？　どこから出ているの？」

「私が出しています」

「今は、でしょう？　元はあの人のお金なんじゃない？」

環がため息をつきながら箸を置いた。

「おっしゃる通り、元は雅子さんのお金です。ですが、今食べている卵や鶏肉、お米といった食費や日々の光熱費も、元は雅子さんのお金です。おおむね必要になるだろうお金を、生前にいただいていて、そこから私が払っています」

「そのお金、余ったらどうするのよ」

「この生活がどれだけ続くかにもよりますが、明日にでも終わるようでしたら分配いたします。利沙子さんの相続手続き、今日明日中に終わりそうですか？」

いつもはハイハイ、と言うことを聞く環にしては強気だ。一番痛いところを突かれたこともあり、利沙子は一瞬で頭に血が上った。

「終わるわけないでしょ！　あんな超面倒くさいこと」

「それでしたら恐らく使い切ります」

かき込むようにして親子丼を食べていた幸太郎が箸を止める。

「どのみち、来年の三月までに終わらせないと、だしね」

幸太郎が挑発するような顔で、利沙子の方を見ていた。

食べると話すを上手く両立させている幸太郎は、お茶を口に含むと、ふーっと、ゆっくりと息を吐き出す。

「まあ、みんないつまでもこの生活を続けてはいられないし、佳恵だって三月には進路が決まるだろうから、ちょうどいいわ。そのときにまで行き先が決まっていないと、路上生活になるかもしれないけど」

皮肉を含んだ幸太郎の言葉に、佳恵はうなだれた。

「落ちたらバイトしているかと……」

「今は落ちたときのことを考えないで、今日は昨日言っておいたページにプラス十ページ問題を解いておきなさい。ちゃんと脳みそ使わないと、自分の首を絞めるって見本が近くにあるでしょ」

専門科目の英語だけでなく、佳恵のレベルならだいたいの科目は教えられるという幸太郎の頭が良いのは知っているが、さすがにこの状況で言われているのが自分のことなのは、利沙子にだってわかる。

バカにされっぱなしなのは、面白くなかった。

「幸太郎の指輪は見つかったの？」

幸太郎がビクッと肩を震わせて動きを止める。だが反応はしたのに、利沙子を見ようとはしなかった。

「今捜しているところ」

「そのわりには、捜しているのを見たことないんだけど。毎日外出ばかりして」

「私は誰かさんと違って、仕事があるの。だいたい、昼まで寝ている利沙子さんには、誰が何をしているかなんてわからないでしょ」

利沙子は席を立った。

「あーもう、やってられない。ごちそうさまー」

さっさと食卓を離れた利沙子は自分の部屋ではなく、リネンのいる雅子の部屋に入った。

三

買い物から帰ったのか、台所のあたりがにぎやかだ。佳恵と環の話し声に、利沙子はそっと聞き耳を立てていた。

「佳恵さん、少しはリネンとは距離を縮められました?」

「んー……最初よりはいいですけど、まだ触らせてもらえなくて」

相変わらず佳恵はリネンに近寄れないらしい。利沙子にいたっては、同じ家にいてもリネンの姿を見ることもほとんどないが、自分の相続に関係なければどうでもいいことだ。

利沙子は足音をひそめて近づき、陰から二人の会話に耳を傾けた。

「私、ここに来てから三か月も経つんです。さすがに、抱っこさせて欲しいじゃないですか。枝豆でもあげようかなあ」

「きっかけとしては悪くありませんけど、あれは夏の食べ物ですからねえ……。リネンは冷凍ものを嫌がるかもしれませんし」

「猫なのにグルメ？」

環のクスクスと笑う声がする。

「グルメというほどではないと思います。キャットフードも食べますし。ただ、雅子さんは食材にもこだわっていて、野菜をよく地元の農家さんから仕入れていたので、その味を覚えてしまったのかもしれません。一度、冬にリネンが体調を崩して食が細くなったときに冷凍の枝豆を買ってきましたけど、食べなかったことがあって」

「それって、単に体調が悪かっただけじゃ……」

環は「そうかもしれません」と、歯切れの悪い返事をした。

「たまたまそのときの気分でなかったかは、私にはわかりませんね。今度、試してみますか？　冷凍の枝豆」

「んー……でも、食べてくれるかなあ。確かにお祖母ちゃんが飼っていた猫となると、旬の味とか知っていても不思議じゃないかもしれないし」

枝豆かあ……と、佳恵は悩ましそうな声でつぶやいているが、そんなに悩むことかと利沙子は思う。猫なんて、言葉を話せないのだからどうにでもなる。仮に懐かなかったところで、それがリネンの性質なのか、佳恵とのコミュニケーションの問題なのかは、誰にも判断できないはずだ。

「……あれ？」

利沙子は疑問を感じた。

リネンと佳恵の関係が良好になったかどうかの判断は環がするとして、リミットの三月末の時点で、佳恵が一人で世話をするのは難しいと思ったら、どうするつもりなのだろうか。

他にもわからないことはある。環もいまだに謎だらけだ。さほど多くないお金しかもらえないのに、他人の世話をしている。こんな場所にいるよりも、働いた方がもっと稼げるのではないかと思う。

幸太郎が相続するはずの指輪にしても、昼食後に雅子の部屋を捜してみたが見つけられていない。

やっぱり何かがおかしい。この相続を本当に実行する気があるのかすら、怪しく思えてくる。

「あれ？　利沙子さん、こんなところで何をしているんですか？」

いつのまにか廊下に佳恵がいた。

盗み聞きをしていたことを隠したい利沙子は、用意しておいた言い訳を口にした。

「コーヒーが飲みたくなったから、淹れて」

「……台所にあります」

「そんなこと知ってるわよ。佳恵が淹れて」

「私は飲みたくないです」

「私が飲みたいって言ってんの。あのさ、こっちは猫を相手にしているアンタと違って大変なのよ。自分勝手なことを主張する人たちに頭を抱えているの」

「ご苦労様です」

まったく心のこもっていない口調に、利沙子はカチンときて、佳恵の胸倉をつかんだ。

「アンタねえ、人の苦労も知らないで。だいたい、本気で自分に相続の権利があると思っているの？」

近くで見ると、やはり佳恵は麻美によく似ている。考えてみれば、麻美と初めて会ったのも、今の佳恵と同じくらいの年齢だった。

「本当は佳恵には、相続の権利がないの。だから出ていって」

「え？」

不安そうになった顔を見ると、利沙子はようやく少しだけ気分が晴れた。佳恵にこういう顔をさせたかった。

「アンタの母親。何もいらないから自分には構うなって、飛び出していったんだから。それって相続の権利を放棄したのも同然でしょ？　これは父から聞いたから本当よ」

「えっと……でも……」

動揺する佳恵を見ると、利沙子は自然と笑いが込み上げる。

「そりゃ、一度はあの人と仲直りをしたんだろうけど、結局疎遠になったんでしょ？　娘の葬式にも行かなかったくらいだし。いくら親子の縁を切ったといっても、実の娘よ？　しかも孫娘であるアンタはまだ小学生。それでも一切連絡をしなかったってことは、本当に縁を切っていたってことくらい、わからないの？」

「あの……」

佳恵が呆然としている。

「利沙子さん！」

台所から環が飛び出してきた。

「勝手なことを言わないでください」

「私、嘘なんて言ってない！」

「仮にそれが本当であっても、最終的に雅子さんが佳恵さんに財産を遺したいと考えられたことは事実です。佳恵さんには権利があります」

遺言書のことを言われると、利沙子の分が悪い。

トゥルルル……トゥルルル……。

家の電話が鳴っている。今どき、固定電話にかけてくる人などほとんどいないが、この家は古くからの知り合いが多いせいか、ときおり電話がくる。

環が受話器を取った。

「もしもし、弓浜でございます」

いつもより少し高い声で話す環を見ていると、そういえば雅子もこんな風に電話に出ていたことを思い出した。

「……え？　はい、おりますが……どちら様でしょうか？」

環の視線が利沙子に向く。受話器から漏れ聞こえる声は男のものだが、幸太郎ではなさそうだ。そもそも幸太郎なら、家の電話にかけてくることはない。

利沙子はポケットの中からスマホを出して画面を見る。顔からサッと、血の気が引いた。同じ電話番号から十件を超える着信があった。

利沙子は急いで玄関へ行き、靴を履く。後ろから環が何か言っているが、無視をした。のんびりしてはいられない。一刻も早く相続して、金を手に入れなければならない理由が利沙子にはある。てっとり早く換金できるものはないか、家捜ししてみても、金目のものは見つからなかった。

「まったく、何とかならないの」

大股で道を歩いていると、タクシーが信号待ちで停止しているのが見えた。利沙子は手をあげてタクシーを止める。ドアが開き後部座席に乗り込むと、背もたれにもたれかかった。

「どちらまで？」

愛想の良い運転手は、振り返るようにして利沙子を見ている。

利沙子は吐き出すように、目的地を告げた。

四

前回、岩田の家に来たのは五日前だ。

どうせ嫌な顔をされることはわかっているが、利沙子はチャイムを鳴らした。

「あれ？」

耳を澄ますが、普段なら聞こえるはずの物音がしない。外出中だろうか。シャッターが閉まっている車庫には、車があるかわからない。

ここまで来るのも、無料ではない。少しは進展させないと、という思いが焦りにつながる。

「寒いったらありゃしない」

玄関先で足踏みをするが、つま先から冷えが身体を覆う。近所に時間がつぶせそうな喫茶店もない。二、三キロ先に食品スーパーがあったような気はするが、そんなところまで歩きたくないし、その間に岩田が帰宅したらと思うと、ここから離れたくなかった。

「なんでこんな苦労を、私がしなきゃならないの」

利沙子がボヤいたとき、一台の軽自動車が近づいてきた。利沙子はとっさに、車庫の陰に身を隠した。

車の音は岩田の車庫の前で止まる。エンジンをかけたまま、運転手が降りてきた。カラカラと、シャッターをあげる音がする。

利沙子は背後から声をかけた。

「岩田さん!」

「うわっ!」

岩田がよろめくように、二、三歩あとずさる。利沙子を見た岩田は、一瞬で顔が真っ赤になった。

「オマエ……また来たのか! しつこいぞ」

「書類にハンコを押してもらえたら、もう来ません」

「俺は押さないと言っただろ!」

「でもそれは、岩田さんにとって何の得にもなりませんよ。取得時効って知りませんか？」

「取得時効？」

岩田の声に疑問が浮かぶ。どうやら知らないらしい。

ラッキーと、利沙子は心の中でほくそ笑んだ。

「取得時効っていうのは、十年とか二十年とか、ずっとその家に住んでいると、自分の物になるって法律です。あの家は、もう七十年以上あそこにあるんですよ。その間、岩田さん、あの家に行ったことありました？　自分の家だって思ったことがありましたか？」

「え……あ、いや……」

生前、雅子も岩田に連絡していたが、そのときは無視をしたようだ。なぜ雅子が岩田を放置したのかはわからないが、きっと近場にいることがわかっていたから、後回しにしたのだろう。そして遠方の人と交渉しているうちに、病魔に襲われたのではないかと利沙子は考えていた。もちろん、岩田が面倒な相手とわかって放置していた、という可能性もなくはない。

どちらにせよ、岩田自身が相続人の一人だと知ったのはここ数年の話だ。過去のことは何も知らないはずだ。でっち上げることはできる、と利沙子は思っていた。

「私の生まれ育った家なんです」

「それはそうだが、俺には権利が……」

「だからー、今言った通り、取得時効っていうのがあるんです」

「う……」

言葉に詰まる岩田に、利沙子は追い打ちをかける。

「岩田さんの名前で登記しちゃうと、岩田さんが死んだあとも固定資産税とかかかってきますよ？　子どもとか孫とかにまで、迷惑かけたいんですか？　そんなの嫌でしょ。なら、ハンコ、押してください」

「……いや？　それはおかしいだろ。俺に相続の権利がないのに、固定資産税を払うことになるのか？」

「え？」

「固定資産税を納めるということは、俺も土地家屋の登記ができるってことだよな？　それならやっぱり、俺にも権利はあるってことじゃないか？」

利沙子に法律の知識はない。取得時効にしても、ネットにそれらしいことが書いてあったから、岩田を丸め込むために、適当に言ってみたまでだ。固定資産税うんぬんも、遺言書が公開されたときに幸太郎が言っていたのを使ってみただけだった。

これ以上ツッコまれたら、利沙子のほうがヤバい。

「また来るから！」

利沙子は逃げるように、その場から走り去った。

岩田の家をあとにした利沙子は、興奮が冷めないまま友人のマンションに押しかけた。ドアを開けた瞬間、保科裕子はあからさまに迷惑そうな顔をした。

「来る前に、連絡くらいよこしなさいよ」

三十年来の付き合いになる悪友は、利沙子の短大時代からの友人だ。昔は一緒にミニスカートも穿いたし、分厚い肩パットの入った服も着た。なぜか前髪をトサカのように立てるという、今思うと謎の髪型もした。そのころの裕子は小柄ながらスタイルも良く、目鼻立ちもくっきりしていて可愛らしい顔をしていたが、過ぎ去った年月は全身に現れている。もっともそれは、お互い様だ。

「連絡したら来るなって言うでしょ」

相手の許可を得る前に、利沙子は玄関に上がった。

裕子とは一緒にバカもやったし、遊びまくった。が、卒業を迎えるころになると、裕子は生活態度を改めた。正社員として就職し、五年勤めたのち結婚。二人の子どもを県外の大学に入れて、今は夫と二人暮らしだ。絵に描いたような家庭生活を営んでいる。最近は将来の年金が少ないとぼやくこともあるが、利沙子と比べれば、はるかに安定していた。

「ちょうど旦那が出張だから、一晩は泊めてもいいけど、明日の朝には帰ってよ。二泊はしないでね」

「わかってる」

「そう言って前にさ、二週間も居座ったことあったじゃない。あれ、我が家の離婚問題に発展しかけたんだから」

「五年も前のこと言わないでよ」

「嘘！　そんなに経った？　嫌だ、一年前くらいかと思っていたわ」

泊めてもらうのだから、大人しく従うしかない。利沙子を受け入れてくれるのは、今はもう裕子だけしかいないのだ。

「で、今度はどうしたの？　お金は貸さないけど、話だけなら聞くよ」

「今さら裕子に貸してもらおうとは思ってないから安心して」

夜通しで遊びまくろうが、ブランドバッグを買おうが、裕子は昔から金銭管理には厳しい。過去に何回か借金の申し込みをしたが、一度たりとも借りられたことはなかった。

「うちに泊めてって来たってことは、何かあったんでしょう？　ここまでどうやって来たの？」

「タクシー。ちょっと郊外の方まで行っていたから」

郊外ではバスが一時間に数本しかない。岩田の家を離れたあと、利沙子は電話でタクシーを呼んだ。

「郊外からタクシーって、いくらかかるのよ。まったくこれだからお嬢様育ちは」

「お嬢様だったのは過去の話」

「そもそも免許あるんだから自分の車——ああ、売ったんだ」

答える前に裕子に正解を言われてしまった。うん、とうなずくと、はぁぁぁ……と、わざとらしいため息をつかれた。

「ミス借金。とりあえず、その見栄っ張りな性格を何とかしなよ。私らもう、四十八だよ？　バブルなんて遠い昔のことじゃない」

「わかってる！　でも、なんていうか、しみったれた生活したくないじゃない。裕子だってそうだったでしょう？」

「別に。私は昔からこんなものよ。ブランドのバッグだって、もらえるならありがたくちょうだいするけど、値段を考えると、わざわざ買おうとは思わないし」

「でも昔は持ってたじゃない」

「あれはニセモノ」

「はあ？」

「あとは、ちょっと夜のバイトをしたときに、お客さんからもらった物もあったけど、そこまで高い物はないなあ」

初耳だった。てっきり裕子も利沙子と同じように、ブランド大好き、オシャレ大好き、プチプラなんて知ったことじゃない、と思っていた。

裕子は利沙子の前に、コーヒーの入ったカップを置いてくれた。

「ニセモノだったなんてこと、初めて聞いたんだけど」

「初めて言ったもの」

「なんで今ごろになって言うの」

「単純に忘れていただけ。子育てに追われていたころは、カバンなんてたくさん入って、汚れても気にならない物の方が使い勝手が良かったし。私だって、若いころは見栄を張りたかったからね。周りと比べて自分がみじめだって思いたくないじゃない。まあ、親になったら、今度は子どもの学校が、とか、夫の出世が、とかまったく気にならないわけじゃないから、比べるステージが変わっただけかもしれないけど。それでも昔より、人と比べることはやめたかな。どんなに頑張っても、セレブな奥様にはなれないことはわかったから」

アハハ、と裕子は口を大きく開けて笑う。二十数年前には見せなかった表情だ。シワもシミもある。生え際の白髪も目立つ。だけど裕子を見ていると、不幸には思えなかった。

利沙子も結婚に憧れたことがないわけではないが、気が付けばこの年齢になっていた。

「それで、あの人……明彦さんだったっけ？　とはどうなっているの？」

裕子は他人のコイバナを聞くときは、若いころと変わらない表情をしている。昔から恋愛話をツッコんでくるときは楽しそうにしていた。

「そんなの、半年くらい前に別れたし」

「とかいって、くっついたり離れたりしているんでしょう。ずっとそんな感じじゃない」

「だって……」

否定はできない。連絡はしているし、まったく会っていないわけではなかった。

「利沙子の好みって昔から変わらないよね。外見はまあまあ良くて、夢見がちで金のない男に惹(ひ)かれる」

恋愛遍歴を知られている友達は厄介(やっかい)だ。恐らくこれまでの利沙子の恋愛話をほぼ覚えているはずだ。もしかすると、利沙子以上に記憶しているかもしれない。

「同棲(どうせい)？　していたんでしょ。二人ともいいトシなんだから、結婚しちゃえばいいのに。嫌なら離婚すればいいんだし」

「離婚の前に、結婚が難しいから独身なの」

「ああ、お金……」

裕子は、ヤバい、という顔をしてから口を閉じた。思っていても、口に出すのを止(や)めるくらいの配慮はできる大人になったらしい。だが長い付き合いだ。裕子が何を言いたかったのか、利沙子にはわかる。

「明彦は、お金が欲しいときだけ連絡してくるって言おうとしたんでしょ」

「寸前で止めたんだから褒めてよ」

「もう言ってるから！」

でも、裕子の思った通りだ。明彦は利沙子のお金をあてにする。始まりはいつも違うのに、気が付けばそういう関係になるのだから、責任の一端は利沙子にもあるのだろう。

「私、どこで道を誤ったんだろう」

「最初からでしょ。まあ、いつまでもバカをやれるのも才能だと思うよ。普通はできないから」

「それ、褒めてない」

「バレた？」

裕子は昔から辛辣なところがある。言われても気にならないのは、そこに嘘がないからだ。言葉の裏まで読まなくて良い。

そういう意味では、あの人――雅子も裏はなかった、と思う。筋は通っている。信念は曲げない。

利沙子は嘘をつくし、筋なんてぐにゃぐにゃだし、信念なんてものはほとんどない。その日を楽しく生きて、苦労はしたくない。雅子は太陽の動きに合わせるように生活サイクルを整え、ほぼ自炊し、決まった時間に食事をして、腹八分目。身体を動かし、飲酒も喫煙もせず、ニュースだって毎日チェックしていた。そういえば、恵まれない国の子どもへ寄付もしていた気がするし、地域のボランティア活動にも参加していたこともあった。利沙子の生活と真逆だ。

利沙子は、規則正しい生活なんか大嫌いだ。雅子のような生き方は、利沙子には息苦しさしか感じなかった。

リビングを見回すと、モデルルームのような生活感のない空間ではないが、それなりに片づいている。

家事はほとんど裕子がしているはずだから、片づけているのも裕子だろう。雅子なら「美しくない」と言うかもしれないが、利沙子からすれば十分整っている。

「裕子はさ、ちゃんと生活しているよね」

「突然どうしたの？」

「大人になったんだな、と思っただけ」

気味が悪いものを見たときのように、裕子は両手で自分の身体を抱えるようにして、腕をさすった。

「利沙子は、身体は大人になったけど、心は子どものままだよね。でも、今さら変わろうとしても無理でしょ。そもそも、変わる気ないんだろうし」

変わる気？　ない……わけではないかもしれない。よくわからない。

変わる必然性を感じずにここまで来たから、考えたことがなかった。それとも、雅子に反発しすぎて、大人になることを拒(こば)んでしまっていたのだろうか。

「私がまっとうな人間の生活でき……ると思う？」

「無理だろうね」

昔からの友人は、間髪を容れずきっぱりと言い切った。


パートへ行くからと、利沙子は朝の九時に、裕子のマンションを追い出された。この時間に開いている店があるのか、普段寝ている利沙子にはわからない。

こんなとき、車があれば出かけやすい。所有していた最後の車は外車だった。ステレオもカーナビも、最新のものだった。購入したころは父親が亡くなって、その相続でお金があったから、気が大きくなっていた。即金で払うと言ったらディーラーの目の色が変わった。おだてられ、見栄を張り、可能な限りグレードの高いものにした。シートカバーにもこだわった。総額で七百万円くらいは払ったはずだ。

が、そんな使い方をしていたら、いくらあってもお金は足りない。しかも若いころにしていた水商売は、年齢が上がるごとに雇ってくれる店が減る。昔一緒に働いていた人たちの多くは別の仕事に就いていた。水商売を続けていた人たちの中で、自分で店を持った人に頼み込んで雇ってもらったこともあったが、それも三十代までだった。

途切れずに恋人はいたが、金銭面で頼りになるような人は、たいてい既婚者だった。そういう人とは長続きしなかった。

結局、裕子の助言通りバスに乗って、利沙子は環たちがいる家へ帰ることにした。帰れる場所はそこくらいしかなかった。高校を卒業したとき、利沙子は新潟を離れたかった。東京に憧れた。だが、受験して受かったのは地元の短大だけだった。浪人をしてまで勉強したいとは少しも思わなかったし、そもそも勉強がしたくて進学したわけではなかった。遊びたい、それだけだった。

すっかり見慣れた風景を、バスに揺られながら窓越しに眺める。バスが住宅街に入ると、高層の建物が少なくなる。若いころは物足りないと思った広い空も、埋め尽くして欲しいと思うビルを思い描くことは、もうできなくなっていた。

幸太郎はまだ寝ているかもしれないが、環と佳恵は起きているだろう。

環と初めて顔を合わせたのは、雅子の葬儀が終わった直後だった。利沙子より四歳年下の環は、顔立ちは違うのに、たたずまいが雅子とよく似ていた。雅子のように生活に口を出すことはしないし、穏(おだ)やかではあるが、心の中で何を考えているかわからない。

遠縁とはいえ、雅子と一緒に住むことになったのはなぜなのか。環が離婚をして、行き場がなかったということは聞いているが、一緒に住む必要があったのだろうか。

歳(とし)をとった雅子が一人の生活に寂(さび)しさを感じて、環に同居を持ちかけた……というのは想像できない。環が雅子の遺産目当てに近づいて、言葉巧(たく)みに同居へ持ち込んだと考える方がしっくりくる。

雅子の死因はガンだ。故意に病気にすることはできなくても、食事に何か入れて、少しずつ身体を弱らせ、死期を早めることはできたのではないかと、利沙子は思っていた。

「人のことより、自分のことを考えなきゃか」

生家に帰ってくる直前は、知人の紹介で美容院の受付をしたこともあったが、続けられなかったというか、続かなかった。そのせいで一番高額な持ち物だった車も手放した。

だがそれでも金は減る一方で、今度は指輪を売った。ネックレスを売った。ブランドのバッグも売った。売れるものがなくなると借金もした。最初のころは比較的金利の安いところから借りられた。でもそういったところは、すぐに限度額に達した。どうにもならずに、友人知人からも借りた。貸してくれた人とは、その後縁が切れた。唯一繋がっているのは、貸してくれなかった裕子だけだ。

そのうち借りるところなど選べなくなり、返済は滞った。最終的には自己破産した。

このことは雅子の耳にも入っていたのだろうか。

利沙子は同じ市内に住んでいたため、環から、もう長くないという話は聞いていた。しかし、一度も見舞いに行かなかった。顔なんて見たくなかった。

自分の生き方が褒められるとは思っていなかったが、死ぬ間際まで否定されたくないと思ったからだ。

バスを降りて、三、四分歩くと自宅が見える。環とも佳恵とも顔を合わせたくない利沙子が、近所の家の陰から自宅の様子をうかがっていると、両手に袋をぶら提げた環と佳恵が歩いてきた。

「いつもより安かったですね。環さん、このメーカーのお醤油、よく使うから」

「滅多に特売にならないから、佳恵さんが一緒に行ってくれて良かったわ。二本も買えて。お砂糖も安かったし」

近所のスーパーへ行っていたらしい。会話の内容からすると、特売のお一人様一本の醤油を、二人で行ったから二本買えて喜んでいるようだ。

利沙子はバカバカしさを覚えた。安いと言っても、差額はせいぜい数十円程度だ。それなら必要な時に買えばいいのに、と思う。

「あの人もそうだったな……」

スーパーのチラシを見て、その日の献立を決めたりもしていた気がする。旬の物は安くて栄養があって味も良いと言っていた。無駄な買い物をせず、冷蔵庫の中も整理整頓されていた。

「……バカらしい」

この家に住むようになってから、思い出したくなくても、雅子のことを思い出してしまう。亡くなってからもまだ、雅子の影が付きまとう。

「……あれ？」

佳恵が環の肩越しに何かを見つけたのか、顔を動かす。利沙子も佳恵の視線の動きを追った。

門のすぐそばに車が停まる。車からスーツを着た男性二人が降りてきた。明るい色をしたシャツの首元のボタンは外しており、ネクタイは締めていない。長めの髪で、派手な格好をした男たちだ。ひと目でガラの悪さがわかる。

男たちが環に声をかける。ボソボソと話しているため、会話の内容がよく聞き取れない。

環と佳恵が顔を見合わせたあと、首を横に振っていた。

何を話しているのかわからない。ただ直感的にここにいてはマズいと思った利沙子は、悟られないようにそっとその場から離れた。

行き場もお金もない利沙子は、ファストフード店に居座り続け、暗くなってから帰宅した。

玄関はひっそりとしていたが、居間の電気が点いている。利沙子はそっと玄関のドアを閉めてゆっくりと鍵をかけ——カチャン、と音が響いた。

その瞬間、「ちょっと、こっちへ来なさい」と、幸太郎が居間から顔を出した。

「逃げたって無駄。来なかったら部屋まで行くから」

利沙子は渋々、居間に入った。居間には佳恵も環もいた。

「……なんか用？」

「用があるから呼んだの」

ふふん、と鼻で笑っている幸太郎にムカつく。幸太郎はスーツ姿でお茶を飲んでいた。

「なんでこんな時間に帰ってきているのよ。いつもより早いじゃない」

「今日は仕事が休みだったもの」

「じゃあ、どうしてスーツ着ているの」

「外出したから。というか、そんなことはどうでもいいから、私と佳恵の向かいに座って。あ、断る選択肢はないから。座らなかったら部屋まで追いかけるし、ドアを壊す」

「この家、大工道具ってあるんですか？」

佳恵も幸太郎に加担しようとする。しかも環まで、「二階の使っていない部屋にあります」と答えた。

本気なのか嘘なのかはわからないが、利沙子は仕方なく幸太郎の向かいに腰を下ろした。

「今までどこに行っていたの？」

尋問役は幸太郎らしい。

「私の勝手でしょ。それとも、行き先を告げないと外出できないの？」

「別に利沙子さんがどこへ行こうと、私たちはどうでも良いんだけど、お客さんがいらしたから、居場所を知りたかったの。連絡しても未読スルーだし」

お客さんと聞いて、利沙子は真っ先に、午前中に見た男たちのことを思い浮かべた。

「えー、気づかなかったなあ」

「わざとらしい嘘はいらないから。心当たりはあるんでしょ」

幸太郎の目が怖い。正直に答えれば怒られそうだ。利沙子が黙っていると、話を進めたい幸太郎が先に口を開いた。

「ま、こっちとしては、ずっと疑問だったことの答え合わせができたって感じだし……ね？　環さん」

話を振られた環は、一度大きくうなずいた。

「はい、実はずっと疑問を感じていたんです。利沙子さんが比較的素直にこの家に住むことに同意したことに。何より、なぜ相続放棄しないか、ということにです。もちろん高額な相続です。普通なら手放さないでしょう。ただ、利沙子さんに残された遺産は、相続するにはかなり手間がかかりますよね」

「かなりって言うか、すっごい手間。まだ全然終わりそうもない。終わる日が来るのかもわからない。マジで困っているから」

利沙子が口を挟むと、幸太郎に黙っていろ、とばかりに睨まれる。利沙子は目の前にあったお茶に手を伸ばした。

話を戻します、と環が小さく咳払いをした。

「正直なところ、利沙子さんは早々に投げ出すのではないかと思っていました。もしくは、現在の生活が過不足なく満たされているのであれば、取り分は減るにしても弁護士などの専門家に任せた方がスムーズに事が進むため、自分で動くことはしないと思っていました。ただしこの場合、着手してもらうために、お金がかかります。もちろん用意できないほどの額ではないでしょうし、場合によっては借りるというのも可能かもしれません。最終的に返済のめどが立っている借金ですから」

「普通の社会人なら、手間暇考えたらそうするかもね。依頼にかかる費用は、一気に払うわけじゃないだろうし」

幸太郎は、自分ならばそうする、と言わんばかりだ。もちろん利沙子も、専門家に頼みたかった。そもそも面倒くさいことはしたくない。

それでも、面倒くさいことをするだけの理由はあった。

「借金はいくらなの？」

幸太郎が正面から直球を投げてきた。

「いくらでもいいでしょ。相続が終われば返せるから」

はっ、と嗤(わら)うように、幸太郎は息を吐き出した。

「そう答えるってことは、まともなところから借りてないんでしょう。まあそうね。普通に考えれば、無職の人が多額の借金はできないだろうし。もしかして利息が膨(ふく)れ上がっている？　借入先は今日家に来た一社だけじゃないんじゃない？　ああ……知り合いからも借金しているとなると、両手の指で足りないくらいなのかもしれないか」

「うるさい！」

利沙子は立ち上がって、幸太郎と環と佳恵を見下ろした。

三人の視線が利沙子に集まる。利沙子を除いて皆冷静だ。若い佳恵でさえ、この話の成り行きに、まったくうろたえる様子がなかった。

「子どもは部屋に行ってて」

「よくある話なので、気にしないでください」

「どんな生活していたら、借金取りに追われる生活がよくある話なのよ。子どもは借りられないでしょう？」

「父親がどうしようもない人間だから」

利沙子は佳恵の父親について、細かなことは聞いていない。が、高校生が長期間親元を離れていること。相続の条件。何より、佳恵の母親——麻美が家を出たいきさつを知っているだけに、父親のことは想像ができた。

そして佳恵の口から、借金をする父親のことを「どうしようもない人間」と言っているのを聞くと、その言葉が利沙子に突き刺さる。自分がどうしようもない人間だと言われているように感じたからだ。

「それで、借金の総額は把握（はあく）しているの？」

できればこの話題は忘れていて欲しかったが、幸太郎は終わらせる気はなさそうだ。

利沙子がしどろもどろになると、幸太郎が感情というものを顔から消して、首を横に振った。

「呆（あき）れた。自分が何社からいくら借りているのか、把握していないんでしょ。明日の朝一番に調べなさい」

幸太郎に強い口調で言われれば、利沙子はうなずくしかなかった。

調べたところ、利沙子の借金の総額は遺産相続で得られるお金の三分の一くらいだった。もちろん、最初からその金額を借りたわけではない。返済が滞っているうちに膨れ上がってしまったのだ。法外な利息は、利沙子の返済能力をはるかに上回っていた。

仕事に行く前にその事実を知った幸太郎は、「このバカと血が繋がっていなくて良かった」と、吐き捨てるように言った。過去に一度、自己破産をしたことがあることも告げると、さらに「バカ」が追加された。

「借りずに済むように生活しなさいよ」

利沙子も何度もそうしようと思った。

だけど欲しいものも食べたいものも、我慢できない。そしてモノをいくら買っても、満足感を得るのは一瞬で、すぐに消えてしまう。その消えたものを埋めたくて、利沙子は買い物を繰り返す。それでも寂しくなると、隣にいてくれる人を探す。自分が求められているのではなく、利沙子の持っているお金目当てでも、寂しさよりはマシだった。

だけどそんな関係は長くは続かない。利沙子よりもお金を持っている女性が現れたり、男性自身がお金を得れば、利沙子の価値はなくなるからだ。

「言いたいことがあるなら、そんな顔していないで言いなさいよ」

幸太郎と一緒に話を聞いていた佳恵が、不満と疑問をないまぜにしたような表情をして、利沙子を見ている。

「別に……私は……」

煮え切らない態度に、利沙子はイライラする。

「佳恵も私のこと、バカだと思っているんでしょ」

佳恵は黙ってうつむいた。

「私は、自分がバカってことは知ってるの。でもバカは利口になんかなれないの。あの人のようにはなれない」

「あの人って……お祖母ちゃん？」

「そう」

幸太郎の前で話すのは、利沙子でさえさすがにはばかられる。だが、佳恵が「どういうことですか？」と知りたがった。

「私の母さんが死ななければ、あの人もここに来ることはなかったんだろうってこと」

利沙子が十八歳になるまで生きていた母親の存在は、今でも利沙子の中に深く残っていた。

※

利沙子が十三歳のころ、母親――産みの母親が買い物帰りに交通事故にあった。中学校で授業を受けていた利沙子は、担任に呼ばれてタクシーに乗せられ、すぐに病院へ向かった。利沙子は事態の重さを深くは考えていなかった。どうせすぐに、退院できるだろうと思っていた。だが病院へ着いて、いくつものコードや管（くだ）につながれてベッドに横たわる母親を見た瞬間、大ごとだということを理解した。

手足に骨折や打撲はあったが、一番問題になったのは頭部の怪我で、脳の損傷が激しいことだった。かろうじて呼吸はしているが、医師は比較的早い段階から、意識を取り戻すのは難しいだろうと、父親に告げていたらしい。らしいというのは、利沙子はあとになって聞かされたからだ。

大人ほど事態の深刻さを知らない利沙子は、最初の三か月くらいは毎日病院へ通い、母親が目覚めるのを待っていた。特に事故直後は、利沙子が眠っている間に死んでしまうかもと思い、夜が来ることが不安だった。が、時間の経過とともに、その生活にも慣れていった。

母親も急性期の病院から転院し、家から離れたこともあって、利沙子がお見舞いに行けるのは週末だけになった。

見舞いへ行くと、中学校を卒業したこと、高校に入学したこと、文化祭や体育祭のこと、学校の勉強に興味が持てないこと、クラスに気になる男子がいることなど、あらゆることを報告していた。もちろん返事はない。事故にあうまではよくしゃべる母親だったこともあり、一方的に話すだけの関係にはなかなか慣れなかった。どれだけ語りかけても、返事がない会話は、壁に向かって話しているのではないかと思うこともあった。

最初は信じていた奇跡も、季節が変わるたびに諦めの気持ちを濃くしていき、やがてその感情は別のものへと変化していった。どうして自分は、毎週毎週、友達とも遊べず、病院で過ごしているのだろう。夏休みに友達と旅行へ行きたいと思っても、叶わない理由を、母親のせいと考えるようになった。

見舞いを父親に強いられていたわけではない。ただ、病院で親しくなった医師や看護師に、「お母さん、今日も待っていたよ」「利沙子ちゃんの話を聞くのを、お母さん楽しみにしているんだよ」「お母さんに会いたいよね」と言われるたびに、そうしなければならないのだと言われているように感じた。それが娘としての務めで、そうすることが当たり前で、遊びに行きたいと思うことは間違いで、だから本当の気持ちは胸の奥に押し込めた。

でも押し込めた思いは、やがて溢れそうになる。母親の意識が戻りますようにと思う一方で、もう戻ることがないのなら――。

口に出してはいけない思いは、考えることをやめた。

そんな状態が五年ほど続き、利沙子が高校三年生のときに、母親は息を引き取った。寝ているだけだったが、触れれば温かかった母親が骨になり、喪服代わりの制服を脱いだとき、利沙子の中ですべてが終わったのだと感じた。寂しいのと同じくらい、これで解放されたた、と思った。

短大へ入った利沙子は、止まっていた時間を取り戻すように、昼夜関係なく遊んだ。もう病院から電話が来ることを心配する必要はない。土日も長期休みも、どこへ行くのも自由だ。家には金銭的な余裕があり、それまで利沙子が我慢していたことに気づいていたのか、父親も利沙子が欲するままにお金をくれた。

父親に言われたことは、短大は二年間で卒業すること。それだけだった。初めての恋人もできた。授業に出てもほぼ寝ていたが、同級生にノートのコピーと代返を頼んで乗り切った。

多くの教科の追試験を受けて、最低単位数ギリギリで短大を二年で終えることができた。二年間、短大で何を学んだのか……自分が何を履修したのか、それすらうろ覚えだったが、とにかく父親との約束だけは守った。

約束というものがなくなったその後の生活は、さらに自堕落になった。

短大を卒業して一年くらい経ったころ、父親が再婚相手を連れてきた。雅子だった。

※

「ところで幸太郎は?」

利沙子が話し始めたとき、幸太郎も同席していたはずだが、気が付けば姿がない。話しながら利沙子はスマホをいじっていたから、席を外しても気づかないのはある意味当然だ。

佳恵は玄関の方を指さした。

「仕事へ行きました」

「あ、そ。別に幸太郎はいなくていいし、そもそも面白い話じゃないから」

「あの……このあとお祖母ちゃんの話になるんですよね？」

「ここから先は延々、性格が悪くて、嫌なことばかり言って、嫌味ったらしい人だったという話になるけど？」

佳恵はまずい物でも食べたような顔をした。

温かな思い出を聞けるとでも思ったのだろうか。

「私が話せばそんなことしかないの。そもそも、初対面が二十一歳と四十一歳のときで、今日から親子って言われても、さすがに無理でしょ」

利沙子の父親とは年齢が十歳ほど離れていたが、落ち着いた雰囲気ということもあって、二人で並んでいても違和感はなかった。妻の死後三年で再婚を決めたことを早いような気もしたが、意識のない状態から合わせれば八年が経過していたのだから、そうとも言い切れない。それでも、父親との距離が遠くなったように感じた。

そして、あれだけ疎んじていた母親だったが、父親に忘れられてしまったのかと思うと寂しく感じた。矛盾していることを自覚していても、母親がいたことを消したくなかった。

「あの人は最初からお行儀が良くて、何ていうか……十回挨拶したら、十回ともお辞儀の角度が同じって感じだったの。〝なさぬ仲ではありますが、せっかく縁があって家族になったのですから、そのつもりで接したいと思います〟とか言って、握手を求めてきて。これって、喧嘩売っているって思わない？」

佳恵は気まずそうに、利沙子から視線を外した。

雅子が喧嘩を売っていたのかどうかは、本当のところはわからない。ただ、利沙子はそう思ったから、その喧嘩を買った。

「こっちが、別にアンタなんか家族じゃないから、って言ったら、社会人なら生活費を入れろとか、学生気分でいるな、って説教するわけよ。だから来たばかりのアンタに、家のことに口出しする資格なんてないんだけど！　って言い返したら、父親に叱られて。実母の事故以降、叱られたことがなかったから、ショックだったわー。それまで、私が何をしても怒らなかったのに、新しい奥さんを連れてきた途端、態度を変えたから。まったく、あの人がいなければそんなことにならなかったのにね」

利沙子が話している間、佳恵は困ったような顔をしている。

「言いたいことがあるなら、ハッキリ言いなさいよ」

「別に……」

別に、と言う人は、たいてい言いたいことがあるけど、呑み込んでいる、と利沙子は思っている。何もなければ、ないと言うはずだ。

「人の顔色うかがって楽しい？」

「別に……うかがっているわけじゃないし」

「じゃあ、言いなさいよ」

「別に……」

「ま、私はどうでも良いけど」

そう利沙子が突き放すと、佳恵の瞳が不思議そうに揺れた。

「……人に対してハッキリ言ったら、嫌われませんか？」

「そりゃ、嫌われることもあるでしょうね」

「言っても無駄ってこともありません？」

「それもあるでしょうね」

「じゃあ、同じじゃないですか。言わなくても」

「あのねえ、嫌われるときは、何を言っても嫌われるの。笑った顔が嫌いだとか、使っているハンカチの柄が気に入らないとかでも」

「でも、黙っていれば嫌われない可能性だって……」

「そうかもね。でも、それを続けると感情が顔に張り付くようになるの。いつもどこか不満そうで、何もかも気に入らない、みたいな。私はそんな顔にはなりたくないから、思ったことを言うの」

「利沙子さんは、言いすぎじゃ……」

「何が悪いの？」

非難する人の言葉は聞かない。どうせ他人は好き勝手なことばかり言う。意識のない実母の見舞いを続けていたころ、利沙子はそれを痛感した。

「短大を卒業してから、水商売をしていたんだけど、働く以上に使っていたから、お金なんていつも足りなかった。父親からもお金を貯めて、さっさと家から出ていけって見放されたしね。意識のない妻は死んで、元気で働き者の妻を迎えて、私なんかより、頼りになる跡取り候補が二人もできたんだから当然だけど」

「それって……」

「そ、麻美と幸太郎のことよ」

まだ子どもの幸太郎は大人しく、母親の雅子の後ろに隠れているような子だった。逆に利沙子と四歳しか違わない麻美は、頭を下げて「よろしくお願いします」と丁寧に挨拶をして、きちんと躾（しつけ）がされていることがわかった。

ゆっくりと頭をあげていく麻美の顔を見た瞬間、雅子によく似ていると思った。顔立ちだけではない。指のそろえ方も、お辞儀の角度も、雅子と寸分たがわず同じで、録画した映像を再生しているようにさえ感じた。

突然の同居生活だったが、高校生と小学生とは生活時間帯が重ならなかったこともあって、特段問題は起きなかった。だから、このままでいいや、と利沙子が思っていたころ、雅子の方から言い出した。「約束の半年ですが、準備はよろしいですか?」と。

父親が決めた期限は、半年の間にお金を貯めて出ていけ、ということだった。少しも残高の増えていない通帳を見せて、利沙子は雅子に「無理」と言った。

「でも、あの人はなにがなんでも私を追い出そうとするわけ。それが私のためだからって。だから私、他人のくせに指図しないでって言ったら、親子だって。どうも、私が酔っているときに養子縁組をオッケーしていたらしいんだけど」

もっとも、利沙子は外泊も多かったうえに、寝ているときを除いて、家にいるときはほぼ酔った状態だった。話そうにも、話すタイミングなど与えていなかったとは思う。

利沙子が生まれ育った家だが、そのころは自宅とは思えないくらい、利沙子にとって「他人」に侵食された場所だった。実態の伴(ともな)わない法律だけの親子関係は、利沙子にとっては、眠り続けていた母親との関係よりも、気持ち悪いものだった。

「結局、それ以上家にいられずに出ていったんだけど、何せ先立つものがないから、ちょいちょい、父親にお金もらっていたんだよね。きついことを言って追い出したものの、父親はやっぱり後ろめたかったのかも。自分の再婚のせいというのもあったみたいだし。だからちょっと泣きつけば、すぐにお金を出してくれて」

「私の父とは正反対ですね。うちは、私のお金を持っていくから」

「あー、親ガチャ失敗ってやつね。でもさ、一見、良さそうな親でも、子どもにとっては悪い親ってケースもあるから。あの人が本当にいい親だったら、佳恵のお母さんや幸太郎は、この家にいたんじゃない？」

「あ……」

佳恵の父親と比べたら、雅子は「まとも」な人間だろう。衣食住に事欠くことはないし、もちろん子どもの稼ぎをあてにするような人でもない。

だが、それがすべてでないことは、利沙子にだってわかっている。

「あーあ、こんな話してても楽しくないわ。もうやめよう」

「え、もう少し……」

佳恵は名残惜しそうにしているが、これ以上雅子のことを話していると気が滅入る。

「佳恵も勉強しないとでしょ。今日はもうおしまい。環さんは部屋にいる？」

「いえ、さっき庭仕事してくるって言っていたので」

「じゃあ、庭へ行ってみる」

玄関を出て庭に回ると、佳恵が言った通り、環は草むしりをしていた。

「この前もしていなかった？」

環は手を止めた。

「雑草はすぐに伸びるんです。放っておくと他の植物に影響しますから。それに庭が広いから一度で終わらなくて」

「全部コンクリートにすれば良かったのに」

「それなりに手間はかかりますが、土いじりも楽しいですから。それにここは、雅子さんとの思い出の場所でもあるので、できる限り残しておきたくて」

「どうせ、私が相続したら売るんだけどね」

環が寂しそうにうつむいた。

利沙子にしてみれば環は敵に当たる。雅子の味方だからだ。できれば早々に出ていって欲しい。

「この庭、全部あの人が育てていたものなの？」

「いえ、半分くらいは私が植えたものです。雅子さんはわりと、実用的なものを好みましたから」

「ああ……家庭菜園ってやつ」

「そうですね。ジャガイモとかカボチャとか。家計は助かりましたけど、庭の眺めを考えたとき、できれば花やもう少し目で楽しめるものもあった方が良いなと思ったので、私は花を育てています」

へー、とおざなりに返事をしながら、利沙子は足元の植物に目を落とした。

「花ばかりじゃないけど？」

足元には、利沙子には見分けがつかない植物がある。葉の形は異なるため、同種ではないのだろうが、雑草かそれとも環が植えたものなのかも、よくわからなかった。

「もちろん、花ばかりじゃないです。咲く時期がズレるようにしているので、すでに咲き終わったものや、これから咲くものもありますから」

環が「それより」と、ズボンに付いた土をはたきながら立ち上がる。

「私に何か用があったのではないですか？」

そうだ。わざわざ庭に降りてきたのは、大声で話すことではなかったからだ。

「うん、お金ちょうだい。五万くらい」

「え？」

「手持ちに五万はない？　だったら二万で良いわ」

環は返事をせず、口をぽかんと開けている。

「聞いてるの？」

「ええ……はい、まあ……」

はっきりしない返事に、利沙子はいら立つ。

「環さん、お金あるでしょ。私、さっき佳恵と話していて、イヤなことを思い出したから、ちょっと気晴らししてきたいのよ」

ちょうだい、と右手を出すと、環は怪訝そうに眉を寄せた。

「……利沙子さん、以前はお仕事をされていたと思いますが、今はどうなっているんですか？　遺産を相続するにしてもすぐは難しいですから、その期間、ご自身が使われるお金は必要ですよね？」

キタ！　と利沙子は思った。言うタイミングを待っていた。

「そう、困ってるの。いろんなところから借りて、何とか生活していたんだけど、もうそれもほとんどなくて。いいじゃない、少しくらい。佳恵にもお金渡しているんだし」

環の表情が曇る。

「そのことと、利沙子さんのお仕事のことは、関係ありません」

「関係なくはないから。元はあの人のお金ってことでしょ。それがあるから、環さんも無職なんでしょ？　今もあの人が生きていたら、環さんは家のことをしているだけで、働かなくてよかったんでしょ。ズルくない？」

「私は……一時期、体調を崩したときに辞めてしまって」

「前は何してたのよ」

「看護師を」

「だったら、また働けばいいじゃない。仕事ならあるでしょ」

「そうですね」

「働けるのに働かない。それって私と一緒ってことでしょ。私もいろいろあって辞めたし、今もちょっと働く気にならないの」

　辞めた理由は環とは異なる。美容院の受付を辞めたのは、借金取りが職場にまでやってきたせいで、いられなくなったからだ。もちろん、その前に何度も電話がかかってきた。客が怖がるから、何とかして欲しいと店長に言われたが、借金をすぐに返せるあてもなく、さらに前借りも膨らんでいたため、解雇に等しい形で追い出された。

「ね、佳恵だけじゃなくて、私にもお金ちょうだい」

　環が堪(た)えかねたように、地面に向かって息を吐きだした。

「その理屈だと、ひまりさんにも渡さないといけないことになります」

「幸太郎は仕事してるから」

「利沙子さんだって、お仕事をされればいいのでは？」

　ループする会話に、利沙子のイライラも限界に達した。

「だから、それを言うなら、環さんもでしょ。てか、私は佳恵に渡しているお金のことを言っているの。ひどいじゃない、佳恵だけにあげるなんて」

　環はゴミ袋の中に雑草を入れて、片づけを始める。

「ちょっと、無視しないで」

利沙子がすがると、環は雑草の入ったゴミ袋を投げつけるように地面に置いた。

「未成年の子どもと、自分を同列に扱うのはやめてください！　佳恵さんは、本来ならまだ親の庇護下にあるはずの年齢なんです」

「な、なによ……」

ここまで強く環に反論されるとは思っていなかった。

「私だって、困っているから助けて欲しいってだけ。借金だって早く返したいし、どうせ相続するなら、先に貸してくれたっていいじゃない……」

「先にお金を渡したら、利沙子さん、最後まで相続の手続きをしますか？」

利沙子は、グッと言葉を呑み込んだ。

雅子からすべてを聞いている環には、何を言っても意味がないらしい。

ここにいても時間の無駄と思った利沙子は、部屋に戻ってカバンを手にする。

その日は一晩中、なけなしのお金で安酒を飲み続けた。

五

飲んだくれたところで、現実から逃避できるのは一瞬だ。数日間ふてくされてみたが、結局のところ、今の利沙子が借金を返済するには、相続の手続きを終えるしかない。

居間のテーブルに、土地家屋の相続人が記された一覧を置いた。

昨日また、岩田健三の家へ行った。だがインターホンの応答すらしてくれなかった。在宅していることは室内から漏れ聞こえる音でわかる。そもそも隠すつもりはないのだろう。家の電気は点いているし、足音も聞こえるのだから、居留守というよりは無視だ。

「どうすればいいの！　時間がないのに」

利沙子がテーブルに突っ伏して愚痴をこぼすと、幸太郎が柱に取り付けているカレンダーを指さした。

「ボヤボヤしていると借金返せって、こっわーいオニイサンかオジサンがやってくるよ」

「オジサンかオバサンかわからない人からの忠告は聞かなーい」

幸太郎の冷ややかな視線が利沙子をとらえる。

「何よ？」

「利沙子さんって、ちゃらんぽらんなのに、考え方は古臭いんだなって思っただけ。あの人と話が合ったんじゃない？」

「合うわけないでしょ！」

「でもあの人、私のこの格好は受け入れてくれなかったよ」

「そんなこと私にはわからないわよ。だいたい、幸太郎だって受け入れない人がいるのを知っているから、外では男の姿でいるんじゃない？　幸太郎こそ、あの人のことを気にしているように見えるけどね」

あの人とは、もちろん雅子のことだ。お互い名前を口にしない。

「何も知らないくせに余計なことを言わないで」

「言い出したのは幸太郎の方でしょ」

「ああもう、面倒くさいから、本当に借金取りに連絡しようかな。怖いオニイサンたちが本気を出せば、放棄しないってゴネている人たちも、諦めるんじゃゃない？」

「あ、それいいかも。そうしたら私、何もせずに相続できるんだ」

幸太郎はテーブルに頬杖(ほおづえ)をついて、はぁーっと、長いため息をついた。

「掛け値なしのバカなのね」

「は？　どういう意味よ」

「あの手の人たちが無料(タダ)で何かしてくれると本気で思うわけ？　手伝ってもらったりしたら、無料より高い物はない、になるに決まっているでしょ」

「じゃあ、頼る意味ないじゃない」

「少なくともこの家が静かになるから、私にとっては連絡する価値があるの」

「意地悪」

「バカを相手にしたくないもの。まったく、佳恵だって自分の立場がわかっているのかどうなのか。あっちもこっちも、考えナシなんだから」

「何イラついているのよ。しかもなぜここに佳恵が出てくるの？　あんな子どもと一緒にしないで」

幸太郎が長い髪に指を入れて、頭を抱えた。

「ああもう、勉強しない子どもと、先を見通せない歳だけくったオバサンを相手になんかしていられない！」

捨てゼリフを吐いた幸太郎は、利沙子の前から立ち去った。

翌日、利沙子が外出から戻ると、居間に見知らぬ男性がいた。シワだらけの背広と櫛(くし)の入っていない髪にうっすらと伸びている髭(ひげ)が印象的……早い話、だらしなさそうな四、五十代くらいの中年男だった。

昨日、幸太郎に言われた言葉が甦(よみがえ)る。怖いオニイサンともオジサンとも会いたくない。利沙子は足音を立てないように台所へ行くと、環がお茶の準備をしていた。

「環さん、どうしてあんな人を家に入れてるの。追い返して」

「私もお引き取り願いたかったのですが、強引に上がられたんです。ひまりさんもお仕事へ行かれていませんし、私ではとても……」

確かに、環では追い出せないだろう。だからといって家に居られても困る。

「私、しばらく帰らない。まったく、環さんのせいだからね」

手ぶらで家を出るのは辛いが、見つかる前に退散したい。裕子のところはこの前泊めてもらったばかりだから、今回は無理だろう。あんな輩を家に入れたのは環のせいだから、ビジネスホテル代くらい出してもらえないだろうか。

環が小首をかしげた。

「帰らない？　……どうしてですか？」

「だって借金取りでしょ、アイツ」

利沙子が居間の方を指さすと、環が一瞬ぽかんと口を開けてから、小さく笑った。

「違いますよ」

「じゃあ何？　ガラクタの押し売り系？　それとも貴金属買い取り系？　あ、もしかして、オレオレ詐欺的な何か？」

環はこらえられないとばかりに、今度は声を出して笑った。

「佳恵さんのお父さんです」

「……は？」

「東京――正確には、お父さんは埼玉に住んでいるとのことですが、新潟まで佳恵さんに会いに来たんです」

「だったら、さっさと会わせれば？」

笑っていたと思った環が、一転真顔になった。その表情を見て、利沙子はピンときた。

そもそも、借金取りと間違えたくらいだ。堅気の人間には見えない。何より、そっち側にいる人間との付き合いが多いだけに、利沙子はその手の臭いをかぎ分けることはできるつもりだ。

「オレオレではありませんが、厄介であることには違いないですね。あの手この手で、お金を持っていこうとしている人ですから」

毒舌の幸太郎ならいざ知らず、環がこんなにもはっきり、しかも佳恵の父親を悪く言うのは予想外だった。

「娘の遺産相続分を自分によこせって来たの？」

環がうなずいた。

「麻美もとんだ男と結婚したわね」

環がじいっと、利沙子を見ている。どうせ、利沙子も佳恵の父親と同類だろうと思っていることは伝わってきたが、無視をした。

「まあでも、お金なんて、持っている人が払えばいいのよ。金は天下の回り物って言うじゃない」

「そういう意味ではないと思いますが……」

「それより肝心の佳恵はどこにいるの？」

「買い物に行ってて、外出中なんです」

「じゃあ連絡すればいいじゃない」

「そう思ったんですけど……」

環の視線が台所のテーブルの方を向く。派手なオレンジ色のスマホが置いてあった。この家でオレンジ色のスマホケースを使っているのは一人しかいない。

「携帯電話は携帯しないと意味がないのに」

さすがに環も同じことを思っているらしく、無言でうなずいていた。

そのとき、玄関ドアが開く音がした。

どちらからともなく、利沙子と環は視線を合わせる。

「ただいま帰りましたー」

何も知らない佳恵の声はのんきなものだ。

環が慌てて玄関へ行くが、それよりも佳恵の父親の行動の方が速かった。

「佳恵！　元気にしていたか？」

靴を脱いでいた佳恵の動きが止まる。

父親に会った佳恵は、まるで幽霊でも見たように、恐怖を顔に張り付かせていた。

「……どうして？」

「アパートへ行ったら部屋の鍵が換えられていて中には入れないし、大家さんに訊いたら、オマエは出ていったって言われるし」

「黙っていてって頼んだのに……」

「何を言ってるんだ！　俺は佳恵の父親なんだぞ。居場所くらい知っておきたいと思うに決まっているだろ！」

佳恵が環に、すがるような視線を向ける。

大家には佳恵の居場所を口止めしていたのだろうが、父親は脅したのか、泣き落としたのか、口を割らせたらしい。大家にしても、父親が娘の居場所を知らないままにはしておけなかったのかもしれない。もしくは、面倒ごとに巻き込まれたくなかったのか。

佳恵の父親は両手を広げて、子どものように玄関ではしゃいだ。

「それにしても広い家だなあ。玄関だけでも、アパートの部屋がすっぽり入りそうな屋敷じゃないか。いったい何部屋あるんだ？　ここなら、何十人と住めそうだな。塀の周りを歩いたけど、相当な坪数だよな。庭も立派だし、東京では考えられない。海は近いし、街にも近い。住むには良いところじゃないか」

賛辞に挟み込まれる値踏みが怖い。やっぱり、自分と同類だと利沙子は思った。

「奥さんはどうしたの？」

「ああ、アイツはアパートにいるんじゃないかな」

「……わからないの？」

「ここ数か月、家に帰っていなくて」

気まずそうに視線を下に向けて、佳恵の父親はこめかみのあたりをポリポリかいた。

「浮気?」

「オイ！　人様の前で何を言うんだ」

「じゃあ借金?」

「佳恵！」

「それとも暴力?」

「コラァ！　親に向かってなんて口を利くんだ！」

佳恵の父親が振り上げた右手の拳が下ろされる前に、利沙子は口を挟んだ。

「お取り込み中、申し訳ありませんけどー」

「ああ?」

「親子喧嘩するなら、別のところでしてくれない?」

「アンタ、誰だよ」

「えー……一応伯母になるのかな。よくわからないけど」

「わからないなら黙ってろ」

「うるさいからどっか行ってってって言ってんの！　娘連れていきたければ連れて帰っていいわよ。こっちだって静かになって清々するから」

「利沙子さん！」

慌てて止めに入った環が、佳恵の父親に向き直った。

「ご連絡せずに佳恵さんを連れてきたことに関しては、お詫び申し上げます」

「そうだ。どうして俺に言わなかった。佳恵はまだ高校生なんだぞ。勝手にこんな遠くまできやがって」

「ご連絡したらどうされましたか？」

「そりゃ……一緒に来たさ。心配だからな」

「でしたらなぜ、今ごろいらしたのですか？ 佳恵さんが心配なら、どうしてもっと早く、迎えに来なかったのですか？」

こういう日が来ることを想定していたのか、環はまるで何度も練習をした台本を読むように、よどみなく話している。

「そ、それは……忙しかったんだよ。仕事とか」

「それでもその気になれば、佳恵さんに連絡くらいはできますよね？」

「うるさいな。ゴチャゴチャ言わずに、佳恵と話をさせろ。そうでないと、娘が誘拐されたと警察に言うぞ」

「わかりました。それなら私がお呼びします。警察だけでなく児童相談所にも連絡します。もちろんその場合、東京の大家さんに、これまでどんな生活だったかも話していただくことになると思いますし、弁護士にも同席していただくつもりです」

環は淡々と話しているものの、佳恵の父親が押され気味だった。それまでの威圧的な態度が消えた。

警察と児童相談所と弁護士。

自分から警察と言ったものの、呼ばれて困るのは佳恵の父親の方だということくらい、利沙子にもわかる。

案の定、佳恵の父親はアタフタと、靴を履いて玄関の外へと飛び出した。

「また来るからな！」

捨て台詞を残すとあっけなく、佳恵の父親は姿を消した。

撃退したはずの環は不安そうに、涙目で利沙子を見た。

「大丈夫でしょうか？」

「今日のところは来ないでしょ。ああいうのは、自分の立場が弱いことを自覚しているから、先に脅してくるんだもの」

父親が消えたドアを不安そうに見ている佳恵に、利沙子は近づいた。

「アンタの父親、サイテーね」

佳恵は不安そうでも悲しそうでもなく、担ぎ続けている重い荷物に疲れている感じだった。

「いい加減……見放して欲しいです」

「そりゃ無理でしょ。金蔓の子どもなんて、鴨がネギしょっているようなものだから。必ずまた来るわよ」

佳恵と環が同時にため息をついた。

「大家さんにはお金も少々渡しましたが、やっぱりバレてしまいましたね」

「大家には隠す義理はないだろうし、付きまとわれるくらいなら教えるでしょ。でもって、次来たときは、今回と同じように警察って方法は無理だと思うわよ。佳恵は未成年で、あの人が親なのは間違いないから。今度は一緒に住むとか言い出すんじゃない？　お金をもらうチャンスをうかがうために」

佳恵だけでなく、環も不安そうな表情になる。

水商売の経験がある利沙子は、年齢を偽って働く子どもを親が連れ戻そうとする場面を何度も見てきた。警察は事件性がない限り介入してくれない。よほど問題がない限り、親の力は絶大だ。

「その場合、どう対処すればいいんですか？」

「そんなの、私が知るわけないじゃない！　リネンなんて愛想のない猫じゃなくて、ドーベルマンでも飼えば？　それか佳恵が自分で拒絶するか」

本当に知らない。

追い返される立場は経験していても、追い返す方法など知るわけがない。

自分は、あの佳恵の父親と同じ側にいる人間なのだ。

――ピンポーン。玄関のチャイムが鳴った。

「いくらなんでも早すぎじゃない？」

環がこわばった表情で、ギュッとスカートを握りしめる。ポケットから出したハンカチで汗を拭いて、スカートを整えていた。

そこでもう一度大きく深呼吸をしてからドアの方へ行く。

「どちら様でしょうか？」

相手の声を聞いて、さすがの利沙子もドキッとした。


仕事から帰宅した幸太郎が、昼間の出来事を佳恵から聞くと、みるみる怖い顔になった。

「ちょっと、家に帰ったら女になるんじゃないの？」

環はもう寝ている。成り行き上、利沙子も佳恵の父親に関する説明に同席していた。

幸太郎はネクタイを緩めるものの、眉間のシワの深さは変わらない。声を荒らげないが、気持ちを尖らせていることは利沙子にも伝わってきた。

「男も女もないでしょ。こういう話は」

「まあ、そうだけど」

よほど気が収まらないのか、幸太郎は珍しく冷蔵庫からワインを出した。こんな風に荒れた気分で飲んでいる姿を見るのは初めてだ。

利沙子は幸太郎からボトルを奪い、手酌でグラスに自分の分を注ぐ。一口飲んで「安っす」と言った。

「味がわかるの？」

「ラベル見ればわかるわよ」

拍子抜けしたように、幸太郎が少しばかり肩をすくませる。わずかに空気が和んだ。

「佳恵の父親が帰ったあとに来たのは誰だったの？」

「借金取り」

「利沙子さんの？」

「違う！　佳恵の父親の。追いかけてきたみたい。ただ、寸前のところで逃げられたから、この家に立ち寄りそうな場所を訊きに来たってわけ。環さんが、故人の知り合いだけど自分は知らない人って言って、帰らせたけど」

幸太郎ではないが、実のところ利沙子も自分の借金取りかと思ったのは確かだ。

「じゃあ、そっちは大丈夫ね。そうなると佳恵の父親のことだけど……対応が甘かったんじゃない？　少々お金を握らせて大家を口止めしたくらいで、隠し通せると思ったの？」

「それは……」

「環さんは佳恵の父親がどんな人か、会ったことがないんだから、最初の対応が甘くなるのは仕方がないと思うけど、佳恵は父親のことを知っているんだから、こうなるってことくらい想像できたでしょ」

「あのときは環さんが突然来て、その日のうちにここに来ることになって……。それに、父親が私に執着するとは思わなかったし」

利沙子はグラスの中の液体を一気に飲み干す。喉を流れるワインからは、果実の香りよりもアルコールの臭いを強く感じた。

「あの父親が執着しているのは娘じゃなくてお金なの。お金が手に入ればいなくなるし、逆にお金が手に入らないとなれば、近寄りもしないだろうから、相続分渡しちゃえば？」

幸太郎は少しも利沙子の方を見ず、佳恵に向かっていた。

「佳恵。お金を手にしたら、持っている限り、父親に付きまとわれる未来しかないわよ」

佳恵は黙って首を横に振る。

「じゃあどうするの」

うつむく佳恵に、利沙子は近づいてささやきかけた。

「お金がなければ近づいてこないよ」

「え？」

「どうせ相続したって、あの父親に取られてギャンブルか女に使われるのがオチでしょ？　だったらそのお金、私にちょうだい？　最初からなかったものと思えば、同じことでしょ」

「そんなことできないんじゃ……」

「そんなの、方法があるかもしれないじゃない」

「だけどお祖母ちゃんが私に……」

「死んだ人間に何ができるっていうの。それに考えてみなさい。お金がなかったとき、父親は佳恵のところへ来た？」

「……アルバイト代が入ったときにしか」

「でしょう？　高校生のバイト代をあてにする親が、一千万ものお金を娘が手にしたことを知ったらどうなると思う？」

「そうなったとき」のことを想像してみたのか、佳恵の顔はみるみるこわばっていく。

あと一押しだ。

利沙子はさらに、佳恵の耳元に口を近づけた。

「だから――」

「佳恵！」

ダンッと、音がした。幸太郎がワインボトルをテーブルに激しく置いた音だった。

「流されちゃダメよ。そんな声に耳を貸したら、一生後悔することになるから」

幸太郎が立ち上がり、佳恵の腕をつかんで利沙子から引き離した。

利沙子は舌打ちをしたい気分だった。つけ入るのに良いタイミングだと思ったが、幸太郎がいないところでするべきだったと後悔する。

「小さいころは、大人に従うことしかできなかったかもしれないけど、この先もそのままだと、お先真っ暗な未来になるわよ。十七歳ならもう、自分で考えられる年齢でしょう？ううん、考えるようにしないと、アンタがなりたくない大人――父親と同じような道を歩むことになるかもしれないの」

利沙子はドキッとした。幸太郎は父親と言っているが、利沙子だって同じようなものだ。

少なくとも利沙子は親に金の無心をされたり、学費の心配をしたことはなかった。未来は何となく、ずっと同じように続くものだと思っていた。だけど佳恵の母親の麻美も、幸太郎も、雅子と折り合いが合わず、十八歳で家を飛び出している。結果はどうであれ、二人は自分で考えて動いていた。

怒りと悲しみを混ぜ合わせているのか、佳恵は顔をぐちゃぐちゃにしていた。

「どうすればいいのか、わからないんです。こっちから何かすると、訳がわからないことをされそうで怖いし。再婚のときだって、勝手に決めて……私が再婚相手の女性と一緒に住むと大変だろうからって、突然アパートを出ていって。私が何か反論すると〝俺は、オマエのことを考えてやっているのに、どうしてわからないんだ〟て怒鳴るし。言っていることめちゃくちゃだってことはわかってるけど、何を言っても私の言うことなんて聞いてくれないから、もう反論するのも疲れたんです」

佳恵は冷静に話そうとしているようだったが、抑えきれないのか、いつもより声が大きかった。

深夜だ。この声は環にも聞こえているかもしれない。だが環は姿を現さない。

幸太郎がイスに座り直し、ワインの栓を閉める。最初に見た険しい表情とは一変して、少しばかり微笑んでいた。

「そんなに悩むくらいなら、捨てればいいのよ。捨てる方も捨てられる方も無傷じゃいられないだろうけど、タイミングを見誤らなければ、かすり傷くらいで済むから」

「無理です！　私にお金があれば、どこまでも追いかけてくると思います」

「じゃあ諦めるの？　この先もずっと？　そんな未来が嫌なら、お金を手に入れて逃げる方法を身に付けなさい。それにもし、少しでも父親に変わって欲しいと思っているなら、それこそ諦めなさい。あの年齢まで変わらなかった人間に、いつか変わってくれるなんて幻想は抱かない方がいい。期待を抱いている間にも佳恵は傷つくし、すり減るだけだから」

幸太郎は過去の自分に言っているのだろうか。

利沙子はもともと、雅子を母親とは思っていないから、捨てたという感覚ではない。だが幸太郎は雅子の実子だ。それでも家を出たのは……。

「捨てる……」

つぶやいた佳恵の拳が震えている。どこか一点を見つめていた。

そんな佳恵を見ながら、利沙子もまた、自分のこれからはどうすればいいのか、教えて欲しいと思っていた。

六

クラシックな雰囲気の喫茶店のドアを開けると、奥の席で利沙子に向かって手を振っている男がいた。相変わらず気障（きざ）な格好をしている。身幅のゆったりしたダブルのジャケットにサングラス。先の尖った革靴にセカンドバッグ。完全に二、三十年前のスタイルだが、時代さえ間違っていなければ、まあまあ似合っている方だろう。

利沙子が近寄ると、男がサングラスを外した。元カレの山谷（やまたに）明彦だ。

「久しぶり」

「一か月前に会ったと思うけど」

外はもう冬なのにアイスコーヒーを飲んでいる男は、ストローで氷をかき回した。カラン、と氷がぶつかる音がする。

「で、何？」

「焦らなくてもいいだろ。何飲む？」

メニューを受け取った利沙子は、一番安いブレンドコーヒーを注文した。

喫茶店は利沙子が学生時代からある店だ。もちろん、利沙子が高校生のころだってファストフードは存在した。だがクラスメートが行っているような店は子どもっぽいと感じ、少し違う自分をアピールしたかった。幸太郎だったら「何をアピールしてるの？」と笑うだろう。

でもあのときの利沙子は、そうすることが重要だと思っていた。そして今も、それはたいして変わらない。

「俺たちやり直さない？」

アホらしいと思いながらもここまでノコノコやってきたのは、利沙子もそれを期待していたからだ。別れたのは半年余り前だが、その後も会っている。利沙子にも未練や寂しさがあった。

「……そっちから別れたいって言ったんじゃない」

素直に「うん」と言えない自分がもどかしい。でも、すぐに尻尾を振って抱きつくような性格にはなれない。

「一人になって、利沙子の存在が大きかったと気づいたんだよ。利沙子が出ていった部屋はそのままになっているけど、見るたびになんていうか……寂しい」

「料理も洗濯も、家事全般苦手なところが嫌いって言われたところは変わっていないけど」

「そんなのはどうでもいいよ。俺も家事苦手だし、埃だらけでも死にはしないだろ。食べるものはコンビニで買えるし、服だって何とかなる。そういう生活でもいいから、また一緒にいたいって言ってんの」

結局のところ、以前と同じく着るものがなくなったときに洗濯をして、惣菜や弁当を買ってきて、家の汚れは見て見ぬふりをするということだ。

「そういえば明彦は今、何の仕事をしているの？　コンビニ？　居酒屋？　ファミレス？」

突然利沙子が話題を変えると、明彦は何度も来ている店内を落ち着きなく見回す。

「あー……それはしてない」

「じゃあ書店？　昔、書店でバイトしていたって言っていたでしょ」

「いや、書店はもういいかな。わりと長く働いたから」

「じゃあ何？　もしかして、ついに雑誌に小説が掲載されるの？　それとも本が出るの？　まさか連載の依頼が来たとか？」

「利沙子、そんなに一度に訊かれても答えられない」

明彦はソファに深く腰をかけて、背もたれに全体重を預けるようにふんぞり返った。焦っているけど平然を装（よそお）うとするときの、明彦のクセだ。

「さすがにそれは先走りすぎだよ」

「でも、そういうことなんでしょ？」

「あ、まあ……それに近いかな」

「そう、良かったね。デビュー作が載ってから三年、思うように書けなくて、出版社に原稿を送れないって言っていたけど、ついに自信作ができたんだ」

明彦は足を組み直して優しく笑った。

「まあそういう感じ。利沙子と一緒に住んでいたあの部屋に一人になってみて、しばらく何もする気力がわかなかったんだけど、最近ようやく書けたんだよね」

「それは良かった」

利沙子のセリフには大根役者の棒読みよりも感情がこもっていなかった。似たような会話は、もう何度も繰り返していたからだ。

裕子にも指摘されたが、利沙子は昔から夢見がちな男に惹かれる。タレントになりたい、ゴルファーになりたい――作家になりたい。

　厄介なのが皆、その世界に片足を突っ込んでいる人たちだったということだ。夢だけを語っているのなら寝言だが、タレントになりたいと言っていた人は芸能事務所に所属していたし、ゴルファーもプロテストを受験するくらいの実力はあった。そして作家志望の明彦も、なぜか一度だけ短編が雑誌に掲載されたことがあった。

　ただ、芸能事務所に所属していても、仕事らしい仕事はなく、ゴルファー志望の男もプロテストには合格せず、明彦に関しては二作目を書くことができなかった。

「利沙子、信じてないだろう？　でもこれを見てくれ。ここ一か月で書いた作品だ」

　テーブルの上に厚さ三センチくらいの紙の束が置かれる。A四用紙に文字がびっしりと印字されていた。

「本当に書いたの……？」

　利沙子は最初の数行に目を走らせる。が、目が滑り、文章が頭に入ってこない。日本語であることしか理解できない。そういえば、雑誌に載った作品を読んでみたが、くどくて何を言いたいのかがわからず、利沙子は最後まで読むことすらできなかった。

「ゴメン、小説苦手」

「いいよ。俺の文章は万人に伝わるようなものじゃないから。それで、俺の原稿もできたことだし、さっき言った通り、俺たちやり直そう！　利沙子だって、いつまでも今のところに住んでいられないって、この前言っていただろ」

「帰ってもいいの？」

「もちろんだ。利沙子のタイミングでいつでも帰ってきていいよ」

一か月前に明彦に会ったのは、置きっぱなしにしていた利沙子の荷物についての話をするためだった。そのとき、もしかしたら復縁を切り出してもらえないかと思っていた。だがその場では何も言われなかった。

「相続の手続きなら、その家にいなくてもできるだろ」

「でも、一連の手続きが完了するまで、あの家に住むことが条件なんだよね」

「終わりそうなの？」

そんなことは利沙子が一番知りたい。

明彦が利沙子の耳に顔を近づけた。

「相続条件を変えちゃえば？」

「……どういうこと？」

「前に――遺産相続の小説を書こうとして調べたことがあるんだけど、相続人全員が了承すれば、遺言書通りにしなくても相続できるはずだよ。ああ、あと、遺言執行人がいれば、その人の了承もいるみたいだけど」

「みんな意見がバラバラだから無理」

「まずは一人に根回しするんだよ。たとえば、全員の相続分をまとめてから分ける。これなら利沙子以外の人の手も使えるし、了承してくれるかもしれない。利沙子の取り分は減るけど、手間も減る。てっとり早く金を手に入れられる」

「そう、うまくいくとは……」

特に環が厄介だ。彼女だけは何を考えているかいまだによくわからないし、条件を変えることなど、よほどのことがない限り了承しないと思う。

「じゃあ、もう一つの案。利沙子の相続の手続きを手伝ってくれたら、相手の相続分と交換するって方法。より多くの遺産との交換なら、心変わりする人もいるんじゃないかな」

「でもその方法だと、私も動かなきゃじゃない」

「そこは人を使えばいい。うまいこと言いくるめて、面倒な交渉事とかは他の人にしてもらうようにするとか」

仮に佳恵が岩田のところへ行ったらどうなるだろう。女子高生では相手にしてくれないか。それとも利沙子よりは話を聞いてくれる、という可能性だってあるだろうか。佳恵の境遇は、高齢者の同情を引くかもしれないとは思う。

幸太郎なら……、岩田よりも賢そうだ。理詰めで言いくるめられるだろう。

「確かに、可能性はあるかもね。私じゃもう、交渉できない感じになっちゃっているし」

「それに、もし他の人を引き込めなかったとしても、利沙子が戻ってきてくれたら、俺も手伝えるかもしれないだろ」

明彦に手伝ってもらえる。そう考えると、悪くはない話のように思えた。

「ちょっと待ってて。それが可能かどうか、少し探ってみるから」

「わかった。わかり次第連絡してくれ」

明彦は要件は終わりとばかりに、利沙子を置いて店を出ていった。

他にも話したいことがあったのに、利沙子が声をかける間もなかった。テーブルに残された伝票の支払いを済ませて、利沙子も店を後にした。

利沙子が幸太郎を玄関で捕まえると、眉間に深いシワを刻まれる。今にも噛みつかれそうな表情だ。

「そんなに嫌そうな顔しないでよ」

「出勤前で急いでいれば、嫌な顔もするわよ」

「ちょっとくらいいいじゃない」

「ちょっとって何？　三十秒で言って」

「みじかっ！」

「ダラダラ話してもしょうがないでしょ。あと二十五秒」

早く、と幸太郎が急かす。利沙子は慌てた。

「遺産相続、交換して」

「は？　……救急車呼ぶ？」

「私は正常！」

「あ、そ。仕事行ってくる」

イエスもノーも言わないまま、幸太郎は家から出ていった。急かされたために、最悪な話の持っていき方をしてしまった。幸太郎のペースに乗せられた気がしなくもない。

昔はもう少し可愛げがあった。雅子にどう言われていたのかはわからないが、最初のころは利沙子のことを「お姉さん」と呼んでいた。利沙子が拒否したため、すぐに呼ばなくなったが。

ここはやはり、若くて落としやすそうな佳恵をターゲットにした方がいいかもしれない。

利沙子は一度台所へ寄ってから雅子の部屋へ向かう。佳恵はこの時間、雅子の部屋にいることが多い。

ドアは薄く開いていて、佳恵は雅子のベッドに腰かけ、リネンに話しかけていた。

「でね、ひまりさんに、もう少しペースをあげて勉強しようって言われたわけ。あの人、最初より厳しくなっていくし、こんなに勉強したことなんてなかったから、頭がオーバーヒートしそうだよ」

猫に話す内容？　と立ち聞きしている利沙子は思った。リネンは退屈そうにあくびをしている。

利沙子がドアを大きく開けて会話に参加した。

「前より仲良くなったんじゃない？」

突然話しかけたせいか、佳恵はビクリと身体を震わせた。

「……何か用ですか？」

「んー、ちょっとね」

敵意むき出しとまではいかないものの、佳恵は迷惑そうだ。

佳恵に近づくと、ベッドのヘッドボードの宮棚に、小さな写真立てが置いてあることに気づいた。

「こんな写真、さっさと処分すればいいのに」

写真は、利沙子の父親と雅子が結婚したときに撮ったものだ。結婚式は挙げていないが、写真館で記念撮影をしたと聞いている。

「父親もバカなのよ。二度目の結婚なのに、運命の出会いだなんて言って」

「運命？」

雅子の話だからか、佳恵の態度が少し和（やわ）らいだ。

「そ。東京からの新幹線で座席が隣同士になったんだって。もちろんただの偶然。そのとき送電線のトラブルか何かで、車両が停止。車内も停電になって、公衆電話も使えなかったとか。家には幼い子ども——幸太郎が待っていて。もちろん、麻美もいたみたいだけど、帰宅は予定よりも遅くなるのに、連絡できずに不安だったんじゃない？　見かねたうちの父親が携帯電話貸して連絡取ったとか、そんなこと言っていたわ」

「新幹線に公衆電話があったんですか⁉」

「当時はあったの！　ついでに言うと、携帯電話はまだ持っている人が限られていたの」

「初めて聞きました」

「麻美だって当時は中学生か高校生でしょ？　親の再婚の出会い話なんて、聞いてなかったんじゃない？　それより、リネンと結構いい感じになっているじゃない。最初のころは、近づくだけで逃げられていたのに」

あ、はい、と佳恵が話に応じた。やはり雅子の話をすると、態度が軟化する。

利沙子は心の中でほくそ笑んだ。

「少しは。でも撫(な)でようとすると逃げられます。とりあえず、敵ではないことを理解してもらったみたいです」

「抱かせてもらうのはいつになるの？」

「さあ……」

ため息交じりの返事は元気がない。

「佳恵、ちょっと立って」

「え？」

「いいから、場所変わって！　早く」

急かしたせいか、佳恵は言われるがままベッドから立った。利沙子は佳恵が座っていた場所に腰を下ろす。ベッドが軋んだ。

「リネン。ねえ、リネン」

幼児に話しかけるように、利沙子はリネンを呼ぶ。だがそっぽを向かれたままだ。もちろん、こうなることは想定済みだった。

利沙子が握っていた手のひらを開いて、リネンの顔の前に出すと頭が動く。リネンの鼻がヒクヒクとしたかと思うと、利沙子の手を舐めた。

「ええー？」

佳恵がこれでもかというくらい目を大きく見開いて、丸くしている。驚きは言葉にならないらしく、口をパクパクさせていた。

「私に慣れてきてくれたのかな？　毎日会っていれば、そういうこともあるかもね」

声を出して笑いたいのをこらえながら、利沙子は佳恵の様子を探る。驚きと同時にショックもあるのか、開いていた口が徐々に閉じ、唇の端が震えていた。

「利沙子さん、場所を変わってください」

佳恵が利沙子を押しのけて、リネンに手を伸ばす。が、触れる前にタンタンタンと、タンスの上に行ってしまった。

尻尾しか見えないリネンは、しばらく降りてきそうもなかった。

「人間もそうだけど、動物とも相性ってあると思うの。佳恵はこの三か月、リネンとうまくやろうとしているけど、難しいでしょ？　きっとそれ、相性が悪いのかもしれないね。だって三か月だよ？　いくらなんでも、そろそろ仲良くなってもいいころじゃない。残りは四か月くらいしかないけど大丈夫？」

背中が丸まり、うつむく佳恵の表情は見えない。だが落ち込んでいることはわかる。

利沙子は佳恵の肩に手を置いた。

「ねえ、私と相続するモノ換えない？」

「え？」

潤んだ目で佳恵が利沙子を見てきた。

「私の方の、土地家屋の相続を放棄してもらう人たちとの交渉は、結構終わっているの。だから何とかなると思うんだよね。まあ、もうちょっと手間はかかるだろうけど、相性の悪いリネンよりも、相続人相手の方が事務的に事を進められるでしょ？　佳恵なら時間もあるし」

実際のところ、残る人たちに手を焼いているのだが、そんなことは佳恵に教える必要はない。利沙子の最大の目的は、早期の相続だ。

「でもそんなこと、環さんが許すとは……」

「もちろん、環さんは遺言書通りに進めようとするだろうけど、佳恵がリネンとの関係をうまく築けていないことはわかっているでしょう？　しかも、佳恵のお父さんが来たじゃない。長引かせてしまったら厄介なことになると思えば、佳恵に有利になるように、環さんも動いてくれると思うんだよね。またお父さん来るかもしれないし」

「そんな……無理ですよ」

「私も協力するから。リネンだって、飼い主を選びたいかもしれないし」

「ああ……うん、そうですね。というか、リネンには見透かされているんだと思います。私が猫を嫌いなことを」

「──嫌いなの？」

予想外の事実に、利沙子は驚いた。

「はい。あ、ひまりさんには、わりとここへ来てすぐのころにバレています」

「幸太郎は知ってたの？　なんて言ってた？」

「別にいいんじゃない？　って……。遺言書にはリネンを好きになることとは書いていないんだから、世話ができればそれで……」

「アイツが言いそうなことだわ」

二人の間にそんなやり取りがあったなどということは、利沙子はまったく知らなかった。

「あの人……佳恵が猫嫌いってこと知らなかったんだ」

「お祖母ちゃんですか？　知らないというか、誤解させちゃったのかもしれません」

そう言うと佳恵は、タンスの引き出しを開けて、一通の封筒を出してきた。表書きの住所などは整った文字だったが、中に入っていた便箋に書かれたつたない文字は、子どものものだ。端っこに猫の絵も描かれていた。

「私が小さいころ、ここでリネンと遊んだんです。そのときひっかかれてから苦手で。でもお祖母ちゃんは猫を好きだから、猫を描いたら喜ぶんじゃないかと思って手紙に絵を……」

「それをあの人は、佳恵が猫を好きだと勘違いしたってわけね」

「たぶん……」

「意外とオッチョコチョイだったのね」

「オッチョコチョイというか、私が猫を好きなら、猫と暮らせるようにって考えてくれたんじゃないかと」

「それは買いかぶりすぎじゃない？　あの人は、自分が正しいと思ったことを実行したいだけで、人の気持ちまで考えているとは思えないけど。現に、佳恵は猫が嫌いなのに、猫と暮らすことを指定したわけでしょう？　もしかしたら、それを知っててリネンを、と遺したのかもしれないし」

「そんな、まさか……」

利沙子の言葉を信じたのか、佳恵はうなだれた。

「だいたい猫が嫌いで世話できるの？　それに、小さいころリネンと遊んだことがあるだけで、猫の世話を頼むっておかしくない？　ね、もしかしたら、あの人は私にも佳恵にも相続させたくなくて、こんな無理難題を押し付けたんじゃないかな。どういう経緯で知ったかはわからないけど、例えば麻美から、実は佳恵は猫が嫌いってことを聞いていた可能性もあるかもね。死んでまで嫌がらせっていうか、復讐(ふくしゅう)するために遺言を遺したんじゃない？　まあ、佳恵に対してというより麻美へだろうけど」

「そんな……。もし、私と利沙子さんにはそうだったとしても、ひまりさんの指輪は？」

「それだって現物が見当たらないのよ？　環さんは家の中にあるって言うけど、いまだに出てきてないじゃない」

「最初からなかったってことですか？」

「昔はあったけど、私が見たのも母親が生きていたころのことだしね。あの人の手に渡ってから売ったんじゃない？　そう、死ぬまで会いに来なかったから、復讐のためにみんなをここに集めたの。相続できないものを餌にして」

突然、部屋のドアが開く。

環が顔を真っ赤にさせて立っていた。

「利沙子さん！　勝手なことを言わないでください。憶測にもなっていません」

環は、佳恵の腕をつかんで部屋を出ていく。あっという間のことだった。

遠ざかる足音を聞きながら、利沙子はタンスの上で寝ているリネンに話しかける。

「枝豆好きって本当なのね」

佳恵の方は、もう少しのところで環に邪魔をされてしまった。次はどうするか……。

利沙子のポケットの中でスマホが震える。メッセージは明彦からだった。


『どうなっている？』

明彦が遺産目当てだということは、さすがに気づいている。小説を読まない利沙子には、明彦が書いた作品の出来はわからない。だが、この短期間であんな量を書けないことはわかる。何年も書く書く詐欺をしてきたのだから。それに、編集者にはもう連絡なんてできないだろう。同棲していたときに、アドバイスをもらうためにも一度、連絡してみたら？　と利沙子は何度となく言ってみたが、拒否されたらどうしよう、叱られたらどうしよう、と怯えるだけだった。小説に対する情熱など、とっくに失っているはずだ。

ただ、そうとわかっていても明彦のところへ行こうと思っている。利沙子はあと二年もしないうちに五十歳になる。知識も教養もない。技術も経験もない。今さらできることもないし、相手にしてくれる男性もいない。

明彦は口先ばかりなところはあるが、優しさだけはある。それがたとえ、薄氷の上を歩くように、いつ壊れるかわからない関係であっても、一人きりになるよりはマシだと、利沙子は思っていた。

利沙子は深夜になってから、幸太郎の部屋を訪ねた。利沙子の顔を見るなり、「お休み」とドアを閉められかけたが、寸前のところで足を挟んだ。

「それ、借金取りがすること」

幸太郎の嫌味に、利沙子は笑顔で返す。

「取り立てたことはないけど、取り立てられたことはあるから」

「……妙な説得力はある」

幸太郎が脱力している隙に、利沙子は部屋の中に入る。入られてしまうと諦めたのか、利沙子の背後から聞こえたのは「出ていって」ではなく、ため息だけだった。

幸太郎の部屋は、ピンクとレースと花柄が溢れている——わけではなく、ベージュを基調とした家具やファブリックで統一されていて、ナチュラルな雰囲気でまとめられていた。

「意外と趣味がいいのね」

幸太郎は、アパートを引き払ってこの家に住み始めたときに、それまでこの部屋に置いてあった古い家具を空いている部屋に移し、自分が使っていたものを運び込んだはずだ。引っ越しのときに外出していた利沙子は、幸太郎の部屋の中を見るのは今日が初めてだった。

「利沙子さんと違って、バブル時代の記憶はほとんどないから」

「嫌味？」

「事実を述べただけ。——で、何？　まさか部屋を覗きに来たわけじゃないでしょ。もしかして昼間のこと？　だったらお断り」

「察しが良くて助かるけど、ちょっと違う。指輪は見つかった？」

幸太郎はドアを閉めて、ドレッサーのイスに座った。幸太郎の部屋には他にイスはない。利沙子は立っているほかなかった。

「捜してみたけどまだ見つからない。さすがに全部を捜したわけじゃないから、何とも言えないけど」

「小さなものだからどこにでも隠せるだろうしね。ね、本当にどこかにしまってあるって思う？　そもそも、隠すなんて意味のないこと、あの人がすると思う？」

「……何が言いたいの？」

「何となく、あの人がやることにしてはおかしな感じがしない？　宝探しゲームをさせたいなら、始める前にゲームのルールを説明しそうな人でしょ。漠然と、どこかにしまってあるなんて訳のわからない状況にはしないんじゃないかなって」

幸太郎が悩ましそうに口元に手をあてる。利沙子以上に、雅子の性格を知っている幸太郎だ。その違和感は、口に出さずともずっと抱いていたに違いない。

「だからさ、環さんを追い出さない？」

「え？」

「だって、あの人が隠していないとなれば、環さんがやったに決まっているでしょ。私は環さんが怪しいと思っているから」

「遺言書は？」

「指輪に関しては写真しかなかったし、そもそも遺言書と写真をセットにしておくことを進言したのも、環さんの可能性もあるかもしれないでしょ。子どもたちから見向きもされず、病気で弱っていたところに、世話してくれる人の言うことなら、従っても不思議じゃない」

「まあ、病身のときは気が弱るかもしれないけど……」

「でしょう？　だから環さんを探りたいの」

「環さんが何か隠しているかも、という点だけは同意するわ。でも追い出してどうするの？」

「具体的なことは考えていないけど、指輪のこと、ハッキリさせた方がいいって言ってんの」

「だったら追い出すより、一緒に住んでいた方が、見張れるんじゃない？　仮に何か理由をつけて追い出したとしても、指輪が見つかるわけじゃないでしょ。環さんだって、外出するときはあるんだから、指輪捜しができないわけじゃないし」

幸太郎はしれっと、恐ろしいことを言う。環の部屋を探ろうとしているのかもしれない。いや、すでに捜している可能性もある。

「それより利沙子さん、私からも質問があるんだけど」

「何よ？」

「冷凍庫」

「冷凍庫がどうかした？」

「冷凍の枝豆を買うほど好きだった？」

睨むように、幸太郎は利沙子を見ていた。

第三章　ダイヤモンドの在りか

一

ひまりはいら立っていた。

電話が繋がってから、かれこれ十五分は同じことを繰り返しているのに、話は一向に進まない。長引く通話は時間の無駄にしか思えず、いら立ちはさらに高まっていく。

「電話では教えていただけないのなら、窓口まで出向きますが……でも、戸籍謄本を持っていけば、故人と私の関係性はわかりますよね？　ええ、顔写真入りの身分証明書も持参いたしま……偽造なんてしませんよ」

ひまりはスマホから口を離して、一度大きく深呼吸をする。気持ちを落ち着かせようとしていた。

「ですから、生前母が契約していた、保険金についてお伺いしたいんです。ええ、もう支払われていることはわかっています。ただそのときの契約内容について、さらに詳しくお聞きしたいと」

仕事の電話以上に気を遣いながらひまりは話していたものの、相手の反応は、暖簾に腕押しだ。

十五分の電話の間に、いったい何度、個人情報保護法という単語を耳にしただろうか。しかもその壁は、どんなに強くぶち当たっても、ヒビすら入れることができない。保険会社は「ご契約内容につきましては、ご家族で話し合われてください、としか申し上げられません」と、ひまりの訴えを聞いてくれなかった。

さすがに、これ以上は意味がないと思えば、納得はしていないが「ありがとうございました」と電話を切る。

ひまりは机の上で頬杖をついて、ため息を漏らした。

「さて、どうしよう……」

頭では理解している。保険会社が契約者ではない人間に、契約内容をペラペラ話したら、それはそれで不安だ。職務に忠実なのは、その会社が安全だと証明していることでもある。が、悪用するつもりはないし、必要だから知りたいのに、ダメだと言われると頭を抱える。

雅子が生前にかけていた保険は、すでに環が受け取り人となって支払われている。それは遺産相続用の口座に振り込まれていたし、ひまりも目を通している。

電話の最中、ひまりがあまりも食い下がったせいか、保険会社の担当の人に「実子なのに、ご存じないのですか?」と言われて言葉を失った。

担当者の言う通り、「普通」の子であれば保険会社に訊かずとも知っているだろう。だが雅子とひまりの関係は「普通」ではない。

ひまりは、以前佳恵に、「どれも環さんから聞いた話」と言われたことが忘れられない。

実母――雅子の死因は本当だろうか。

家に集められたのも、こうして一緒に生活しているのも、すべて環の指示である。

もちろん、雅子の遺言書は存在する。公正証書だから、環がでっち上げたとは思っていない。ただ、病気のことも遺言書のことも、すべて環を介して説明されただけだ。遺言書の法的効力はあっても、そこに環の意見が入っていたら? と考え始めると、何もかもが怪しく思えてきた。

ひまりは保険会社に連絡する前に、雅子が亡くなったという病院にも問い合わせた。だがやはりこれも、詳しいことを教えてもらうことはできなかった。

「一度でも顔を出していれば違ったのかな……」

利沙子もひまりも、雅子が生きているうちには会わなかった。病気で余命いくばくもないことは環からの連絡で知っていたが、ひまりは会わないことを選んだ。でも、もし亡くなる前に会っていたら――。

もし、環ではなく、生前に雅子が連絡してきていたら――。

「無理か。お互い頑固だから」

会わなかったことを後悔しているわけではないが、会っていれば死因について、今ごろ問い合わせていないだろうし、佳恵や利沙子と同居するなんてこともなかっただろう。

ひまりは、スマホをベッドの上に放り投げて横になった。

マットレスが深く沈む。見上げる天井は、昔と同じ景色だった。

七歳でこの家で暮らすようになってから、十八歳までの十一年間。平穏とは言えなかったが、すべてが悪いことばかりだったわけではない。ただ、母親の再婚によって新しくできた父親を、本当の父親とは思っていなかったし、それほど良好な関係でもなかった。虐待などはなく、不自由なく生活させてもらったことは感謝しているが、距離を詰められないまま、同じ屋根の下で過ごしていただけだったように思う。

思い当たることとして、佳恵の母親――姉の麻美の存在があるかもしれない。

麻美がこの家に越してきたのは、高校三年生のときだ。幼いひまり以上に、環境の変化に敏感であっただろう。

今考えると、麻美が高校を卒業して家を出てから、雅子は再婚すれば良かったのではないかと思うが、小学生だったひまりには、大人たちが何を考えていたのかまではわからなかった。

麻美は雅子に従順だった。ひまりの記憶の中で、麻美が雅子に反論したのは、交際に反対されたときだけだ。

姉の相手がどんな人物なのか、まだ幼かったひまりにはわからなかった。だが成長するにつれ、自然と噂は耳に入ってきた。そして佳恵の話から想像すると、雅子が反対したのも当然と言える。それでも麻美は、この家にいるくらいなら、甘い言葉をささやく人と一緒にいたいと思ったのだろうか。

雅子の再婚のタイミングへの抗議みたいな思いもあったのだろうか……とも想像するが、答えを知ることは一生ない。雅子も麻美もどちらももう、この世にいないのだから。

「今は姉さんのことより……」

利沙子に賛同するつもりはないが、環が何か隠している気がするのは、ひまりも同じだ。それが、佳恵や利沙子やひまりにとって、不都合があるかどうかはわからないが、全面的に信用するのは危険だ。

「あーもう、やることも考えることも、多すぎでしょ！」

ベッドから起き上がり、ひまりは叫んだ。改築の際に二階はしっかり防音設備を施したらしく、音が響きにくくなっていることをありがたく思う。

十二月はひまりの仕事が忙しい。学生が冬休みに入ると、忙しさのピークになる。中学生も高校生も受験が目前に迫り、冬期講習で一日中埋まってしまう。休日だって、ほとんどない。

机に向かったひまりは、ノートパソコンを立ち上げた。

目的のページを見るのは、この家に来てからの習慣になっている。指が自然と動き、見るべきページも、見る場所も、瞬時に判断できる。問題は、一面の銀世界で真っ白な小石を捜すような作業は、心が折れそうになることだ。しかも、そこに石が落ちているのかはわからない。捜したところで、最初からないという可能性もある。それでも捜すのをやめるわけにはいかなかった。

しばらくパソコンの画面を見続けて、目が疲れたひまりは、窓に近づいて、ガラス越しに庭を眺めた。庭は街灯と室内の光が照らすだけで、ほとんど何も見えない。季節柄、虫の声も聞こえない。広い庭は存在すらわからないくらい静かだった。

もう十二月だ。いつ雪が降ってもおかしくない季節になった。

「ここにいるのも、あと三か月ちょっとか……」

ふうっと、窓ガラスに息を吹きかけると、そこだけ白く曇る。指をつーっと滑らせて、一本の線を引いた。子どものころは絵を描いたりしたが、今はもう、楽しさを感じることはなかった。

ひまりはこの部屋で過ごした時間を思い返しながら、着替えを持って部屋をあとにした。

風呂の順番は決まっていないが、仕事へ行った日はひまりが最後に入る。帰宅時間が遅いため、それが自然な流れだった。

階段を降りて風呂へ行こうとしたとき、台所の電気が点いていることに気づいた。電気を消し忘れただろうか。

ひまりが帰宅したのは日付が変わってからで、台所に置いてあった夕食を軽くつまんで皿を洗ったのが、一時間ほど前のことだ。

ひまりが台所へ行くと、水道を使う音がした。

「環さん、起きていたの？」

足音でひまりが近づいていたことに気づいていたのか、環に驚いた様子はなかった。

「目が覚めてしまったので、お茶でも飲もうかと。ひまりさんも飲まれますか？」

「遠慮する。これからお風呂に入るから」

そうですか、とまたお茶の準備を始めた環が、茶葉を取ろうとひまりに背を向ける。ひまりは少しの間、後ろ姿を眺めていた。

「どうかしましたか？　やっぱりお茶、飲まれます？」

「いつからあの人と？」

噛み合わない会話に、環が首をかしげた。

「母さんと一緒に住み始めたのは、いつから？」

「以前お話ししませんでしたか？」

「詳しくは聞いていない。というか、昔、私とも会ったことはある？」

ひまりが環に会っているとすれば、この家で暮らしていたころのはずだ。十五年以上前のことになる。

「一度だけあると思います」

「……全然覚えてない」

「当然ですよ。会ったというよりは、私の方が一方的に見かけたというだけですし、ひまりさんはまだ、八つか九つのころでしたから。親戚のお葬式で、雅子さんのそばにいた記憶があります」

覚えていなかったことに罪悪感はないが、ひまりだけ忘れている状態は居心地が悪い。

案の定というか、覚えている側の環は、昔を懐かしむように小さく笑った。

「夏のころだったので、白い半袖シャツに黒っぽい半ズボンを穿いていたと思います。見知らぬ人ばかりの中で心細かったのか、雅子さんが動くたびに、あとを追っていたのを覚えています」

「いやぁぁーやめて。なんかそれ、黒歴史だからー」

半ズボンも、心細さから母親を追いかけていたのも、今聞くと恥ずかしすぎる。特に半ズボンがひまりの心に刺さる。当時からすでに、少しずつ自分の性に違和感を覚えてはいた。が、それを口に出せない空気も感じ取っていた。

義父の実子であった利沙子も、姉である麻美も家を出て、残されたひまりは「幸太郎」として生きなければならないことを、子ども心にも察していたからだ。特に麻美が取った行動により、ひまりに対する雅子の態度がさらに厳しくなった。

「そんなことより、母さんと一緒に暮らし始めた経緯を聞きたいんだけど」

急須（きゅうす）にお湯を注（そそ）いだ環は、湯呑（ゆのみ）を二つ用意する。

ひまりは警戒心を抱（いだ）きつつも、台所のテーブルに着いた。

「ドラマチックな出会いではないですよ」

「そう？　あの人の再婚のときの出会いなんて、ドラマになりそうな展開だったけど」

新幹線のエピソードを聞いていたのか、環も、そうですね、と笑う。

「でも私の場合は、いたって普通ですよ。一緒に暮らし始めたのは、私が三十七……くらいのころでしたから、もう七、八年前になると思います」

「それまで、母さんと会っていたりしたの？」

「何度か顔を合わせることはありましたから、まったく知らないわけではありませんでしたけど、親類の冠婚葬祭以外でお会いすることはなかったですね。年賀状も交（か）わしていませんでしたし」

　なるほど、とひまりは心の中でつぶやいた。

「遠縁」の関係であれば、不自然ではない距離感だ。だがそれが「同居」となると違和感がある。

　環は湯呑に注いだお茶をひまりの前に置く。湯気が立つほうじ茶は、冬の深夜にはホッとする温もりだ。熱々のお茶をゆっくりと口に含むと、身体の中から温まってきた。

「どうして一緒に住むことになったの？」

「親戚の結婚式で隣の席になったんです。最初のうちは、当たり障りのない話をしていましたが、知らない間柄ではなかったということもあって、少しずつ話がはずんで」

「意外。あの人、そんなにおしゃべりだった印象ないんだけど」

　ひまりが知る雅子は、寡黙ではないが、無駄な会話はあまりしない方だったと思う。知り合いを見つければ自分から挨拶をするし、相手の状況に応じて、会話の内容も変化させる。例えば病気療養後だと知っていれば、それとなく体調を訊ね、家族の誰かが結婚したとなれば、お祝いを口にする。だから環の話を聞いても、「結婚式の親族としてふさわしい会話」はしても、式が終わってからも話をする姿は想像できなかった。

　さすがに家族と過ごしているときは、冗談を言うこともあったが、あとになって振り返ると、学校での様子や、子どもが好きなタレントの話を訊ねるときでさえ、「コミュニケーションを円滑にするための会話」ではなかったのかと思ってしまうこともある。

環は湯呑に、ふぅっと息を吹きかける。立ち上っていた湯気が散って、環の顔を少しの間、薄く隠した。

「ちゃんと話したのはそのときが初めてでしたから、雅子さんがそれまでどうだったのかは、私にはわかりません。ただ、翌日会おうと言ったのは、雅子さんの方でした」

「翌日？　そんなにすぐに会ったの？」

「ええ。まあ……急ぎではないけど用事があったのと、私はその少し前に無職になっていて、時間だけはあったという、偶然が重なっただけかもしれませんけど」

流れとしては自然だ。だが、いくら親戚とはいえ、それまで交流のなかった環と雅子が、一気にそこまで距離を縮めるのは想像できなかった。

「雅子さんは、毎日が退屈だったのかもしれません。この家は、一人で過ごすには広すぎますから」

ひまりはさっき見ようとした庭を思い返した。

今は環が管理する庭も、当時は雅子が手入れしていた。そのころも今と変わらず……いや、今以上に整った庭であったかもしれない。

環は当時のことを思い返しているのか、遠い目をしていた。

「リネンは、雅子さんには懐いていましたが、もともと人間にべったりするような猫ではありませんでしたし、似た者同士って感じで」

「じゃあ、佳恵との距離感もおかしくないのかな……」

「いえ、あそこまでではありませんでした」

佳恵の道のりはまだまだ遠そうだ、とひまりは思った。

「それで、気が合ったから、一緒に住むようになったってこと？」

「簡単に言うとそんな感じです。無職の私の家賃を心配してくれたというのもありました。こちらはお部屋がたくさんありますから。あと、私は免許がありますけど、雅子さんは運転できなかったので、買い物とか不便だったみたいで」

ギブアンドテイクと言ってしまえばそれまでだ。とはいえ、あの雅子がそれだけで人を住まわせるとは思えない。少なくとも雅子が環のことを気に入った、というのは間違いないのだろう。

ただ環の方は、遺産狙いで雅子に近づいたのか、それとも純粋に気が合って一緒に生活することになったのかは判断できない。環の目的が遺産狙いであれば、ひまりが訊いたところで、素直に答えるわけはない。

これまで以上に、環の様子を探るしかなさそうだ。

「あの人……私のこと、何か言ってた？」

湯呑をつかんでいる環の手がビクッと揺れる。ひまりとは目を合わせられないのか、うつむいていた。

「別に、今さら気にしてないから。まともになって欲しいとか、こんなの自分の産んだ子じゃないとか、言っていても驚かない」

「あ……いえ……そんなことは全然」

「もしかして、女性の姿で過ごすことを認めれば良かったとでも言っていた？」

「そういうことも……」

「いったいなんて話していたの？」

環の返答を待つが、その時間は思いのほか長く感じた。

湯呑から湯気が消えたころ、環は顔をあげた。

「私がお伝えすることはありません」

「え？」

「遺言書が雅子さんからのメッセージのすべてだと思ってください」

はぐらかされたような気がする。だが押し問答をしたところで、肝心なことは口を割りそうもなかった。

ひまりは、ぬるくなったお茶を一気に飲んで、席を立つ。

「ごちそうさま。お風呂入ってくる」

古い家は廊下に出ると外気の寒さを直接感じる。窓から外を見ると、白いものが空からチラついていた。

雅子にとってひまりは、認めがたい子ども……いわゆる、らしさ、にこだわっていた雅子には、男らしくないひまりは、受け入れがたい存在だったのだと思っている。

メッセージだというのなら、やはりあの遺言は雅子が復讐(ふくしゅう)のために用意したものなのだろうか。

心当たりがあるひまりは、あながちその想像は間違っていないような気がしていた。

二

「待ってよ、ねえ、ちょっと！」

廊下を走り抜けるリネンを、佳恵が追いかけている。足音もたてず、風のように走り去るリネンは、高齢なのに、あっという間に佳恵を置きざりにした。

「ああもう！　また逃げられた」

「何を怒っているの？」

「あれ？　ひまりさん、今日は起きるの早いですね」

「昨日言ったでしょ？　今日は帰るのが遅いから、午前中に勉強見るって。ほら、リネンの相手をしてないで、勉強の準備をして」

まだリネンと遊んでいたかったのか、佳恵はふてくされたような表情をした。

「今日はもう少しで、リネンを抱けそうだったのに」

「だからそれはあとにして。ていうか、まだ抱っこさせてもらえないの?」

「撫でることは許されましたけど、抱こうとすると逃げるんです」

「リネンにも都合があるんじゃない? 人間だって、眠いときや一人でいたいときに構われたら、うっとうしいでしょ。リネンはきっと、そういう時間を長く欲しい猫なのかもしれないし」

「じゃあ、放っておいた方が良いってことですか?」

「さあ? 私はリネンじゃないから、しーらない」

「そんな、無責任な……」

「リネンもだけど、受験のことも考えてる? さすがに志望校決める時期よ。学びたい分野は決まった?」

「何となく? ぐらいな感じなら」

自分の進路を話しているはずなのに、やはり佳恵はどこか他人事だ。そんな佳恵に、ひまりは焦りを覚える。

「あのね、もう十二月なの。多くの受験生は親と教師と生徒で、最後の面談をしているころなの」

「へぇ……」

「へぇ、じゃないの！　ただでさえ、スタートが遅かったんだから、もう少し真剣になりなさいよ」

「そうは言っても、受験するなんて考えていなかったから……」

佳恵のこの調子にイラつくこともあるが、一方で仕方がないことだとも思っていた。もともと進学を考える余裕がなかった経済状況に加えて、通信制の学校だったこともあり、教師や級友とも、話すことはほとんどなかったからだ。学力面は想像していたほど悪くはなく、高望みしなければ、どこかの大学には受かるだろう。

それでも、悠長にしている時間はない。

「佳恵の場合、浪人という選択肢もあるとは思うけど」

「浪人は、したくないです」

「どうして？」

「……この生活をしているから、勉強しようかなって思うけど、そうじゃなかったら、きっとバイトでいいかなって思いそうだから」

姉が——麻美が生きていたら、佳恵をどうしていただろうか。麻美が通っていた高校は、この地域でもトップクラスの進学校だった。当然、大学にも進学するものだと思っていたし、今も生きていたのなら、進学を勧めていたような気がする。

「進学先を決める必要があるのはわかっていますけど、でもリネンのこともなんとかしないと、そもそも進学費用だって、ないじゃないですか」

「リネンなんて、どうにでもなるでしょ」

「それ、環さんが許すと思います？」

「あー……難しそうね」

「だから利沙子さんの相続手続きが終わっても、私がリネンと仲良くならないと、結局終わらないと思うんです」

「利沙子さんの方も終わるかどうかは、なんとも言えないけど……」

利沙子は地道に手続きを進めることが苦手らしく、行き詰まると放置する、を繰り返しているらしい。居場所を捜すために戸籍を取り寄せるのも一苦労。その場所に住んでいないとなれば、また次を捜す、という作業は思いのほか大変で、「なんで私ばっかりこんなに苦労するの！」とわめいていた。

環に関しては、買い物にしては長時間家を空けていた日はあったものの、家に友人を呼ぶこともないため、交友関係についても把握できない。一度だけ、あとをつけたときに、喫茶店で似たような年齢の女性と話しているのを見たが、残念ながら会話を聞くほど近くの席には座れなかった。楽しそうに話している様子からすると、友人なのだろうとは思う。別の日に一度、環の部屋に入り探ってみたが、これといった物は見つかっていない。

今のところ手詰まりな状態だった。

「ホラ、それより勉強するから、佳恵の部屋に行くわよ」

「はーい」

イマイチやる気があるようには思えないが、佳恵は素直に従う。

ひまりが出しておいた課題をチェックすると、言われた部分は終えていた。

「ふぁぁ……あ、失礼」

ひまりが大きなあくびをすると、佳恵が申し訳なさそうな顔をしていた。

「やっぱり、眠いですよね」

「気にしなくていいから。ホラ、さっさとこの問題解いて」

「はい」

「英語の穴埋め問題は、絶対出るんだから、前後の文章を見てちゃんと考えて。佳恵の場合、正答率はいいんだけど、ちょっと時間かけすぎだから。もう少しスピードも意識して」

「それが難しいんです」

「わからなくはないけど、時間切れで解答できなければ、元も子もないわよ」

「ですよね……私、ひまりさんの時間を奪い過ぎですよね」

話が繋がっていない気がする。ひまりは問題を解くときのことを言っていたが、佳恵はひまりの時間が取られていることについて言っている。

「最近、ひまりさん寝不足だし……」

目の下のクマ、と佳恵がひまりの顔を指さした。

「平気平気。これは昨日、寝ようと思ってから本を読み始めたら、最後まで読んでしまって寝不足なだけ」

本当に？　とでも思っているのか、佳恵は疑わしそうな顔をしている。もちろん嘘だが、嘘とは言えない。

十二月に入って、ひまりの仕事も忙しくなっていた。それでもまだ、学校が休みになる前は、午前中は家にいられるが、冬期講習の準備のため、連日残業が続いている。当然、就寝時間は遅くなっている。それなのに起床時間はいつもより早い。できる限り、佳恵の勉強を見るためだ。

「私を寝かせてあげたいと思うなら、ちゃっちゃと終わらせて」

「はーい」

相変わらず、気合いの入らない返事をしていた佳恵だが、この日はそれまでにない集中力を見せて、予定より早くノルマを終えた。

佳恵がチラッと時計を見てから、口を開いた。

「そういえば、環さんのことなんですけど、ちょっと気になることがあるんです」

「気になること？」

「私、この前、見ちゃったんです」

隠し財産だろうか……そんな考えがひまりの頭をよぎる。

「何を？」

「お風呂、というか脱衣所を、です」

「……話の流れからすると、環さんが入っていたってこと？」

「はい。スカートのポケットの中を何度も確認してから、洗濯機に入れていました」

「ティッシュが入っていると困るからじゃない？　実際、環さんのポケット、膨らんでいるし」

「そうなんですけど——じゃなくて、その前です。服を脱いだときに、下着がめくれて」

佳恵の説明によると、環が脱衣所にいるとは思わず、ドアを開けてしまったとのことだった。脱衣所には鍵が付いており、中から施錠することは可能だが、雅子との二人暮らしが長かった環には、その習慣がなかったとしても不思議ではない。

「少しくらい裸を見たにしても、佳恵に悪気がないことくらい環さんだってわかっているだろうし、同性なんだから許してくれるでしょ。それよりずっと見ていたの？」

「ちょっと気になることがあって。……環さん、途中まで気づいていなかったし」

佳恵はそこで一度口を閉じて、うかがうような目でひまりを見る。内緒話でもするように、あの……と、小声で言った。

「お腹に傷痕があったんです」

想像していなかった話の方向に、ひまりはこれ以上聞いていいのかと迷う。とはいえ、知りたいのも事実だ。

ほとんど悩むことなく、知りたい、の気持ちの方が勝った。

「それって、擦り傷とかではないってことよね？」

「はい。たぶん、何かの手術痕みたいな……ネットで調べたら、似たような感じのものがあったので」

なるほど。佳恵は環の裸を見たあと気になって、インターネットで検索したらしい。

傷痕は小さなものではなかったと言った。

「それに、すっごい昔のものでもなさそうだったんです」

「だとしても、今は元気そうじゃない。傷痕一つで判断できないでしょ」

ただでさえ近い二人の距離を、さらに詰めるように佳恵が身を乗り出してくる。

佳恵は不安そうな表情をしていた。

「それだけじゃないんです。そのことがあってから私、環さんのことが気になって見ていたんです。そうしたら、部屋のドアが少しだけ開いているときがあったんですけど、薬を飲んでいたんです！」

最初の脱衣所は事故かもしれないが、今度は明らかな覗(のぞ)きだ。

とはいえ、佳恵を責めるつもりはない。ひまりは部屋に忍び込んだ。もっとも別の物を捜していたせいか、薬の類(たぐい)には気づかなかった。

「ビタミン剤とかじゃなくて？」

「そこまではわかりません。でも、市販薬とは違う感じでした。よくＣＭで見る風邪(かぜ)薬とか、整腸剤とか、そういうのではなかったです」

処方薬だろうか。そうなると、病院にかかっていることになる。だが、環から体調が悪いという話は聞いたことがない。

もちろん、軽い風邪やアレルギーの薬という可能性もあるし、環が何かしら病気を抱えていて、服薬しているのかもしれない。ただ、そうであったらなぜ、誰にも言わないのか。知らせる必要がないと思っているのか、隠したいのかはわからない。腹部の傷痕というのも気になる。

「病気なのかどうかは、私にはわからないけど、そんなに心配なら、佳恵が訊いてみればいいんじゃない？」

「直接ですか？」

「それ以外にどうやって訊くの？　あ、メッセージとか手紙って手段もあるか」

「どっちにしても、私が訊くんですね……」

自分から言い出したことなのに、佳恵は気が乗らない様子だ。

「当たり前でしょ。脱衣所のドアを開けたのは佳恵なんだから。この状況で私が訊いたら、佳恵が話したってことはすぐにわかるじゃない。他人に話したってことを知られるより、佳恵が直接訊いた方がいいんじゃない？」

「それは……そうですね」

もっとも、佳恵が訊ねたところで、環はどこまで答えるかはわからない。

これまで薬を飲んでいる場面に出くわしたことがないというのも不自然な気がした。

「あ……」

「どうかしましたか？」

「ちょっと……昔のことを思い出したから」

「何を？」

「たいしたことじゃない。今と似たようなシチュエーションがあった気がしただけ」

ひまりの中で不意に甦（よみがえ）った記憶は、麻美に関することだった。

麻美がまだこの家で暮らしていたころだから、越して間もないころだろう。麻美が通う高校の行事……運動会か何かがあった前夜だ。喉（のど）が渇（かわ）いて目が覚めたひまりが台所へ行くと、麻美が流しのところで何かを飲んでいるのを見た。

——お姉ちゃん？

振り向いた麻美が、ヤバい、という表情をしたような気がする。市販の風邪薬のビンを持った麻美は、唇に人差し指を立てて「内緒」と言った。姉弟の間で内緒というのは、「母親に内緒」という意味だった。

体調がすぐれなかった麻美が、なぜそのことを母親に言わなかったのか。それほど体育祭を楽しみにしていたという話は、聞いたことはなかったように思う。また、体調不良で体育祭を欠席しても、雅子は怒らないだろう。

でも、麻美は体調不良を隠そうとしていた。心配をかけたくなかったのか、それとも、ひまりには見せなかったけれど、体育祭を楽しみにしていたのか。

佳恵は小さな宝箱を開ける前のように、ワクワクした表情でひまりを見ている。

「別に話すようなことなんてないわよ。ただ……最近、昔のことを思い出すのよね」

この家にいるからかもしれない。

「もしかして、環さんをこの家に住まわせたのは、姉さんのことを思い出していたからかな……」

「それって、お祖母ちゃんが、環さんをお母さんの代わりにしたってことですか？」

ひまりにとっては姉だが、佳恵にとっては母親だ。想いの深さが同じではないだろう。

佳恵が怒っているのか、悲しんでいるのかはわからないが、ひまりは配慮に欠けた発言だったと気づいた。

「ゴメン、そこまで言ってない。ただ、どこかで娘と重ねたこともあったのかなって思っただけ。姿は全然似てないけど……どうだろう。私が姉さんと最後に会ったのは、もうずいぶん前だし」

麻美が今のひまりの姿を見たら、何と言うだろうか。雅子のように拒絶するだろうか。それとも……。

最終的に雅子に反発して麻美は家を出ていったが、ひまりからすると二人はよく似ていた。

たった一度の反抗期は、家出という最大の結果になったが、麻美は佳恵の父親と一緒になったことを後悔したことはなかったのだろうか。佳恵の父親は、麻美が生きているころから、この家の財産を狙おうとしていたのだろうか。麻美が家を飛び出したことで、計画が崩れたのだろうか。

それでも佳恵という子どももできて、それなりに幸せだった時間もあったはず――ひまりはそう思いたい。

「お母さんとの思い出、ありますか？」

佳恵はまっすぐひまりの目を見ていた。

「そんなに多くはないけど。姉さんが家を出たとき、私はまだ小学生だったから」

「じゃあ、お祖母ちゃんとの思い出は？」

「まあ……高校卒業するまでここにいたから、姉さんとのことよりは……」

「聞かせてください。ひまりさんがどんな風にお祖母ちゃんを見ていたのか?」

「一言で説明できないわよ」

「だったら、たくさん話してください。私、もっとお祖母ちゃんのことを知りたいんです」

　ああそうか。この子はもう、過去を知る人たちからしか、雅子のことを知ることはできないのだ。

「バージョンアップされていない話しかないけど。それに私の主観でしかないし」

「思い出って、そういうものですよね?」

　それもそうか、とひまりは納得する。

　期待に満ちた瞳で、佳恵はひまりを見ていた。

「仕事があるから、長くは話せないけど……そうねえ」

　ひまりは子どものころから、綺麗なもの、可愛いものが好きだった。

　青や緑といった色よりも、ピンクや赤、オレンジなど、鮮やかで明るい色を好んだ。欲しがる洋服や靴は、女児向けのものばかりで、そのたびに雅子がやんわりと「男児向け」のものを薦めてきていた。ギリギリ昭和生まれのひまりが子どものころは、世の中全般に、男の子は、女の子は、こうあるべきという意識が根強く残っていた。ひまりのような考えを、受け入れてもらうにはハードルが高かった。

「保育園に通っていたころだったけど、あの人の知人からお土産か何かで、旅行先の名産の格好をしたキャラクターのグッズをもらったのよ」

知ってる？　とひまりが訊ねると、佳恵はうなずいた。

「姉さんにはピンク色のハンカチ。私にはキャラクターと電車がプリントされたコップ。姉さんはもう中学生だったし、キャラクターもののハンカチを喜ぶ年齢でもなくて、それが態度に出ちゃったんでしょうね。私、それに気づいて、交換しよう！　って持ちかけたの。お土産を持ってきてくれた人の前で」

佳恵が、あー……と言いたそうな表情で苦笑していた。

失礼なことだったと、成長するにつれてわかるが、当時のひまりには気づけなかった。

「でね、そのときあの人に叱られたわけ。あなたがもらったのは、こっちのコップでしょう？　って。お土産をくれた人は、気にしないでと言っていたけど、あの人は許さなかった。しばらくしてから、お土産をくれた人に対して失礼なことをしたから叱られたんだ、と理解するようになったけど、もっと大きくなってからは、それもちょっと認識が違ったかもって思ったの。もちろん、相手に対して失礼というのはあっただろうけど、それだけじゃなかったって。女児向けの物を私が欲しがることも、許せなかったんだろうって」

似たようなことは他にもあった。ランドセルの色を決めるときや、小学校で使う文房具などを買うときに、男児向け、女児向けの選択肢は、いつも男児向けのものを選ばされた。

「姉さんが高校三年のとき、進学のことであの人ともめていたの。細かいことは、私もよく覚えていないけど、言い合っているうちに、姉さんが〝勝手に再婚したのはそっちでしょ〟みたいなことを言ったの。姉さんが高校在学中に再婚したけど、やっぱり卒業するまで、待って欲しかったんでしょうね」

「それは、ちょっとわかるかも」

「子どもからすれば当然よね。学校は変わらなかったけど、生活環境は大きく変化するし、突然見ず知らずの男性と一緒に住むわけだから。あ、今の佳恵もそんな感じか」

「まあ……でもそうするしかなかったし」

「それは姉さんも一緒。そうせざるを得なかった。そして、あの人にしても再婚を急いだことに理由はあったみたい。進学の費用のことも含めて」

麻美は学費の高い学部を希望していたが、雅子一人の稼ぎでは、それをまかなうのは難しかったのだろう。大人たちの間で、どういう話になっていたのかは、ひまりにはわからない。ただ、雅子なりの考えで、そう動いたことは想像できた。

「姉さんにしてみれば、そのときにはもう、家を出ていく覚悟だったんでしょうね。そして気がかりだったのは、残していく私のことだったんだと思う。〝最終的には幸太郎に家を継がせるつもりでしょう？〟って言っていたから」

麻美が激しく雅子に言い返している場面をひまりが見たのは、そのときが初めてだった。

「あの人がどう思っていたかはわからないけど、長男信仰がないとは言えないからね。私が家に縛り付けられるのを、姉さんは気にしていたんだと思う。さすがに……」

麻美が、ひまり自身でさえ気づいていなかった——性のことに、気づいていたとは思えない。漠然と未来に対して、雅子をけん制していただけだろうとは思う。ただ、家を出るとき、一度も使われた形跡のない、お土産としてもらったあのハンカチを、ひまりの勉強机の上に置いていってくれた。

ピンク色のハンカチを、ひまりが使うことはなかったが、机の引き出しに大切にしまった。

「どうかしましたか？」

いつの間にかうつむいていたらしく、下から覗くように佳恵がひまりを見ていた。

「ううん、別に」

「話を聞いていて思い出したんですけど、電車がプリントされたコップって、青いプラスチック製のものですか？」

「知っているの？」

「同じものかはわかりませんけど、それなら食器棚にありました」

「嘘……」

「本当です。環さんも気づいていなかったみたいですけど、箱に入ったまま奥にありましたよ」

　雅子があのときのコップを、取っておいたのだろうか。単純に壊れていない物を捨てられなかっただけかもしれない。

「どうしてそんな奥にあったものに気づいたの？」

「環さんに頼まれたんです。少しずつでいいけど、手が空いているときに片づけてって。利沙子さん、最終的に家を売るつもりみたいだから……」

「そういうこと。まあ、そうよね。片づいているとはいえ、昔からの家だから、いろいろものはありそうだし」

「はい。この前、物置に使っている部屋で、黒い電話を見つけました」

　佳恵が人差し指をくるくる回している。ダイヤル式の電話だろう。

　ひまりもこの家で使った記憶はない。なぜそんなものを取っておいたのかわからないが、もしかしたらまだ「使える」ものなのかもしれない。

「ホント、この家は探ったら、いろいろ出てきそうよね」

「でもいくら片づけても、指輪は出てこないんです。お祖母ちゃんの部屋は、リネンもいるし、片づけるのは一番最後にしようって、環さんとは話していますけど……ひまりさんは、本物を見たことがあるんですよね？」

「ずいぶん前だけどね。初めて見たのは……小学校の四年生くらいだったかな」

普段は秘密の場所にしまってあると言っていた。誰かに盗(と)られたりしないように、ちゃんと隠しておける場所にね、と。

「指にはめてみました？」

「うん」

「内緒で？」

「ううん、そのときは、あの人の方から言ったの。はめてみる？　と……」

もともと指輪は、ひまりの義父の父――義祖父が購入したという。雅子が再婚したときにはすでに他界しており、所有者は義父となっていた。それを再婚時に雅子が譲り受けたという。三・五カラットのダイヤモンドの指輪は、普段使いするようなアクセサリーではなく資産だ。だからこそ、ひまりの希望が叶(かな)ったのだろう。

「どうでした？」

「重かった。指輪は大きすぎて、子どもの指にはぶかぶかで、落としそうだったし。だからドキドキしていたんだけど……」

石は無色透明でキラキラと光を反射し、眩(まぶ)しいのに視線を逸(そ)らすことができなかった。

小さなころから好きだった「キラキラしたもの」。それは女子向けのアイテムとして、ひまりには手にすることが難しいものだった。同級生の女子の服には、キラキラしたラインストーンが付いているのに、可愛らしいフリルの付いたスカートも、長い髪を束ねるヘアアクセサリーも、ひまりは一つも持っていなかった。しかしその指輪は、それらを全部ギュッと集めた以上に、美しく光り輝いていた。

「ワクワクした。本当の意味で許されたわけじゃなかったけど、あの指輪を着けた瞬間だけ、心の中を隠さなくていいような気がしたから。調子に乗って欲しいって言っても、もらえなかったけどね」

さすがに、高級自動車より高い指輪と知っていたら、冗談でも言えなかっただろう。

「でも、結果的にもらえたじゃないですか。お祖母ちゃん、やっぱりひまりさんのこと、認めていたんじゃないですか？」

「……それは、どうかな」

遺言書が公開されるまで、その考えは一ミリたりともなかった。それだけはないと思っていた。だから遺言書が公開されたときは驚いたが……時間が経つにつれて、雅子がどんな気持ちでひまりに指輪を譲ることに決めたのかを知りたくなった。

「さて、着替えてそろそろ仕事へ行かないと」

「ごめんなさい。お仕事前に」

「いいけど、佳恵も勉強しときなさいよ」

はーい、と、気のなさそうな返事が返ってきた。

受験生の自覚があるのか怪しい。

ひまりは自室に戻り、鏡の前に立つ。家にいるときは、たいていスカートを穿いている。だが、外出するときは男性の服に袖を通す。違和感がないわけではないが、拒否感まではない。それに女性だっていつもいつも、スカートを穿いているわけではない。

ある種、コスプレだと思っているところがある。外出時には「弓浜幸太郎」という衣装を着ている感じだ。だけど、そう思えるようになるまでには、いくつもの壁にぶち当たり、傷つきながら乗り越えてきた。

「まさか、この格好でこの家にいるとはね」

※

ひまりが自分の性を自覚したのは、中学に入ったころだった。

もちろん、それまでにも違和感はあったし、もしかしたら……と思うことは何度もあった。でもあまり、深く考えないようにしていた。男の子らしい振る舞いを望まれていたから、考えること自体、罪深いことのように感じていた。

それでも成長するにつれて、目を逸らしていたことに向き合わなければならないときがくる。学校の同級生が異性の話をしていたり、性的な動画を見ても、いつまで経っても興味を示せなかったからだ。そして同じころ、それまで耐えられないというほどではなかった服装についても、苦痛だと思うことが増えてきた。

ただ、ひまりの場合複雑で、女性に生まれたかったというのとも少し違う。女性になりたいときと、男性でいてもいいときと、どちらもあって、そのときによって気分が変わる。

わかっていたのは、親の望む子どもではないということだけだった。だから新しい父親には言えなかった。そして実母には、もっと言えなかった。

歳を重ねるごとに強くなる違和感を割り切れるようになっていたわけではなかったが、見えないふりをしていたように思う。だが、高校三年生の一学期の期末テストが終わった日。昼すぎに帰宅したひまりの人生が変わった。

平日の日中とあって、両親は仕事へ行き、姉は家を出て以来一度も帰ってくることはなく、ひまりは一人暇を持て余していた。

姉の部屋を開けたのは、七割の気まぐれ、二割の好奇心、そして一割は……溢れそうになっていた感情の持っていき場を探していたからだと思う。

部屋は使われないまま、時間だけを止めていた。家具ばかりでなく、教科書も、ぬいぐるみも、衣服も、麻美が飛び出したときのまま、置いてあった。今にも「ただいまー」と帰ってきた麻美が、この部屋でくつろいでいるのではないかと錯覚するくらいだった。

洋服ダンスを開ける。カビ臭さや湿った感じはなかった。

タンスから、ワンピースを一枚取り出した。

薄手の生地の、ゆったりとしたシルエットのロングワンピースは、着る人のサイズを選ばなさそうだった。

「こんな服、持っていたっけ……」

デザインはシンプルだが、色は派手だ。オレンジは原色に近く、華やかな雰囲気だ。

ひまりはそれを身体にあてて、部屋にあった姿見の前に立った。オレンジ色がひまりの顔をパッと明るくした。

麻美が着ていた記憶はない。とはいえ、麻美が出ていったのはもう十年以上前の話だ。姉がどんな格好をしていたか、覚えていないのも当然だ。

「……入るかな」

サイズ的には不可能ではなさそうだ。男子高校生としては細身のひまりは、デザインによってはレディースのMサイズでも入るとは思う。

ひまりは着ていたシャツとズボンを脱いで、袖を通した。

服はふわりと、ひまりの身体を覆った。その瞬間、ひまりの心は軽くなった。

心の中に、すぅーっと風が通った気がした。冷たくも温かくもない風だったが、ひまりの気持ちが切り替わる瞬間だった。

ひまりは姿見の前に立った。

足元はズボンと違いスースーする。暑さも締(し)め付けもない軽い感じに、空も飛べそうな気分になる。が――。

「似合わない。ぜんっぜん、似合ってない！」

サイズは問題なさそうだ。これが正解なのかわからないが、窮屈(きゅうくつ)ではない。ロング丈だから、すね毛が見えることもない。肩幅だけは隠しようがなかったが、女性でも広い人はいるし、許容範囲だろう。何より、明るい暖色系に、ひまりの肌の白さが映える。

だけど……似合わない。

ひまりは頭頂部の短い髪をつまんだ。

「……髪、伸ばしたら少しはマシかな」

野球部ほど短くはないが、校則違反ではないくらいの長さだ。女子はパーマや染髪以外は自由だが、男子はそれに加えて、長さの問題がある。校則スレスレの攻防戦を教師と繰り広げる男子もいるが、ひまりはそんな面倒くさいことはしていなかった。

「んー……」

鏡の前で、スカートを揺らしながらポーズを取ってみるが、やはり何か違うと思った。

カツラを手に入れたのは、ひまりがワンピースを着てから三日後だった。百円ショップで買ったカツラは、人形の髪のようなナイロン製だ。できれば、もっと本物の髪に近い物が欲しかったが、高校生の小遣いで買えるものなどたかが知れているし、母親に見つかったときの言い訳として、これなら前に学校行事で使ったと言える。金色と茶色の二色が店頭にあったため、少しでも地毛に近い茶色を選んだ。

足取り軽く家へ帰ったひまりは、まだ雅子が帰ってきていないことを確認してから、三日前と同じく、二階にある麻美の部屋へ駆け上がった。

タンスからワンピースを取り出す。着替えてから買ったばかりのカツラをかぶった。

「ちょっと……いいかも」

ロングのカツラのおかげで、男性特有の顎のラインが隠せる。カツラの前髪は眉毛よりも長く、それもあってなんとか女性に見えなくもない。もちろん、髪質には違和感があるが、この際贅沢は言っていられない。

「ふふ」

先日よりもさらに気分が軽くなる。ひまりは鏡の前でクルッと一回転した。裾が風に乗って広がり円を描いた。スカートが羽になって、本当に飛んでいけるかと思った。

「何をしているの？」

背後から聞こえた声に、ひまりの全身から汗が噴き出した。振り向けない。誰が部屋の入り口に立っているのか、見なくてもわかる。

「あ、あの……」

「何をしているのかと、訊いています」

怒声ではなかった。ただ、一切の感情を消したような声だ。汗ばんでいたひまりの肌が一瞬で冷えた。

「文化祭の演し物か何か？」

ひまりの学校は、二学期に入ってすぐに文化祭が行われる。そのため一、二年生は、夏休み期間中も学校に通って準備する人たちもいる。

だが受験を控えた三年生は眺めるだけだ。一、二年生が騒いでいる間、受験用の模試を受け、わずかな時間だけ、文化祭に参加できることになっていた。

「あ……えっと……」

ひまりは戸惑いながらも母親の方を向く。だが頭が真っ白になって、何も言葉が出てこなかった。

「それとも、何かの罰ゲーム？」

「違……う」

「じゃあ、好んでしているの？」

部屋の入り口にいた雅子が、じりじりと距離を詰めてくる。

ひまりは少しずつ後ずさりをするが、すぐに背中に壁が当たってしまった。

雅子とひまりが無言で向き合っていたのは、どのくらいの時間だっただろうか。

全身から血の気が引き、立っているのも辛（つら）いくらい、恐ろしい時間だった。

「脱ぎなさい。それは、幸太郎の服ではないから」

雅子は一度も声を荒らげていない。それでも、有無を言わさない強さに反論できなかった。

母親にバレたタイミングが良かったのか悪かったのかはわからないが、受験生でもあったひまりは、大学進学を希望していたこともあって、勉強を言い訳にして、部屋に閉じこもった。できる限り、受験に没頭している姿を見せ続けることで、親の目を逸らそうとしていた。

ただこのときはもう、進学する気などなかった。センター試験も二次試験も会場で鉛筆を持ったまま、時間が過ぎるのを待った。

三月になって、すべての大学の不合格通知を受け取ったひまりは「ちょっと出てくる」

と言って、そのまま東京へ向かった。

アパートを決めなければならないが、保証人なしでも入居できる部屋はあるだろうか。とにかく住む場所を探さなければならない。ひまりの頭の中はこれからの生活のことでいっぱいだった。

家を出るときに、ひまりは「かさばらず、高価で、換金しやすい物」を持って出てきた。

ダイヤの指輪だ。問題は未成年のひまりには換金することができないことだ。

ただ東京には姉の麻美がいる。家を出たあと、どこに行ったのか、何をしているのか、ひまりは知らなかったが、雅子の部屋を捜して、麻美の連絡先を見つけた。

電話をして、家を出たことを説明すると、驚きつつもすぐに会ってくれた。

新宿(しんじゅく)駅の近くにあるコーヒーショップは平日の昼だというのに、ほぼ満席に近い状態だった。

事前に、毎年GW(ゴールデンウィーク)直前に公開されるアニメ映画のフライヤーをテーブルの上に置いておくという取り決めをしていたため、約十年ぶりでもすぐに麻美の姿を見つけることができた。

「えっ？　……ああ……おめでとう」

姉は赤ん坊を胸に抱いていた。まだ歩くことができないくらい、小さな子どもだ。

「幸太郎も叔父さんだよ」

「十八で叔父さんかあ……。でも幸せなんだね。良かった」

麻美はうんとは言わず、少し苦いものを噛んだような笑い方をした。

十年ぶりの麻美は、最初は別人かと思った。年数分以上に面立ちが変わっていた。頬は痩け、髪の毛も後ろで一つにくくり、しばらく美容院に行った様子もない。メイクもほとんどしていない。服も襟ぐりが伸びていて、繰り返した洗濯のせいで色あせている。

でも子どもが小さいうちは、母親は寝ることもままならず、身だしなみに気を配ることができないこともあるだろう。そう、ひまりは思った。

「名前は？」

「かえ」

「どういう漢字？」

「にんべんに土二つで佳。恵はめぐむ」

「なるほど。それで佳恵か」

麻美の腕の中にいる子どもは、騒がしい店内にもかかわらず、すやすやと寝ている。できれば佳恵がこの先、大きな苦労をせずに成長して欲しいと思った。

麻美はさっきよりもさらに苦い笑みを浮かべた。

「二人とも家を出るとはね。――大丈夫なの？」

ひまりと雅子の間に、何があったのかは説明していない。それでも、察するものはあったのだろう。

「ゴメン。本当は、姉さんを頼るつもりはなかったんだけど」

「それは気にしないで。私が家を出たことで、幸太郎に負担をかけてしまったと思っているから。それで、私に売って欲しい物があるって、どういうこと？」

これ、と言いながら、ひまりは麻美の前に指輪を差し出した。

麻美はしばらくケースの中の指輪をじいっと見ていた。

「未成年は保護者の同意がないと売れないから……」

「……この指輪は誰の？」

ひまりが黙っていると、麻美がため息交じりに口を開いた。

「母さんのね……」

「うん」

「じゃあ、本物の石なのね」

冠婚葬祭などの席以外では、雅子はアクセサリーを身に着けなかった。結婚指輪でさえ、家事の邪魔になると、普段はしまい込んでいたくらいだ。しかし必要なときに着けるのは、イミテーションではない。すべて本物だったはずだ。

「あ、でもこれは、もともとはお義父さんからもらった物みたい」

「それならもっと、金額を聞くのが怖いんだけど。しかもこの指輪を私に売ってと頼むってことは――黙って持ってきたってことでしょう？　母さんが、警察に届けたらどうするつもり？　あの人なら、実の息子であっても容赦しないかも」

「うん、それは知っている。ただ普段、身に着けないから、すぐには気づかないと思うし……そのときは、そのときだと思っている」

　麻美は腕を組んで、目を閉じた。まだ二十代のはずだが、年齢よりも上に見える。十歳違うこともあって、ひまりの記憶では高校生の麻美でも「大人」だと思っていた。だが、実際自分がその年齢になるとそうではないことがわかる。指輪一つ売れない。大人ではない。

　十年間、麻美がどんな思いでこれまで生活してきたのか、ひまりは知りたくなった。

「家を出て良かったと思っている？」

「私の答えを聞いたら、幸太郎は帰る気になるの？」

　姉の心配をしつつ、ひまりは自分のこれからを憂えていた。正直なところ、不安ばかりだ。家にいれば。もしくは大学進学を理由に家を出るのであれば。きっと、こんな不安な気持ちにはならずに済んだだろう。だがそれでは、あの息苦しさからは逃れられない。

　とはいえ、一言で姉にその説明をするのは難しい。今のひまりは、チノパンにパーカーという「無難の見本」のような格好をしているからだ。

「ゴメンね。私が先に家を出ちゃったから、大変だったでしょう？」

麻美がいてくれたら。そう思ったことは何度もある。だが、逃げ出したくなる気持ちも、わからなくはなかった。

しばらく、二人とも黙ったまま時間が過ぎる。やがて麻美が顔をあげた。

「お店、決めているの？　指輪を買い取ってもらう」

「ネットで探してみたけど、よくわからない」

「ここから少し離れるけど、私が行ったことがある店でもいい？」

「もちろん」

「じゃあ、今から行きましょ。通帳は？　きっと即金は無理だろうから」

詳しいんだね、よく利用するの？　そう言いたい気持ちはあったが、あえて訊かなかった。ただ、幸せであって欲しいと、思うだけだった。

麻美が質屋から出てきたのは、三十分ほど経ってからだった。金額が大きすぎるため、少し時間がかかったとのことだった。

「はい」

手渡されたのは通帳だ。後日、振り込まれると言われた。麻美の身分証を使ったため、明細は麻美が持っておくと言った。金額を確認すると、八百万だと言われた。

「もしかしたら、もう少し高値で買い取ってくれる店もあったかもしれないけど、時間をかけたくなかったから、これで決めてきたよ」

「うん、ありがとう……」

それからひまりは、麻美に付き添ってもらいアパートの契約もした。保証人がいた方がすぐに借りられるでしょ、と申し出てくれたからだ。同時に、これ以上連絡をしてくるな、と無言で言われたような気もした。会うのは今日だけだと。

麻美にしてみれば、ひまりのことが情けなく見えるのかもしれない。何もかも捨てて、というわりには親の指輪を無断で持って出て、しかも都合よく姉を頼るのだから。

ひまりの口から、ゴメン、という言葉が出かかる。でも何に対しての謝罪なのか、ひまりにもわからない。

黙っていると、麻美が時間を確認して「そろそろ行かなきゃ」と言った。

「無駄遣いしちゃダメよ」

「わかってる」

これがひまりと麻美の最後の会話になった。

※

ひまりが東京に生活の拠点を移してから、新潟に帰ってきたのは一度しかない。

住民票を移しているため、居場所はバレていると思っていたが、実際に連絡が来たときは驚いた。

電報で義父の死を知らされたのは、ひまりが二十五歳のときだった。そこには葬儀の会場と日時が記されていた。

知らせてきたのだから、出席して良いということだと解釈したひまりは、葬儀場へ向かった。自宅アパートではスカート姿で過ごしていても、職場ではウィッグもかぶらず、男性用のスーツを着ていた。仕事ではその方が無難だったからだ。

だがこの日は、自分の思う格好をした。

ワンピースの上に、ウエストにリボンをあしらったジャケットを着て、頭にはチュール付きのヘッドドレス。さらにレースの手袋をした。もちろん、黒で統一している。アクセサリーも、真珠のネックレスを用意した。そしてウィッグ。五センチヒールのパンプスを履くと、ひまりの身長は百七十センチを超えた。最初に手にしたナイロン製ではなく、色鮮やかな人工的な感じもない、真っ黒な人毛の長いウィッグを用意した。葬儀の場で許される範囲で、ひまりはこれ以上ないくらい、女性に見えるように準備した。

葬儀場にひまりが入ると、入り口で、ちょうど通りかかった雅子と鉢合わせた。目が合った瞬間、汗が出た。十月だったから、暑くはない。走ってもいない。だけどひまりの全身の毛穴から、汗が噴き出た。

硬質な床の上を、ヒールの音もさせずに、雅子はひまりの方へ歩いてくる。

七年ぶりの母子の再会だ。夫を失った悲しみと、年齢相応の老いは感じたが、相変わらず凛とした空気をまとっていた。身体の中にある芯みたいなものは、何も変わっていないように思えた。

「お引き取りください」

声は一月の新潟の雪よりも冷たい。表情は氷のように硬く、一切の温もりを感じさせなかった。

あれから時間が経ち、離れていた間に、雅子も、時代も、少しは変化したのではないかという期待から、受け入れてもらえるとどこかで思っていた。

しかし、それは叶わなかった。

ひまりは雅子が生きているうちに、もう会うことはないと覚悟した。それでも、すべてが悪い思い出ばかりではない。楽しい思い出も嬉しい記憶もある。何より、大きな後悔を抱えていたひまりは、雅子の余命を知ってから会えないと思いつつも、新潟に戻ってきた。

雅子がひまりに指輪を遺してくれたのは、もしかしたら、何もかも許してくれたということなのだろうか。

それとも、絶対に許さないという証なのだろうか。

ひまりは後者だと思っていた。

三

「ひまりさん、こんな早くからお仕事ですか？」

玄関で靴を履いていたら環に呼び止められた。朝六時前だ。いくら忙しい時期とはいえ、まだ出勤する時間ではない。

「起こしちゃった？」

「いいえ。いつもこのくらいに起きますから。それよりひまりさん、今日は早いですね」

本来なら、環に伝えてから出かけるつもりだったが、言いそびれたまま今日になっていた。もちろん、あとで連絡するつもりだった。

「今日は仕事じゃなくて、休みをもらったの。ちょっと用事があるから」

環は予想に反して、「そうですか。お気をつけて」としか言わなかった。

行き先を訊かれるかと思っていたひまりは、少し意外に感じた。

家の中は静かだ。利沙子はもちろん、佳恵もまだ寝ているのだろう。

「今日中には帰る予定だけど、夕飯はいらないので――行ってきます」

外へ出ると息が白く濁る。朝晩は、寒さが骨身に染みた。

ひまりが道路へ出ると、タクシーが家の前にやってきた。昨夜のうちに予約していた。

「新潟駅までお願いします」

まだバスは走っていない。タクシーを使うしかなかった。

早朝の道路は空いていて、信号で停まることもあまりなかった。予想よりも早く駅に到着したひまりは、券売機の前に立った。

「あー、寒い……」

駅にはすでに人はいるが、それでも閑散としていた。

行き先は東京だ。始発の新幹線に乗れば、八時過ぎには東京に着ける。何より、目的の場所には余裕を持って到着したい。

ひまりは新幹線に乗り込んで、座席の背もたれを倒して目を閉じた。

今日休むために、昨日は残業をしてきた。ここ最近は深夜まで働いている。三時間くらいしか寝ていなかった。

それでも行かずにはいられない。

すぐに眠気がやってくる。小さな揺れから列車が動きだしたのを感じ取った。

師走の新宿は、赤と緑とセールの文字に溢れていて、特にイベントに興味がなくても、何かしなければならない気分になる。デパートは開店前とあって、人通りはそこまで多くはなかったが、早めに着いて良かったと安堵した気持ちは、すぐに消えた。

「嘘でしょ……」

ひまりが新宿のデパートに着くと、開店の二十分前にもかかわらず、すでに人が並んでいた。列の後ろには、スーツ姿の男性が『質流れ大バザール　最後尾』というプラカードを持って立っている。次々に来る客に「こちらが最後尾になります」と、二列で並ぶように促していた。

デパートの催事場で行われるこのバザールは、年に数回しか開催されない。とはいえ、まさか開店前から並んでいるとは思わなかった。寒い中、そこまでして買いたいものがあるなんて暇人……と、思ったところで、ひまりもその列に並んだ。

十二月だ。しかも並んでいる場所は日陰で、ビル風が吹いてくる。寒い。それでも今日はスカートを穿いてこなかったから、いくぶんマシだ。ウィッグもかぶっていない。デニムパンツにセーター、チェスターコートという無難な格好は、単純に気温への対応と動きやすさ、というだけで選んだ。

開店の時間になり、列が動き始める。入り口に差しかかると、スタートの合図を待つ陸上選手のように、前方にいた中年女性が突如ダッシュした。

「危ないので走らないでくださーい」

拡声器を持った店員が女性に呼びかける。が、むしろそれが再度スターターピストルの役割を果たしたのか、ひまりの後ろからも次々と人が走りだした。もはや性別は関係ない。女性も男性も、目の色を変えて走っている。

こうなると不思議なもので、走るつもりのなかったひまりの足も速くなる。ダッシュはしなかったが、目的の場所まで速足で向かった。

群がっていたのは、カバンのコーナーだったらしく、ひまりが行ったスペースはそれほど人がいない。ガラスケースの中を覗き込むと、店員が近づいてきた。

「何かお探しですか？」

二十代前半くらいだろうか。若い男性店員が少し緊張をにじませていた。

「ダイヤモンドを」

「それでしたらこちらになります」

ひまりが見ていたのは、カラーストーンのコーナーで、ルビーやサファイアやエメラルドといった、色付きの石の場所だった。

ダイヤモンドはダイヤモンドだけでコーナーが存在しており、そこだけ無色なのに、光り輝いていた。

「大きさや質でお値段が変わってきますね。どういったものをお探しですか？」

まだ客が少ないからか、店員はやたらと話しかけてくる。

ちょっと一人で見せてくれないかな、と思いながら、ひまりは「大きい石を」と言った。

「一カラットくらいですか？」

「いいえ、三カラット以上のものを」

「え……と」

店員は戸惑ったように周囲を見回している。近くにいた先輩と思われる、ひまりと同年代の女性がやってきた。

若い店員がひまりとのやり取りを説明しているのだろう。上司らしき女性が何度かうなずくと、ひまりの前に立った。

店員はひまりのことを、頭のてっぺんから足元までそれとなく見ている。三カラット以上のダイヤモンドを購入できるのかと、値踏みされているような感じがした。

「三カラット以上となると、今こちらにご用意はありませんが、お探しすることはできると思います。お客様は裸石(ルース)をお求めですか？」

「できたら指輪を……ルースでもいいです」

「ブランドはお決まりになっていますか？」

「それはありませんけど、石のクラリティとカラーとカットは決まっています」

ひまりはカバンからメモを取り出して、店員に渡した。

メモに視線を流した店員は、すぐに「申し訳ありません」と頭を下げた。

「当店では、今のところ、お客様がご希望されている品は取り扱っておりません」

「流れてくる可能性はありますか？」

「ないとは言い切れませんが……ここまでのクオリティのものをお探しとなりますと、相当な金額になるかと」

女性の顔が曇る。だがどこか芝居くさい。ひまりが捜しているダイヤモンドは、店頭で買えば、今では千五百万円を超える代物だ。売値と買値が違うことは、ひまりも理解している。

デニムパンツと、量販店で買ったセーターを着ている人間に、手を出せる価格ではないと思われているらしい。

「お金はあります。親の……遺産を相続したので」

実際は、もともと昔、指輪を売ったときのお金だ。一部は学費等で使ってしまったが、学生時代はバイト代を、社会人になってからは給与を少しずつ貯めていた。いつかは返さなければいけないと思っていたからだ。

メモを見たときは、眉をピクリとも動かさなかった店員も、支払いが可能とわかると口元が緩む(ゆる)のがわかった。

それでも、表情が変化したのは一瞬で、またすぐに営業用の顔に戻った。

「もちろん、お客様のご希望は可能な限りお手伝いしたいと思いますが……似たようなものを探すことはできても、こちらの紙に書いてあるものとまったく一緒となると、かなり難しいと思います。少し、カラーを変えてみるとか、クラリティを一段階落としてみると、出回っている数が増えると思いますが」

「いえ、さっきの条件を満たしたものです」

それ以外には興味がない、とひまりが強い意志を言葉に乗せる。

女性店員は、これ以上は時間の無駄だと考えたのか、「他に気になるお品物がございましたら、お声掛けください」と一礼してから、ひまりから離れた。

客にはならないと判断されたのだろう。そう思われても仕方がないことは、ひまりも理解している。

最初にひまりの接客をしてくれた新人風の店員に軽く頭を下げてから、ごった返すカバン売り場の横を通って、会場をあとにした。

十数年前に麻美に連れていかれた質屋は、もうその場所にはなかった。

インターネットで検索してもホームページを見つけられず、口コミのサイトなどを見ても、閉店したということ以上の情報は得られなかった。

うろ覚えの記憶で、近辺を数時間歩き回った結果、その日手にした情報は、跡地がコインパーキングになった、ということだけだ。

せっかく来たのだから、と都内の他の質屋を回ってみたが、ひまりが求めている指輪はどこにもなく、そこで時間切れになった。

東京駅に到着すると、ひまりは改札口ではなく、地下街の飲食店に向かった。

入り口で店員に待ち合わせであることを告げると、座席から手を振っている男性がいた。手嶋湊人（てじまみなと）、ひまりの大学時代の友人だ。

ひまりは湊人とテーブルを挟んで向かい合う形で座った。

「ゴメン、少し遅れた」

「いいって。こっちはもう、先に始めさせてもらってるから」

テーブルの上にはすでに、ほぼ飲み終わりそうなグラスがあった。店に来てから二十分は経過しているといったところだろうか。

ひまりが約束したのは五分ほど前の時間だ。就業時間から考えると早い。

「仕事だったと思うけど？」

「今日は外回りだったから直帰ってことで」

少し酔いが回り始めた緩い笑みを、湊人は浮かべた。

「サボったんだ」

「いいんだよ。会社に戻っていたら、約束の時間に遅れそうだったし」

「それを言われると申し訳ないとは思うけど、サボらせるつもりはなかったよ」

「わかってる。というか、こっちに一泊すればもっとのんびりできるのに。俺のところに泊まっても良かったんだから」

「あんな、アットホームな家庭に乱入するのは御免だわ」

湊人は家族三人で、都内のマンションに住んでいる。一度だけ行ったことがあるが、お世辞にも広いとは言えない。が、家族の距離が近くて、いつも話し声や笑いが絶えなかった。それがひまりには、一生自分には得られない場所に思えて、居心地が悪かった。

「忙しい時期なのは理解しているよ。塾講師しているんだろ?」

「今日も無理やり休みを取ってきた。おかげで、このあと十日間連続勤務になってしまった。ちょっと想像を超えて忙しい」

「そりゃ、教えるってことは同じにせよ、学校の先生とは違うだろうさ。親が求めていることも違うだろうし。あ、これは金を払う立場からの意見ね」

ニッと、湊人は白い歯を見せた。湊人の子どもは今、小学校四年生のはずだ。中学受験をどうしようかと悩んでいたことは聞いている。この口ぶりだと、受験のために塾通いを始めたのかもしれない。

「それにしても驚いたよ。去年突然、学校を辞めて地元に帰るんだから。理由は聞いていたけどさ」

「まあ……原因ときっかけが、一度にあったから」

勤務中は男性として過ごしていたが、休日に女性の格好をしていることが、偶然生徒と保護者にバレてしまった。このご時世だ。拡散は早かった。週明けの月曜日には校長に呼ばれ、理由の説明をしなければならなくなった。

叱責されたわけではない。女性の姿で過ごすことを止められたわけでもない。だが生徒たちにはそういう生き方もある、と生徒に向けるのと同じように、理解を示してはいた。理解は表面上だけだった。わからないようにして欲しい、と遠回しに言われた。

その直後、環から連絡がきて、雅子の余命を知らされた。

ここにはいられない、という思いが、ひまりを退職へと導いた。とはいえ、雅子と顔を合わせれば喧嘩になることは目に見えている。新潟へ戻ってきてからも、明日にしよう、明後日にしよう……と、一日ずつ延ばしているうちに、一か月が過ぎ、二か月になり、そして……会わずに終わった。

湊人には、どうして家を出たのかということは話している。だから、雅子が亡くなったことを知らせたとき、「そっか……」としか言わなかった。ひまりを責めることも、慰めることもなく、ただ話を聞いてくれた。

三杯目のビールを空けた湊人は、グラスを置いた。

「メールの感じだと、まだしばらく新潟にいるわけ？」

「そうなると思う。相続の問題が片づかないし」

「東京に戻ってくる気は？」

「どうだろう……。向こうに居続ける理由もないけど、東京に来る理由もないし、全部片づいたとしても、どっちでもいいかなあと思っている。気楽な独り身だし、仕事があるところで、生きていくと思うよ」

「でも忙しい時期に、わざわざこっちに来たのは何か理由があるんだろう？　俺はてっきり、就職先を探すために来たのかと思っていたんだけど」

「……探しに来たのは間違いないけど」

「見つかったのか？」

ひまりは首を横に振る。湊人は「そっか」と言った。

「遺言書はあったんだろ？」

「あったけど、一筋縄じゃいかなくて。正直、遺産なんてなければ楽だったなあ、と思わなくはないかな」

「そんなにあるわけ？　具体的な額を訊くつもりはないけどさ」

「額の話をすれば、一般よりは多いけど……その分、いろいろ面倒だから」

面倒にした一端は、ひまりにもある。

だから面倒だと思っても、あの家から逃げ出せない。十八歳のころの自分に落とし前を付けるために。

湊人がメニューを見ている。わりと顔に出る湊人は、誰の目にも酔っているのがわかった。

「次もビール？　ほどほどにしておいた方がいいよ。ここから自宅まで、結構あるでしょ。電車で寝過ごしたら、笑い話にならないじゃない」

「確かに笑えなかったな。三回目は妻に閉め出されたし……」

「ん？」

「真夏だから死なないと思ったんだろうけどさ。子どもが生まれてから、妻も寝不足だったと思うから、頭にくるのもわかるけど」

「その話、聞いてない。どうなったの？」

「別に。謝って許してもらった。悪いのは俺だから、それしかないだろ」

「寝過ごしたくらいだと、そんなものか」

「いや、どっちかと言うと、妻が怒ったのはタクシー代の方。終電逃して帰るには、タクシー乗るしかないから」

「……ビジネスホテルとかは？」

「酔っぱらいに、正常な判断を求めないでくれ……」

うなだれる湊人は、そのときのことを思い出しているのか、げっそりとした表情になった。

「あとから思えば、ホテル代の方が安かったし、どうせ帰っても役立たずな酔っぱらいは、そうするべきでした。ええ、反省しています」

テーブルに両手をついた湊人は、ひまりに向かって頭を下げた。

「私に謝られても」

「うん、そうなんだよな。いや、極力やらかさないようにするつもりだけど、やらかしたときは謝るしかないんだ」

湊人が顔をあげた。

「ひまりはもう、謝れないんだよな?」

「——え?」

「違ったら悪い。ただ……親と縁を切った大学生ってそんなにいないだろ。いや、いるかもしれないけど、俺の周りにはひまりくらいしかいないから。もちろん親とわかり合えないってのはあると思うし、謝れと言うわけじゃないんだけど……」

ドキッとした。

湊人には親と縁を切った理由を「ほぼ」話している。ただそれは「すべて」ではない。

一番重い後悔——指輪を盗んだことは、言えていない。

「話したくなければいいんだけど、それってひまりのお母さんが生きていたら、解決できそうなこと?」

「無理」

「即答だな」

「まあね。一度だけ、帰ったときに話そうとしたんだけど」

義父の葬儀を知らされたとき、ひまりは雅子に謝罪しようと思った。だが、顔を合わせた瞬間、拒絶された。

あのとき雅子は、ひまりが女性の姿で葬儀に参列するとは思わなかったのだろう。声は落ち着いていたが、ひまりをとらえた瞳は、ひどく揺れていた。

やはり雅子にとって女性の姿のひまりは、「正しい」姿ではなかった。時間が経って、お互い変化を期待していたのかもしれないが、期待していた変化とは真逆の方向だったことがわかった。

女性の格好をしたのは、何もかも受け入れて欲しいという甘えがあったのかもしれない。

逆に雅子にしてみれば、機会を与えたにもかかわらず、何もかも許してもらおうと思った息子の姿に、我慢できなかったのかもしれない。

酔いが醒めた目をした湊人がひまりを見ている。

「どうすれば良かったんだろうって、ずっと思っているよ。正解は今でもわからないけど。だからさ──」

四

新潟に戻ったひまりの年末年始は、ひたすら仕事に追われた。学校の先生が休みのときは、逆に塾の講師は忙しくなる。普段、学校へ通っている生徒たちが、長期休みは塾に通ってくるからだ。

小学生から高校生、既卒者まで抱えている塾は、午前から冬期講習が始まり、最後の授業を終えるのは二十二時くらいになる。生徒が帰ったからといって、講師の業務が終わるわけではなく、日報を書き、次の日の授業準備に取り掛かる。正直なところ、この時期は休みなく日々の業務をこなすことで精いっぱいだった。

ひまりが担当しているのは主に高校生の英語だったが、他の講師が休めば他教科の授業や、中学生の授業を担当することもあった。過去のことを考える余裕も、ダイヤモンド捜しをすることも、女性として過ごすことさえ、物理的に不可能な毎日を過ごしていた。

共通テストが近づくと、大学受験を控えている高校生の中には、メンタルが不安定になる生徒もいた。

嘆く暇があるなら、一問でも多く問題を解けば……と言いたいところだが、ナーバスになっている生徒を突き放すわけにもいかない。

「不安なのはみんな一緒だよ。これまで十分準備してきたんだから、落ち着いて当日解答すれば大丈夫」

言葉を変えつつ、だいたい同じことを伝え続ける。もちろん、授業は待ってくれないし、中には「これまでサボり続けて、今さら焦ったところで、どうにもならない」と思う生徒もいるが、そんなことを言えるわけがない。

「受験は何が起こるかわからないから」

実際、偏差値がすべてではないことも事実だ。

仕事とはいえ、他の生徒を見ている間、佳恵のことも気がかりだった。

ひまりが忙しくなれば、どうしても佳恵にまで目を向けられない。他の高校生と違って支えてくれる人がいない環境を思うと、心配になる。それでも時間がないのはどうにもならず、一日二十四時間のうち、十八時間は仕事をしていたんじゃないかと思うくらい、忙しく働いた。

冬休みが終わると、やっと多少は時間の余裕が持てるようになった。佳恵にも目を配りつつ、ひまりは少し遅めのランチを食べに、食事もできる喫茶店にやってきた。

「どうしてこの店なの？　いつもの店は？」

空耳と思うには聞き慣れている声が、ひまりの耳に飛び込んできた。

いやいや人違い。こんな時間に活動しているわけがない。そうは思うものの……。

「どうして今日はこの時間？　早いんだけど」

その発言は、声の主の生活パターンとぴったり一致するものでもあった。

せっかくのランチなのに落ち着かない。しかも声の方向と気配から察するに、ひまりのすぐ後ろの席に座ったらしい。

幸いなのか、不幸なのかはわからないが、座席の背もたれが高いため、ひまりの存在には気づいていないようだ。

「それで相続の方、どう？　進んでいる？」

「最近、連絡が取れた一人は放棄するってことで了承してくれたけど、ずっと説得しているじいさんは、出すもの出さないとダメだって」

「出すもんって、コレ？」

「そう。このくらい欲しいって」

ひまりには相手の姿が見えない。コレ、と言われても何のことかと思うが、話の流れから、お金、ということなのだろう。このくらい、と言ったときに、指を何本立てているかはわからないが、土地の価値からして、結構な額なのは想像できる。

「ちょっとそれも含めて考えている。これ以上長引かせたくないし。タイミングを見て、お金を出せば落ちそうな気がするから。あー、でもこんなの、もう嫌。誰かに代わってもらいたい」

後ろに座っているのは間違いなく利沙子だ。声はもちろんのこと、相続の話が完全に合致する。相手の男の声に聞き覚えはないが、利沙子の知り合いだろう。かなり事情を知っている様子だ。

利沙子のことだから、大人しく相続の手続きを進めているとは思っていなかったが、簡単に、楽に、大金が欲しいという願望がアリアリだ。

しかも関係のない第三者が介入している。ややこしい話がさらにややこしくなっていた。

「だから俺が言っただろ。他の人にうまいこと言って、代わってもらえって」

「やろうとしたの！　でも、なんとか言いくるめられそうだったときに邪魔が入って、うまくいかなかったの。せっかく女子高生に揺さぶりかけていたのに」

「もう一人のヤツは？」

「あっちは難しい。疑(うたぐ)り深いし、屈折しているし、毒舌だし、人を見下したような態度を取るし、超面倒くさい性格なんだけど、頭は良いから、私が何言っても騙(だま)されてくれない」

今すぐ後ろの席に乗り込もうか、とひまりは一瞬、腰を浮かせる。だが、もう少し話を聞いていたい。

ひまりはギュッと拳を握って、耳を澄ませた。

「遺言書を無効にする方法をネットで調べてみたんだ。遺言書そのものが疑わしければ、無効になることもあるらしいよ」

「それは無理じゃない？　公正なんちゃらって言っていたから。自分で書いたんじゃなくて、法律がどうのこうのって」

「公正証書か。確かに効力はあるだろうね。ただ、全員が遺言書に異議を申し立てると変わってくるかもしれない」

「どういうこと？」

「ええと……」

カサカサと紙を開く音がする。

何かをプリントアウトでもしたのだろう。ずいぶん準備が良い。ひまりは警戒心を強くする。

「ええと、ここを読んでみて。この赤字でフォントを大きくした部分。家庭裁判所に遺言書無効の訴えって書いてあるよね」

「訴え？　裁判しないと無効にできないの？」

「そう。相続人それぞれの主張を聞いて、最終的に裁判所が判断する」

「勝つと裁判所の前に、勝訴って紙持って走っていくやつね」

それはマスコミが外にいる場合の対応だ。一般人がやってどうする、とひまりは無言でツッコんだ。

「じゃあ裁判しちゃおうよ。サクッと終わらせて」

「それが、裁判になると長くなることがあるらしいんだ。たぶん、一か月や二か月なんて期間じゃなくて、年単位になったり。しかも負ける可能性もあるわけだし」

「負けたらどうなるの？」

「だからそのリスクを冒(おか)さないためにも、利沙子が頑張って説得した方が良いよって言っているんだよ」

「えー、それは無理」

「だとすると……たとえば、遺言書を書いたときに、認知症だったという証拠を出すとか？」

「認知症？ ボケていたってことを証明するの？ そんなの、環さん——あ、一緒に住んでいる人が否定するだけだと思うけど。私もあの人が死ぬまで会わなかったから、実際どうだったのかわからないし」

「同居人の証言じゃなくて、医者の診断書が必要になると思う。遺言書を作成したときに判断能力がないとなれば、効力が疑わしいということになったりするかもしれないでしょ」

「じゃあ、お医者さんに訊けばいい？」

訊いたところで、簡単に答えてもらえないだろう。それはすでに、ひまりが経験済みだ。

仮に手続きを踏んで、医師に答えてもらったとしても、そもそも雅子が認知症でなければ、遺言書は有効という証明になるだけだ。

雅子は正常な判断が下せる状態だった。

それは医師に確かめなくても、最期に立ち会っていなくても、ひまりにはわかる。

あの無茶苦茶な遺言書は、雅子にしか考えられない。

そのとき、ひまりのスマホが震える。

職場からの連絡だろうか。ここ最近、欠勤者の穴埋めで呼び出しをくらうことは、何度もあった。

急いで開くと、メールが一通、届いていた。ネットで注文したものを発送したという連絡だった。

ひまりが仕事から帰宅すると、珍しいことに居間に利沙子と佳恵がいた。しかも一緒にタブレット端末を覗いている。すでに日付が回っている時間に何をやっているのかと思ったひまりは、二人の手元を覗き込んだ。

「どうしたの？」

「利沙子さんが、見たい動画が出せないからって、タブレットの使い方を教えていました」

「だって、スマホで何とかなるから、タブレットは使ったことがなくて。でも環さんからタブレット貸してもらったから、使ってみようと思って」

「老眼には小さい画面、辛いものねえ」

「うっさいわね。夕飯食べてくれば？」

「へー、私のことを追い出して、何か聞かれたくない話でも佳恵にするつもり？」

利沙子の肩がピクッと揺れた。

「どういう意味よ」

「別に。そのままの意味。自分の胸に手をあてて考えてみれば？」

ひまりが棘のある言い方をするのは、もちろん喫茶店でのことがあったからだ。佳恵に余計なことを言われてはたまったものではない。

「あの……本当に、タブレットの使い方を教えていただけですけど」

ヒートアップする利沙子とひまりの間に佳恵が割り込んできたが、利沙子のことを素直に信じるわけにはいかなかった。

「あのねえ佳恵。このオバサンの話は聞いちゃダメだから」

「どうして私が佳恵と話しちゃダメなのよ」

「バカになるからに決まってるでしょ」

「はあ？　何よ、言いがかり付けないで」

「言いがかりじゃないでしょ。まあ私は、疑り深いし？　屈折しているし？　毒舌だし？　人を見下したような態度を取るし？　まだ何か言っていたような気もするけど、どうせ言った方だって覚えてないでしょ」

利沙子の顔に疑問が浮かぶ。ひまりが言ったセリフをブツブツとつぶやくと、あっ、と短く声をこぼした。

「盗み聞きしてたの？」

「そっちがあとから店に来たんでしょ。聞かれたくなかったら、バカ丸出しの会話を、私のそばでしないで」

「そんなにバカバカ言わないで！」

「私もそう思います」

なぜか佳恵までが参戦してきた。しかも利沙子の味方だ。

ひまりは、ああもう、と叫びたかった。

考えることもやるべきことも多すぎる。佳恵にはまず、受験のことを第一に考えて欲しいし、利沙子は余計なことをせず、滞りなく相続ができるように手続きを進めて欲しい。

「佳恵、今日の分のノルマ、終わったの？」

「終わりました」

「じゃあ、もう寝れば？」

「もうすぐ寝ますけど……ひまりさんこそ、疲れてるみたいだし早く寝た方が……」

「私を疲れさせている人たちが、わかったようなことを言わないで！」

勢いに任せて口から出た言葉だったが、佳恵の表情を見て、言いすぎたことに気づいた。

佳恵が戸惑うのは当然だ。ひまりの時間を奪っていることを自覚している佳恵には、きつすぎる一言だ。

「……ゴメン、八つ当たりした」

「いえ、私が迷惑かけているのはわかっているので」

「迷惑なんかじゃない。私から言い出したことだし、佳恵が気にすることはない」

「普通の家庭」ならこの時期、むしろ受験生の方が、試験を目前に焦ったり不安になったりして、家族に八つ当たりしているだろう。

「完全に私が悪い――利沙子さんはもう、部屋に行って」

「ちょっと、私にはずいぶんな態度じゃない！」

正直なところ、利沙子には言い足りない。喫茶店に一緒にいた男と話していたことは、まだ実行するつもりだろう。それがわかっていて放置しているのは、利沙子の場合行動が見え見えだからだ。一緒に暮らしていれば、決定的なことになる前に、止めることはできると思っている。

ただ、利沙子に関しては、だ。

利沙子の周りにいる人間が、どんな動きをするかまでは正確には読めない。そもそも相手を知らないのだから、考えるだけ無駄だ。できれば、利沙子に呆れて手を引いてくれればありがたいが、金があるうちは近寄ってくるだろう。離れるときは、金にならないと思われたとき。あとは――。

「利沙子さんの場合、喉元にナイフを突きつけられても、お金を選びそうね」

「何だか知らないけど、ずいぶんね。さすがに私だって、お金より命を選ぶから！」

利沙子は二階へと上がっていった。

深夜にもかかわらず、足音をひそめる気もないらしい。

佳恵が心配そうに、ひまりを見ていた。

「大丈夫ですか？」

暴言を吐いたひまりを心配してくれるとは、優しい子だ。佳恵の中に姉の面影を感じた。

「平気。さっきは本当に私が悪いから。佳恵は気にせず勉強してて」

「気にしないのは無理です。でも、やっぱりさっきのは、利沙子さんに対しても言いすぎだと思います。ひまりさん、何だか余裕がなくて、一番言いやすい利沙子さんに……」

「だから、悪かったって」

最後まで聞きたくないひまりがぞんざいな対応をすると、佳恵が真正面に立った。

「あの！　ひまりさん、何か隠していませんか？」

「……何かって？」

「わかりませんけど、ひまりさん、なんか変です」

「それは昔からよく言われる」

「そうじゃなくて……焦っている感じがします」

「そりゃ焦りもするわよ。あと二か月くらいで、相続を終わらせないとだから」

あまり時間がない。利沙子のことだけでなく、ひまりの指輪も何とかしなければならない。そろそろこの膠着状態を前に進める必要がある。

「そういえば、環さんの傷のことですけど……」

「訊いたの？」

「はい。ひまりさんと利沙子さんが外出しているときに」

ひまりからすると、少し意外だった。

傷を見たのは偶然とはいえ、そのあとは盗み見をしている。それに今の環は元気そうだ。だからしばらく様子を見るものだと思っていたが、どうやら違ったらしい。それだけ環のことが心配なのだろう。

「昔、病気をして手術したそうです。でも今は心配ないから気にしないでと言われました」

「んー……じゃあ、そうなんじゃない？」

はい、と返事をしたものの、佳恵は納得していない様子だ。

「どちらにせよ、この件に関してはこれ以上訊き出すことではないでしょ」

「そうなんですけど……私が一番環さんと一緒にいる時間が長いじゃないですか。だけど、通院していたことも知らなかったんです」

佳恵は環のことをもっと知りたいのだろう。心配すらさせてもらえないのは寂しいと思っているのかもしれない。

ここへ来たばかりのころの佳恵は、周りの状況に流されるだけで、自分から動こうとはしなかった。ひまりに意見することもなかった。納得できる方向へ自ら進もうとしているのは、佳恵なりの変化に思えた。

そしてひまり自身も、このままではいられない、と思っていた。

いつもより少し早く起床したひまりは、台所ではなく雅子の部屋へ行った。

ドアを開けると、ベッドの上にいたはずのリネンが、足音もさせずにタンスの上に上がる。ベッドの上を触ると、リネンが寝ていた場所はまだ温かい。ドアを開けた瞬間、慌(あわ)てて起きたようだ。

「はいはい、私にはそれで結構よ。でも、そろそろ佳恵に懐いてね。もうアンタの世話は佳恵しかしてくれないんだから」

言葉が通じているのか、リネンの尻尾(しっぽ)が少しだけ揺れる。

「その食えなさ加減。元の飼い主にそっくりね。隙(すき)を見せないところなんて、そのままよ。あの人なんて鉄壁の鎧(よろい)で本心隠していたんだから。まさか、死んだあとに乗り移ったりしていないでしょうね」

リネンの反応はない。

「もしそうだったら、佳恵が少し可哀(かわい)そうなんだけど」

最近は、以前より少し、リネンとの距離を縮められている、と佳恵は喜んでいた。一応、撫でることは許されたらしいし、機嫌が良ければ、佳恵の手から餌も食べるという。

『お願い』をすると、十回に一回くらいは、抱かせてもらえるらしい。それを懐いた、と言えるのかは判断に迷うところだが、進歩はしているのだろう。

相変わらずリネンは降りてこなかった。

「アンタが言葉を話せなくて助かったわ」

ひまりは雅子の部屋の押し入れの戸を開ける。

以前、利沙子がひっくり返して、中に入っていた段ボール箱もぐちゃぐちゃになっていたが、今は綺麗に整理されていた。

ひまりは押し入れの上段にしまわれている箱を一つずつ出して、床に積み上げる。

——普段はしまっておくの。

——どこに？

——秘密の場所。誰かに盗(と)られたりしないように、ちゃんと隠しておける場所ね。

雅子がひまりに指輪を見せてくれたとき、具体的な保管場所を口にはしなかった。だが一瞬、視線を動かしたところがあった。

ひまりは押し入れの上段に上がり、天井板に腕を伸ばす。少し力を入れると、一枚の板が簡単に外れた。

腕を伸ばす。ベルベットの小さな箱をつかんだ。

「古典的よね」

腕を伸ばして探ると指先に触れる。さらに腕を伸ばす。ベルベットの小さな箱をつかんだ。

箱を開ける前に、ひまりは押し入れの上段から飛び降りる。着地音が大きく響いた。

リネンが何事か、と一瞬音がする方へ向いたが、すぐに首を戻してタンスの上で目をつむった。

ひまりは手のひらに載った小さな箱を見つめて、ふぅーっと、一度大きく深呼吸をした。

そのとき、狙い通りドアが開いた。ボサボサの髪をした利沙子が、瞼が半分閉じたまま入ってきた。

「ちょっと、何ガタガタしてるの。うるさくって寝られないじゃない」

「十一時だから、起きていいと思うけど？　それとも、小さな物音にも敏感になって寝られないお年頃？」

「うるさいわねー。いったい何をしていたのよ」

「見つけたの」

「何を？」

「コレ」

右手に載せた箱に、利沙子の目が大きく開いた。

「それってまさか！」

「まだ開けてない」

「何、グズグズしてるのよ。貸して！」

利沙子はひまりが返事をする前に箱を奪う。躊躇（ちゅうちょ）なく蓋（ふた）を開けた。

「うわっ……大きい」

無色透明の石は、光を集めて反射しているのか、キラキラと輝いている。

「遺言書の指輪！　どこにあったの？」

ひまりは押し入れの天井を指さした。

もちろんひまりが隠しておいた。昔、雅子がここを隠し場所にしていたからだ。できれば誰かに見つけて欲しかったが、数日経っても変化がなかったから、ひまりが自分で動いた。

利沙子が「はあ？」と、声を裏返した。

「そんなところにあったの？　どうしてわかったの？」

「ちょっと……昔のことを思い出して」

「ふーん……ま、見つかって良かったねとは、手放しで喜べないでしょ。とりあえず、写真と比べないと」

利沙子の行動は早かった。台所にいた環を捕まえ、遺言書に添付されていた指輪の写真を出してもらう。

勉強していた佳恵も騒ぎを聞きつけ、居間に全員が集まった。

利沙子は左手に指輪、右手に写真を持ち、何度も首を左右に動かしていた。

「一緒……ね。まったく同じ」

利沙子の手にあるダイヤモンドを、佳恵は、はぁー、とため息交じりに眺めていた。

「凄いですね。綺麗」

「そりゃ、ダイヤだもの」

「そうなんでしょうけど、私には、ダイヤもガラスもよくわからないから」

「……そういえば昔、同じ店に勤めてたコが、キュービックジルコニアを買って、自慢していたわね。ダイヤモンドって言っていたけど、途中で嘘がバレて……。言われてみれば、これが無色透明な石であるのは確かだし、ガラスじゃないのは私でもわかるけど、ダイヤかどうかって、素人が見ただけでは判断できないんじゃ……」

ひまりは利沙子の手からダイヤを奪う。

キラキラの指輪は、昔見たものと寸分たがわず同じデザインだ。

「母さんが、偽物を用意したって言うの？　だとしたら遺言書と一緒にあった鑑定書はどうなるの？」

「別に私、偽物って言っているわけじゃないわよ。でも宝石って、偽物をつかまされることもあるでしょ。だから鑑定してもらったらどう？」

「――え？」

「キッチリした方が良いでしょ。もし偽物なら、遺言そのものが怪しくなるんじゃない？」

利沙子が環の方を向いて、問いかけた。

なるほど、利沙子はこれが偽物であった方が、今の状況をひっくり返せると思っているのかもしれない。

突然のことに、環は困惑している。

「弁護士の先生に相談してみないと、私には何とも……。皆さんの相続分にまで影響するのか、それともひまりさんの分にだけ限ることなのかはわかりませんから」

「どっちにしろ、とりあえず鑑定してもらいましょうよ。なんか、あの人が幸太郎に指輪を遺したってのが気になるから」

「宝石店に持っていけばいいんですか？　売り物でないものを、鑑定してくれますかね」

「そんな面倒なことしなくても、買い取りの店に持っていけば見てもらえるじゃない」

「売る気がないのに、良いんですか？」

「よくある話よ。お客さんがくれたブランド物のカバン。真偽を確かめたくて持ち込むキヤバ嬢」

「ちょっと気が引けますね……。売るわけではないのに」

「大丈夫だって。これは私が行ってくるから、みんなは待ってて」

利沙子は浮かれた様子で、さっそく部屋から出ていこうとしていた。

「本物なら相当な金額だけど、偽物なら全然でしょ。話はすべてそれからってことで。幸太郎もその方が良いでしょ？　相続したあとに偽物ってわかったら、一人だけわりを食うんだから」

誰も異論を唱えない。

わかりました、と環が利沙子のあとを追う。

「ご一緒します。その指輪は遺言執行者として、私がお預かりします」

「私が信用ならないっての？」

「はい」

即答する環は、すでにいつもの環に戻っていた。

結果はその日のうちに出た。

家で待っていた佳恵とひまりは、利沙子の「ただいまー」を聞いた瞬間、玄関に駆け付けた。

「結果は？」

佳恵の質問に、利沙子の頬が緩むのがわかった。

「どっちだと思う？」

笑みを浮かべる利沙子を見れば、結果などわかりきっている。

「それでは正解を発表いたしまーす。こちらの指輪。ダイヤモンドではなくモアッサナイトでした」

佳恵が「モアッサナイト？」と首をひねった。

説明をしたのは環だった。

「はい、モアッサナイトはあまり聞いたことないかもしれませんが、偽ダイヤとしてはよく使われる石のようです。お店の人の話では、鑑定書が必要なら専門機関に出した方が良いとのことでした。一応、いくつか教えていただいたので、これから問い合わせようと思います。ちなみに、モアッサナイトは天然のものもあるとのことでしたが、この指輪の石は合成でした。値段もダイヤの百分の一以下という話で、見る人が見れば、すぐに違うとわかるようです。土台のプラチナは本物でしたが」

喫茶店での話を聞いていたひまりは、指輪が偽物だとわかったときの利沙子の態度は予想していた。ただ、思ったよりも利沙子の行動が早かったのは予想外だった。

「あの人がどうしてこの指輪を持っていたのかは、私にもわからないけど、これが遺言書の物ではないってことが間違いないとなると――」

どうなるのかな？　と、利沙子は笑いながらひまりを見ていた。

第四章　命のバトン

一

　外は一面真っ白で、朝から降り始めた雪は勢いを増していた。二月になってからは、何日もこんな日が続いている。このまま永遠に春が来なければいいのに、と環は生まれてから初めて、そんなことを思った。

　朝食はいつも通り佳恵と環だけだ。受験のことを考えると、テストの開始時間に合わせて、生活を朝型にしておいた方が良いというひまりの助言に佳恵は従っていた。

　昼食はひまりの仕事次第だが、四人で食卓を囲むことが多い。初めのころはほぼ無言で、交わされたとしても「醤油取って」「お代わりある？」「ちょっと量が多い」といった会話だったが、少しずつその空気は変わっていった。

「ねえ、昨日、福引で二等が当たったの。商品券五千円分」

「へー、それは良かったわねー」

利沙子に対応するひまりの口調は、明らかに棒読みだ。少しも良さそうには聞こえない。だけど環は、ひまりの口元が少しだけ笑っていることに気づいていた。

「アンタねー、全然良かったと思っていないでしょ」

「ソンナコトナイヨー」

「思ってないし！　佳恵、アンタさっきから何ブツブツ言ってんの。食べるときくらい、勉強のこと忘れなさいよ」

佳恵の反応はない。ブツブツは続いている。目は死んでいるが、一応箸は動いている。

環は隙を見て、佳恵の前の皿を移動して、まだ手を付けていない料理を近くに置いた。

佳恵は志望校を決めた。共通テストを自己採点したところ、想像以上にできていた。ひまりの中では、候補の一つにしていたらしいが、目先のことでいっぱいいっぱいになっている佳恵には、そこまで考えられなかったらしい。提示された大学の願書を見たとき、佳恵は「本気ですか？」と、疑いの目をひまりに向けていた。

不合格だったときのことも考えて、他にもいくつか願書を提出したが、本命が決まり、二次試験に向けてラストスパートをかけているところだ。

「最近リネンとは、うまくいってんの？　顔、忘れられるんじゃない？」

「それがそうでもないみたいですよ」

佳恵の代わりに環が答える。

「リネンと遊ぶ時間が減るのが嫌だからって、佳恵さん、最近は雅子さんのお部屋で勉強されていますから」

「それじゃあ部屋にいても、リネンと遊んだことにならないじゃない」

「それが、リネンにとってはそのくらいの距離感でちょうど良かったみたいなんです。もともと、雅子さんもずっと構っていたわけではないですし。たまに部屋へ行って構おうとするよりも、一緒の部屋にいるくらいが」

「そうしたら、最近は抱っこも許されたみたい。この前私、見たもの」

ひまりが勝ち誇ったような表情をしている。自分の方が佳恵のことを知っていると言いたいようだ。

「別に私、猫を抱いている佳恵なんて見なくていいから」

「そう？　まあ、ズルした人には関係ないか」

冷凍の枝豆の件は、環もひまりから聞いていた。一見ピリピリしたやり取りも、最近ではこの二人ならエスカレートしないことはわかっている。

雅子が望んだ、束の間の家族の真似事は、一応達成できたのだろうか。それとも今のこの三人を見たら、「まだまだね」と言っただろうか。

だけど、これはかりそめの風景だ。

十日前に投下された「ひまりの指輪が偽物だった」という爆弾は、この家に少なくない被害を残した。

皆、それを知りつつ、家族ごっこを継続している。

ひまりが環の皿を覗き込んだ。

「環さん、あんまり食べてないけど？」

「今日は朝ご飯を多く食べすぎちゃって、まだお腹が空いていないんです」

「そう？　顔色悪いような気がするけど、大丈夫？」

「元気ですよ」

受験のことで頭がいっぱいのはずの佳恵も、心配そうに環のことを見ていた。

ここ最近、ひまりと佳恵は、環の体調を気遣ってくれる。以前、手術したことを伝えたから、そのせいだろう。

「それより、今夜は餃子でも作りましょうか」

利沙子がパンッと手をたたいた。

「私、環さんの餃子好きだわ。具材がいろいろ入っていて、お店のとはちょっと違って。でも、今日は用事があるから遅くなるかも」

普段、利沙子がどこへ行っているのかは、環は詳しくは知らない。相続のために動き回っていることもあるだろうが、良いことばかりではないことも想像できる。

それよりも指輪の鑑定のときは焦った。利沙子があんなに早く動くとは思わなかった。

だがこれ以上、利沙子の勝手にはさせられない。相続の主導権は、利沙子でもひまりでも、もちろん佳恵でもなく、環が握らなければならないからだ。

――ピンポーン。

玄関チャイムの音を聞いた環は一瞬息を止めた。時計を見る。いつもより遅いのは雪のせいだろうか。バイクの音が聞こえなかったのは、近くに停めて歩いてきたのかもしれない。

環は急いで玄関のドアを開けた。

「郵便でーす。こちら紺野環さん宛てで、お間違いないでしょうか?」

差し出された封筒は、雪のせいか少しだけ濡れていた。

「はい」

「書留ですので印鑑かサインをお願いします」

環の手には印鑑がある。そろそろ届くだろうと思っていたから、玄関を開ける前に準備していた。

印鑑を押し、一通の封筒を受け取る。

「ありがとうございましたー」

白い息を吐きながら、郵便局員は門の外へ出ていった。

封筒の差出人を確認する。ついに届いてしまったと思った。そもそも環が依頼したものだが、気が重い。

環はダイニングへ行った。慌てていたためドアが少し開いたままだ。三人の笑い声が聞こえる。

しばらく中に入らず、環は廊下からその声を聞いていた。春が来れば終わってしまうこの時間を、もう少し楽しんでいたいと思っていたからだった。

居間のテーブルの上には、さっき届いた封筒があった。専門機関に依頼した宝石の鑑定結果が中に入っている。これが届くまでは、今まで通りに生活しようと環が言うと、全員が従ってくれた。

「開けますね」

「早く！」

利沙子に急かされながら、環は封筒の中から書類を出し、皆が見えるようにテーブルの中央に置いた。

鑑定書にはやはり、ひまりが天井裏から見つけた指輪は、「モアッサナイト」というダイヤとは別の種類の石だったことが記されていた。

それを見たひまりは、特に驚いた様子もなく立ち上がった。

「ちょっと幸太郎、どこへ行くの。これからのことを話し合わないと！」

「仕事。時間だから」

「あーもう、じゃあ今日は早めに帰ってきてね」

「はいはい、行ってきます」

ひまりはいつも通りに家を出た。

指輪の相続人であるひまりがいなければ、することもない。と、環が思っていると、鑑定書を前に佳恵がスマホを操作していた。

しばらくすると、佳恵が「え？」と声をあげた。

利沙子が即座に反応する。

「何を慌ててるのよ」

「あ……あの、ネットには、モアッサナイトが人工宝石として発売されたのが一九九八年。特許の有効期限が切れて、世界で作られるようになったのが二〇一五年以降と書いてあります。これだと、最初に作られたのは、二十四年前ということになります。でも、ひまりさんが子どものころに指輪を見たとすると、それより前ってことになりますよね？　ということは……本当は、もっと昔から販売されていたってことですか？」

「はあ？　何言ってんの？　そんなわけないじゃない」

「でも、いろんなサイトを見ても、同じことが書いてあって……」

ホラ、と佳恵がスマホの画面を利沙子と環の方へ向ける。二人が額を突き合わせて、小さい画面を覗き込む。確かに、人工的に作られるようになった年の記載は、どのサイトも同一だった。

「天然のモアッサナイトは百年以上前からあるらしいですけど」

「でも、人工の石って鑑定結果が出ているんでしょ。ってことは、昔はなかったものってことよ」

「え、昔ですよね。二十四年前って」

このときばかりは、環も利沙子も、お互い気まずいものを感じた。

確かに高校生のころは、自分が生まれるより前のことは昔と感じた。だが、佳恵にとっては歴史であっても、利沙子や環にとっては、すでに生きている時代だ。二十四年前は、それなりに前の出来事ではあっても、昔ではなかった。

「うるさいわね。二十四年前は、ちょっと昔だけど、大昔じゃないってことでいいじゃない。それより問題は、これが昔からこの家にあった指輪とは違うってことでしょ!」

興奮しながら、利沙子が強引に話を戻した。

「私なんか、幸太郎よりも前に、指輪見てるんだから、この家にダイヤの指輪があったことは確かなの。そう考えると、以前見た指輪は三・五カラットの本物のダイヤモンドで、どこかの段階で、モアッサナイトに替わったってこと。デザインにもよるだろうけど、これなら女子大生が欲しがるブランドのお財布くらいの値段で買えるわよ」

「ええ？　そんなに安……安くはないけど、ダイヤとは全然違いますね」

「スポーツカーと三輪車くらいの違いかもね。どう思う？」

利沙子は睨みつけるような目をしながら、環に問いかける。

「どう、とは？」

「しらばっくれないでよ。環さんは、あの人からいろいろ聞いているんでしょ。天井裏から見つかった指輪が、いつ、どの段階ですり替えられたのか、知っているんでしょ？」

「そんなことは知りません」

「嘘！」

「本当です。偽物……と言うのが、適切なのかはわかりませんが、少なくとも遺言書に書かれていたダイヤモンドの指輪が本当は違っているなんてことは、雅子さんから一度も聞いたことはありません」

「じゃあ、どうして別の指輪が出てくるのよ？　しかも石が違えども、明らかに元の指輪と同じに見えるデザインのものを用意したのは何のため？　誰が？　いつ？」

利沙子は興奮し、佳恵はオロオロしている。

環が黙っていると、利沙子は一層ヒートアップして、声を張り上げた。

「こんなときにどうして幸太郎は、仕事なんかに行くのよ！　訊きたいこと、山のようにあるのに。だいたい、この鑑定書を見たときの態度は何？　驚くこともショックを受けている様子もなかったじゃない。一千万円を超えている遺産が、百分の一なのよ？　普通なら、もっと驚くでしょ。仕事なんて行けないくらいショックを受けるでしょ」

「でもひまりさんは、最初から遺産は受け取らないという可能性も示していました」

「それこそおかしいじゃない。そりゃ、何十億も資産がある人ならともかく、幸太郎に貯金があるって言っても、一生働かずに遊んで暮らせるほどあるわけではないでしょ？　そこに一千万よ？　今すぐ使う必要がなくても、普通もらっておくでしょ？」

それは利沙子の価値観だ、と切り捨てることは環にもできない。お金を必要としない人もいるとは思うが、一千万もの親の遺産を受け取らないというのは、何か理由があるから……だろう。

「遺産を受け取れないくらい、ひまりさん……幸太郎さんとしてこの家で過ごしたとき、雅子さんと何かあったのかもしれませんね」

「私は何があっても、もらうわよ！」

「利沙子さんなら、もらえない物も奪い取ろうとしそうですけど……」

佳恵のつぶやきに、利沙子の怒りはさらに増す。

「はあ？　佳恵だって、人のことをとやかく言う資格はないでしょ。そもそも猫が嫌いなのに、好きなフリをしていたんじゃない」

「それは！　……そうですけど、そうじゃないっていうか」

「何よ、今さら実は好きでしたって言うつもり？」

「そうじゃないんです。猫が嫌いだったことまで、隠すつもりはありません。隠す……それもちょっと違うような……」

　佳恵が、んー……と、自問自答するようにうつむく。しばらく無言の時間が続いた。

　待ちきれない利沙子が「どういうことなの？」と、答えを催促する。

　佳恵が顔を上げた。

「たぶんお母さんが、お祖母ちゃんを怖がっていたみたいだったから」

「意味わかんない」

「私もうまく説明できませんけど……」

　佳恵が言うには、この家に遊びに来た幼いころ、母親が門をくぐると、つないでいた手に緊張が走るのを感じていたという。佳恵は雅子のことを怖いとは思わなかったが、母親は雅子を恐れていた——と。

「もちろん小さいころはそれを、理解していたわけではありません。でもこの家に住むようになって、外出から帰ってくるたびに、何かを思い出しそうな感じで。それが何だったのかな、と考えていくうちに、リネンにつながっていったんです。私、どうしてリネンと遊ぼうとしていたのかって。それって、お母さんが少しでもこの家にいやすいようにしたいと思ったんだと、気づいたんです。お祖母ちゃんが大切にしていた猫だから、私がリネンといれば、お祖母ちゃんはお母さんから離れて、私の方へ来るって」

環は知らないころの話だ。雅子が佳恵の気持ちに気づいていたかはわからないが、この話は聞いたことがなかった。

ばかばかしい、と利沙子は吐き捨てた。

「こんな遺言残したってことは、あの人、まったく気づいていなかったってことじゃない。佳恵が猫を嫌いだったことも、自分の娘が怯えていたことも」

それはどうだろう。雅子はすべてを理解したうえで、遺品の行方を決めた気がする。

それに、雅子は決して愛情がない人ではなかった。それどころか、他人のために命さえ投げ出せるような人だということを、環は知っている。

「雅子さん自身、自分が理想とする母親像にがんじがらめになっていた人ですから、うまく伝えられなかったのだと思います」

「そうだとしても、あの人は、自分の好きでやっていたんでしょう?」

利沙子には、利沙子の言い分があるのだろう。

環だけ、この家に集まった中で唯一「大人」として雅子と接した。最初から立ち位置が違っていた。違っていたから、反発することはなかった。だけど、羨ましいとも思った。

「本当なら、雅子さんの方が皆さんのことを理解しようとしなければならなかったのだとは思いますけど、意外と不器用な人だったから」

「不器用？　なんでも器用にこなしていたじゃない」

「手先の話じゃないですよ」

折り合い、というものだ。理想が高くそれに近づくために努力する。その志は立派だが、立派すぎるせいで、自分の信念を曲げられない。そしてそのせいで――環は雅子を死なせてしまった。

環は立ち上がり、台所の方へ行く。

「コーヒーでも飲みますか？」

「いらない！　それより、今後の話をしないと！」

「そうですけど、私たちが考えてもどうにもならないと思います。ひまりさんに確認しないことには、先には進めないですから」

利沙子も反論できないと思ったのか、「ミルクはいらない！」と言った。

仕事へ行ったきり、ひまりは帰ってこなかった。

日付が変わってもひまりは戻らないし、電話にも出ない。環と利沙子と佳恵が、代わる代わる連絡を入れていて、気づかないはずはない。

何もない日なら、すでに布団に入っている環も、さすがに今日は眠れない。もちろん利沙子も起きているし、佳恵もまだ自室で起きているだろう。

居間には環と利沙子がいた。テレビを点けているものの、内容はまったく頭に入ってこない。タレントの話し声が雑音に感じられて、電源を落とした。

「何かあったのでしょうか？」

「逃げたんでしょ」

利沙子は間髪を容れずに言う。昼からずっと、同じ考えを消すことができずにいた環は、利沙子の言葉を否定できなかった。

「どうしてそんなことをしたのかはわからないけど、見つかった指輪は幸太郎が用意した、で間違いないわよね？」

否定したいが、今のところ否定する材料もない。

「でさ、こうなった場合、相続はどうなるわけ？　まさかダイヤを除いた遺産で、私と幸太郎と佳恵で三分の一ずつになるの？」

「法定相続であれば、そうなりますが……」

「そんなの嫌だから。もしそうだとしても、今までの苦労も加味して欲しいわ。佳恵は猫と遊んでいただけだし、幸太郎なんて偽指輪を用意していたんだから」

利沙子は、より多く遺産を相続したいと声高に主張する。

「ですが、今後のことを考えるより前に、解決したい疑問があります」

「何よ」

「遺言書に書かれていた指輪を相続するのはひまりさんですよね？　自ら偽物を用意するメリットは何ですか？」

「そんなの、さっさと遺産相続を終わらせたいんでしょ」

「それなら、最初に相続を放棄すれば良かっただけです。放棄の権利は皆さんにありましたから」

「放棄したら慈善団体に行くはずだったんでしょ？　いくら幸太郎だって、知らない人間に遺産を渡したくないんじゃない？　そうなったら、佳恵の取り分もどうなるかわからなくなるんだから。そもそも、幸太郎が何を考えていたかなんて、私が知るわけないでしょ。幸太郎に訊いてよ」

「はい。ですので、それを知るためにも、今はひまりさんの帰宅を待ちたいと思います。すべてはそこからです。もちろん、ひまりさんの返答次第では、この先の話は変わってくるとは思います」

「そう……ね。わかった。帰ってくるくらいまでは待ってあげる」

利沙子は、ひまりはこのまま帰ってこないと思っているのだろうか。

環にもそれはわからない。ただ、これは雅子の望んだ結果でないことだけはわかる。

そのまま、ほぼ会話もなく午前一時を過ぎても、ひまりは帰ってこなかった。

これ以上起きていても無駄だろう。そう判断した環が自分の部屋へ行こうとしたとき、利沙子が突然うめいた。

「どうかしましたか？」

呼吸が浅い。身体を丸めて、苦しそうにしている。

「大丈夫ですか？　どこが痛いんですか？」

「お……腹。それに……気持ち……悪い」

話すのも苦しそうだ。口を開けるたびに吐き気が込み上げるのか、口に手をあてていた。

「救急車呼びましょうか？」

「……何？」

「え？」

「夕飯……の中に……毒」

言葉は弱々しいのに、利沙子は牙をむく獣のように、眼光鋭く環を睨んでいる。

「もしかして、私が料理の中に何か入れたと思っているんですか？」

利沙子が苦しそうにしながらもうなずいた。

「私は何も……！」

「うっ……」

口元に手をあてた利沙子は、よろめきながら、トイレに駆け込んでいく。

苦しそうな声が、トイレの中から聞こえた。

翌朝、病院から帰ると、ひまりが家にいた。

連絡もなくどこへ行っていたのかと問い詰めても口を割らない。指輪の話をしようにも、今は利沙子が臥せっている。

押し問答を繰り返しても時間の無駄だと思った環は、二度と連絡がつかない状況にはしない、ということだけは約束させた。

「診断名は？」

「ノロウイルスだろうとのことです」

「ああ……流行のピークは過ぎたけど、まだ流行っているわね。あ、利沙子さんは佳恵に近づかないでね。トイレも一人別の場所使って。試験前に佳恵にうつったら大変だから」

げっそりとやつれた利沙子が、部屋のベッドから疑いの目を環に向けている。

「何か入れたでしょう」

「そんなことしませんよ」

「嘘。庭で怪しげな植物育てていたじゃない」

「食用不可の植物も育てていますが、使うわけないじゃないですか」

「口ではどうとでも言える」

「しません」

「どう……うっ」

具合の悪い利沙子は、ベッドから起きあがるとまたトイレに駆け込んだ。

しばらくは会話も辛いだろう。主のいない部屋にいても仕方がないと、ひまりと環は居間へ向かうことにした。

すると、台所の方から音がする。居間には行かず、台所へ行くと、佳恵が食事の準備をしていた。

「佳恵さん、勉強しててください。三日後に試験ですよね？」

「今さらじたばたしてもどうにもならないから」

もしかして、疑われているのだろうか。そんな考えが環の頭をよぎる。

庭に植えている植物の中で、食中毒を引き起こすものは確かにある。別の植物と誤認して、食べてしまう人もいる。そして佳恵はそれを知っている。環には、疑われる要素は確かにある。でも……。

「私、本当に毒なんて入れていません」

「でしょうね」

　ひまりが当然のように言った。

「半年以上一緒に暮らしていて、毒を盛る気ならもっと早い段階でするだろうし、今は庭に雪が積もっているじゃない。植物もとっくに枯れているでしょ」

「私も食事の支度の手伝いをしていますし、環さんはおかしなものを入れたりしません」

　佳恵もまったく疑っていないようだ。

「そもそも、私が環さんの立場なら、利沙子さんの食事に毒を入れるのは、同居し始めて三日目にはやっていると思う。いや初日かも」

　ひまりなりのジョークだと思えば、気を張っていた環の肩から、自然と力が抜けた。

「ということで、利沙子さんは単にノロウイルスなんでしょうね。病院でそう言われたんだし」

「ウイルス検査はしていないので、別の可能性もあるかもしれませんけど、昨日の昼間、レストランで生ガキ食べたって……」

　アホらしい、とばかりに、ひまりは肩をすくめ、佳恵は苦笑していた。

「それより、ひまりさん。いろいろお訊きしたいことがあるのですが……」

「そうなるわよね。佳恵が利沙子さんが死にそうってメッセージ送ってくるから、帰ってきたけど……できたら佳恵の受験後ってことにしてもらえない？　私はここにいるから」

最後の言葉は、環ではなく、佳恵に言っていた。

佳恵が、それでいいですか？　と環に目で問う。不安そうな表情をしていた。

ここで環が拒否したらどうなるだろう。ひまりは家を出て、連絡がつかない場所へ行く可能性もある。

受験はもう目前に迫っている。環には二人の頼みを突っぱねることはできなかった。

「わかりました」

「ありがとうございます」

礼を言ったのは、佳恵だった。

帰る家のない佳恵にとっては、今放り出されるのが一番辛いのかもしれない。行き先が決まり、大学生という新たなポジションが決まれば前向きになれるだろうが、今のままでは、荷物にしかならない父親がいる、行き場のない高校生なのだから。

それに……と、環は思う。

利沙子によってあっさり露呈したが、偽の指輪については、ひまりなりの考えがあるはず――そう、環は信じたかった。

佳恵が突然、環の額に手をあてた。

「熱はなさそう」

「いきなりどうしたんですか？」

「環さん、体調良くないですよね？　顔色、すっごく悪いですよ」

「寝不足のせいだと思います。昨日ほとんど寝てませんから。利沙子さんの具合が悪かったので、たまに様子を見に行っていましたし」

「あ……そっか」

「大丈夫です。でも今日はさすがに眠いので、昼ご飯を食べたら少しお昼寝しますね」

ひまりも心配そうに声をかけてくれる。

「本当に大丈夫？　感染力が強いから、看病していたんなら、うつっているかもしれない」

「マスクもして、しっかり消毒もしているから大丈夫だと思います。体調はいつもと変わらないですよ」

二人が心配してくれているのはわかるが、探られているようにも感じる。

本当のことを知られるのが怖い。知られたとき、ひまりも佳恵も、そして利沙子も、環に対してどんな感情を抱くかわからないからだ。

佳恵が環の腕をつかんだ。

「環さん、本当に大丈夫？　どこも悪くないですか？」

頭の中まで覗かれそうなくらい、佳恵が環をじいっと見ている。

環には子どもがいない。でも、もしいたら、佳恵くらいの年齢の子がいても不思議ではない。母親にはなれなかった。年齢的にこれから先も、なることはないだろう。だが、もし環に子どもがいたら、こんな風に心配してくれただろうか。

そう思ったとき、雅子が環を遺言執行者にした理由に気づいた。

二

数日後には、利沙子の体調もだいぶ回復した。満足に食事が摂れなかったため、一回り細くなった利沙子の食事はまだ少なめだ。

環が消化の良い食事を用意すると、それを少しずつ食べていた。

「そのおかゆ、私が作ったものですが？」

医師の見立て通り回復したことで、言いがかりとわかったのだろう。バツが悪そうに、利沙子は視線を逸らした。

「佳恵、受験どうだったの？」

「うーん……」

いくら待っても、佳恵は唸ったまま返事をしない。利沙子が箸を振り回して、佳恵を問い詰める。

「少しは手ごたえあったんでしょ？」

「んー、どうですかねえ」

「じゃあ落ちる？」

「利沙子さん、もう少し言葉を選んでください」

環が慌てて間に入るが、利沙子は「ハッキリ訊かなきゃわからないでしょ」と、聞く耳を持たない。

「少しは可能性あるわけ？」

「まったくわかりません」

「これは落ちるわ」

「利沙子さん！」

とはいえ、環も気持ち的には利沙子と同じだった。佳恵の反応がわかりにくい。

「幸太郎は平然としていたけど、気にならないのかしら？」

「ひまりさんは、お仕事柄、慣れているんじゃないですか？」

そう言いつつも、実はひまりが落ち着いていないことを環は知っている。

環が昼食の支度をしている最中、スマホの操作をしながら眉間にシワを寄せて画面を眺めていたひまりを見てしまったからだ。ブツブツと「この学校の結果が出る前に、こっちの試験があって……入学金の納付は……」と、ほとんど保護者のようにつぶやいていた。

ただ、本来ならサポートするはずの保護者が、佳恵の場合は機能しない。それがわかるだけに、ひまりは自分の役目だと思っているのかもしれない。

「佳恵、落ちても気にしないのよ。大学なんて行かなくてもいいんだから」

「でも、利沙子さんは短大を卒業しているんですよね？」

「だから言ってるの。私、自分が何を勉強したのか覚えてないから。無駄なお金払ったと思うわ」

「ひまりさんは、大学で勉強したことを生かした仕事をしてますよ」

「そりゃ、なんだかんだ言っているけど、幸太郎はあの人の子どもだもの。嫌っているように見せて、世間からはみ出ないように生きようとするから、変に屈折したの。外見はどうでもいいけど、性格ねじ曲がってるでしょ」

ひまりが聞いたら怒りそうだ。

「利沙子さんから見て、お祖母ちゃんはそんなに嫌な人でしたか？」

「うん。私、あの人のことは今でも大っ嫌い。遺産目当てで再婚したのに、いかにも賢そうにして、そんな素振りを見せなかったから。実際、胸の中はドロドロしたものを抱えていたはずなのに」

利沙子はある意味、真実を言い当てている。……雅子自身が、似たようなことを言っていた。

——私は、決して人に褒められるような行動ばかりしていたわけではなかった。許せないことも、曲がった部分も、間違うこともたくさんある。だけど、その都度反省するの。間違ったことをすれば、また後悔することになるから。十分寝坊したときとか、干した洗濯物を雨に濡らしたときとか。買い物へ行ったのに、買い忘れてしまったときとか。その小さな後悔をしないために、毎日どんどんがんじがらめになっていったのかもしれない。

環が知っている雅子は、利沙子やひまりが知っている彼女とは、必ずしも同一ではないだろう。皆が離れ、命の終わりを知った雅子だからこそ、語れることがあったのだと思う。

「雅子さんは、自分が抱く理想に近づきたかったのだと思います」

「お祖母ちゃんが、そう言っていたんですか？」

「ええ。それ以上に、行動で示してくれました」

「私、言われなきゃわからないんだけど」

利沙子の発言に、佳恵が微妙な表情で黙っている。ひまりがいたら「バカは黙ってて」と言ったかもしれない。最近は、以前よりも柔らかくなったひまりだが、それでも利沙子に対する口調は容赦ない。ただそれも、憎まれ役を買って出てくれているようにも思える。

「言葉よりも、伝わることもあるんですよ」

小首をかしげながら、佳恵が興味深そうな瞳を環に向けている。

「環さんから見て、お祖母ちゃんって、どんな人でしたか？」

佳恵がこの家に来たばかりのころ、同じ質問をしてきた。時間が経った今、あのときよりも伝えたいことは増えている。

「優しい人でした。でも、意地っ張りでした。本音を隠してでも、一度口にしたことは曲げない性格だったと思います」

「本音を隠す？」

「本当に不器用な人でしたから。そして……自分の信念を曲げない人でもありました」

だからこそ、環は雅子の命を奪うことになったのだと、今でも思っている。

他に方法はなかったのか。

何度もそう、自分に問いかけるが、答えは「ない」にたどり着く。それでも問いかけをやめることはできなかった。

食事を終えた利沙子が部屋へ戻っても、佳恵はまだ環の側にいた。環が「どうしました？」と水を向けると、すぐに質問をした。

「環さんはどうして、お祖母ちゃんと一緒に住むことになったんですか？」

佳恵は雅子のことを知ろうと、利沙子やひまりに訊ねていることは聞いている。雅子からは、佳恵に自分のことを伝えて欲しいとは言われていない。ただ環にしてみれば、ひまりや利沙子が語る雅子とは違う彼女も覚えておいて欲しい。

「一言でいえば、成り行きです」

「成り行き？」

「はい、七年十か月前に、親戚の結婚式に出席したときに、席が隣同士になってから親しくなって」

「ずいぶん、具体的ですね」

「忘れられませんから」

親戚といっても、挨拶以上の言葉を交わしたことがなかったこともあり、最初のうちはあまり会話ははずまなかった。変化があったのは、ゲストのスピーチが行われ、新郎・新婦がお色直しのために退場したころだ。

「私が右耳のイヤリングを落としていたことに気づいて、それがきっかけでいろんなことを話しました。参列者のこと、お料理のこと。それから新婦さんの衣装がディズニープリンセスのドレスと似ていたところから、映画の話になって……そのとき、雅子さんが新婦さんを見ながら、着せてあげれば良かった——って言っていたんです」

ん？　と佳恵の顔に疑問が浮かんだ。

「それって……お母さんのことですか？」

「恐らく。名前は出しませんでしたが、八年近く前ということを考えると、麻美さんのことだと思います」

「……お祖母ちゃん、そんなことを思っていたんだ」

佳恵の表情を見ると、嬉しそうにも、寂しそうにも見える。その気持ちを、環にはすべてを推し量ることは不可能だ。

それでも思うのは、雅子も麻美も生きているうちに和解していたら。

もしかしたら麻美も苦労しなかったかもしれないし、佳恵も寂しい思いを抱かずに過ごせていたのかもしれない。そして……環はもう、この世にいなかったのかもしれない。

「式が終わってから、私たちはファミレスで話し込んで、翌日には私はこの家を訪れていたんです」

「凄い、急展開ですね」

「きっかけは、なくなったと思った私のイヤリングが、雅子さんの引き出物の袋の中から見つかったから取りに来たことでした」

偶然紛れ込んだイヤリングから同居の話になったのは、当時環が離婚直後で金銭的に不安を感じていたことを知った雅子が、せめて家賃だけでも浮かせてあげようと、同居を持ちかけてくれたからだった。

「私は……恐らくこの先はずっと一人で生活をしていかなければならない、と思っていました。誰かと暮らす未来は、まったく考えていなかったときに提案された同居……正しくは居候ですが、とても楽しかったです。私も雅子さんも一人でいる時間を好んでいたので、一緒に住んでいても、ずっと行動を共にしていたわけでもないんですけどね」

雅子は環に自由に生活して欲しいと言った。食事も毎食一緒に摂らなくていいし、お風呂の時間も気にしなくていい。トイレは全部で三つあるから各自の専用にして、外泊するときは予定を教えて欲しいという程度の、緩い決め事だった。

「シェアハウスみたいですね」

「困ったときはともかく、普段はそれなりに自由の方がいいでしょ？　って雅子さんが。実際、凄く居心地が良くて、私はこの家での生活を楽しんでいました。たまに一緒に、映画を観たりなんてこともしましたけど」

「映画？」

「はい、私が借りてきたＤＶＤを、雅子さんと一緒に観るんです。特に感想を言い合うこともなく、ただぼんやりと鑑賞するだけですが。ただ……、一度だけ違ったことがありました」

「違った？」

「ええ、『マイ・マザー』という、母と息子の葛藤を描いた作品を観たときです。もともと、私が部屋で一人で観るつもりで借りてきたんですけど、うっかり居間のＤＶＤプレイヤーに入れてしまって……」

「どんなストーリーなんですか？」

「思春期の息子が母親に反発し、やがて憎しみを抱くといったお話です」

内容を聞いて、佳恵も環が一人で観ようとした理由がわかったらしい。小さくうなずいた。

「映画の母親は行儀が悪かったり、感情的になったりと、雅子さんとは真逆のタイプでした。でもその分、私にはどこか救いもあったように感じました。母親にも間違っていると思う部分があったので。だから映画の中の息子は反発できるし、激しい喧嘩もする。だけど雅子さんは違います。冷静で、客観的に見て、理想的な生き方をされています。……理想的であることが、必ずしも正しいかはわかりませんが」

少なくとも、麻美もひまりも、居心地が良かったら家を飛び出さなかっただろう。

「作中で、『僕と母が他人なら——きっとうまくやれた』というセリフがありました。それは、雅子さんと暮らしていた、ひまりさんにも当てはまったのではないでしょうか。雅子さんとの生活は、ひまりさんが生きていくには、息苦しかったのかもしれません」

「お祖母ちゃんが、そう言っていたんですか？」

「いいえ、映画が流れている最中は一言も話しませんでした。ですが終わったとき、『私のせいね。子どもたちが家を出たのは』とおっしゃいました。感想の共有ではなく、独り言のような感じでしたけど」

佳恵は少しの間、うつむいて黙っていた。この家に住んでから聞いた雅子の姿が、形を持ち始めているのかもしれない。

環の顔を見た佳恵は、落ち着いた表情をしていた。

「お祖母ちゃんはどうして、自分の子どもたちに対して厳しかったんですか？」

「最初のご主人が亡くなったことに対しての後悔が強かったことが原因のようでした。麻美さんが生まれて少ししてから、ご主人が病気になって、経済的にかなり苦しかったそうです。もちろん雅子さんも働きに出たようですが、病気の夫と小さな子どもがいたら、長時間は働けなかったと思います。それでも、旦那さんの病気も改善に向かい、ひまりさんが生まれて、しばらくは楽しく過ごしていたそうです。ところが、麻美さんが小学校を卒業する直前に、旦那さんが仕事中に交通事故を起こして……亡くなって。さらに相手のドライバーも巻き込んでしまったこともあり、その後の生活は大変苦労したと話されていました。雅子さんにしてみれば、まだ病気が完治していなかった旦那さんに無理をさせてしまったという後悔が大きく、自分の何がいけなかったのか、どうすれば良かったのかを考え始めたのだそうです」

「それで、必要以上に自分に厳しくなったということですか？」

「そうみたいです。事故後、規則正しい生活を心がけて、食事も手作り。それも、調味料や野菜の農薬まで気にし始めたとおっしゃっていました。さらに食べ物だけじゃなくて、約束の五分前には到着する、横断歩道は点滅したら渡らない、そんな風に、一つルールを決めると次、さらに次と。そしてもっとエスカレートして、やがて〝決まり事〟は、〝清く正しい〟という言葉に置き換えて、できなかったときの自分を責めるようになったと。そうやって突き詰めることで、どんなことにも後悔はしないように、自分を守っていたのかもしれません。強迫観念に取り憑かれてしまわれたのではないでしょうか……」

佳恵が難しい顔をしていた。

雅子のことを環から佳恵に伝えていいのかは、かなり悩んだ。どうしても環の視点は、雅子寄りなっている。そこにはもちろん、嘘は一ミリもないけれど、佳恵がそれを知ることで傷つかなければ良いと環は思っていた。

「雅子さんにとって、正しくないことは、間違っていること。そう思い込むと、自分のいる世界だけが正しくて、はみ出たものがすべて歪んで見えた、とおっしゃっていました」

「じゃあ、歪んでいたからお母さんもひまりさんも、この家を出たというんですか？」

「あくまでも、その当時の雅子さんが思っていたことです。……ただその後、雅子さんは自分の理想と、子どもたちにとっての理想は違うことに気づかれたようです。気づいたからといって、そうそう受け入れることはできなかったみたいですけど。その……佳恵さんのお父さんのこともあったりして」

「……父がお祖母ちゃんのところに、お金をせびりに来てたんですね？」

詳しいことは環も聞いていないが、そういうことは何度もあったらしい。離婚して戻ってくれれば受け入れたのかもしれないが、あの父親込みでは難しかったのだろう。

「でもひまりさんは？　ひまりさんは、父みたいなことはしなかったですよね？　だとしたらお祖母ちゃんが許せなかったのは、女性の格好ですか？　それがそんなにダメだったんですか？　どんな姿であっても、自分の子どもには変わりはないんじゃないですか？」

佳恵が納得できないのも当然だが、雅子にしても年代的に受け入れがたいことだったのだろうと思う。今よりもずっと、男らしさ、女らしさ、が求められていたから。ただ、それればかりではない。指輪の件は、遺言書を作成するときに、雅子が最後までこだわっていた部分だった。

一度はひまりが手にしたダイヤモンドの指輪……。

「私がこの家に住むようになって数年後、雅子さんは体調が芳しくないことはあったようですが、我慢されていたのでしょう。申し訳ないことですが、私も気が付くことができず、病院へ行ったときにはすでに末期で、医師の想像以上に早く進行しました。それでも雅子さんは取り乱すことなく、これが寿命だと、余命宣告も受け入れて準備を始めました」

何の準備かは、佳恵にもわかるはずだ。

「私の方が嫌だとごねました。もっと治療してください。諦めないでください、と。……そんなこと、言える立場ではありませんでしたが。一方で雅子さんは、相続のことはきちんとしたいと強く願っていました。そのときになって私も知ったことですが、利沙子さんが手を焼いているこの家の権利の問題も、雅子さんは長くご自分で動かれていたようでした。でも病気になって、もう自分の手では終わらせられないからと、私に遺言執行者になって欲しいと頼んでこられたのです」

骨と皮だけのような雅子が、力強く環の手を握る。どこにそんな力があるのか、と思った。環には断ることはできなかった。

「問題は、どうやって円滑に相続を進めるか、ということでした。今も申した通り、この家の登記は終えておらず、利沙子さんに遺そうにも、投げ出さずに最後まで手続きをしてくれるか。さらに、ひまりさんの指輪。そして佳恵さんにはまだ保護者が必要なことと、お父さんのこと。たどり着いた結論は、全員で同居する、でした」

「でも、環さんは本当なら、こんな面倒なことを引き受けなくても……。そりゃ、環さんがいなかったら、どうにもならなかったと思いますけど……」

佳恵は申し訳なさそうにしているが、環は面倒だと思ったことは一度もない。それだけで十分ありがたいことだった。

自分には権利がないのに、最後の最後までこの家に関わらせてもらえる。それだけで十分ありがたいことだった。

「雅子さんには、たくさんのモノをいただきましたから。こんなことで返せるものではありませんけど、もし私に生きる意味があるのだとしたら、今こうして、皆さんのお手伝いをすることだと思っています」

三

食事中にスマホをいじるときは、いったん席を離れること。

ひまりは仕事の連絡が入ったときは中座するが、利沙子と佳恵は最初抵抗した。食事をしながらSNSを見るのが日常だったからだ。それでも佳恵は、しばらくすると食事のときは部屋にスマホを置いてくるようになったが、利沙子は相変わらずだ。この日も、画面が明るくなると、表示されたメッセージに目を奪われていた。

画面に釘付けの利沙子に、ひまりが「食事中」と言った。

「はいはーい」

上の空で利沙子は返事をする。まだ、スマホの画面を見ている。すぐに返信したいのか、利沙子は中座せずに、食卓でスマホをいじり始めた。

「何歳になっても、決まりが守れない人っているのよね」

「うるさいなあ。ガミガミ言うのはあの人と一緒。それよりさあ、そろそろハッキリさせたいんだけど、指輪が偽物だったのは確かよね」

ひまりはそれには答えない。佳恵は助けを求めるような視線を環に送ってくる。環が答えるしかなかった。

「そうですね。確かに見つかった指輪は、遺言書に書かれている物とは違いました。ですが、遺言書と同じ指輪がないという結論にはなりません」

「見つからないってことは、ないってことでしょ。いい加減、相続終わらせようよ。もう二月なんだから」

「一番、暇を持て余している人が、何をそんなに急いでいるの？　ああ……借金取りから逃げているんだっけ」

「うるさい！」

「それともカレシ？　いや、違うか。元カレにそそのかされていたものね。いつまでもグダグダしていないで、早いところ遺産もらって俺に貢げって。もしかして今の連絡も、あの人から？」

「黙って！」

「でも、借金の返済もあるから、そんなに残らないんじゃない？」

「黙ってってば！」

「そしてある日、お金がなくなると、元カレは利沙子さんの前からいなくなる、と。金の切れ目が縁の切れ目ってね」

「黙れ！」

利沙子が立ち上がってコップを投げた。怒鳴り声とともに、ガシャーンとコップが割れる。ひまりに向けて投げられたコップは壁に当たり、砕け散った。

「ギリギリセーフ」

とっさにコップを避けたひまりは、割れたコップの方を指さして「利沙子さんが片づけてね」と笑った。

だが利沙子が片づけるわけがない。環が腰を浮かせると、佳恵がそれを制した。

「私があとでやりますから。環さん、今日顔色よくないし」

「大丈夫ですよ」

「でも……私がやります。試験も終わって、今はやることもないので」

穏やかなのは環と佳恵の間だけで、室内には険悪なムードが漂っている。特にひまりの顔からは笑顔が消え、きつい眼差しで利沙子の方を見ていた。

「喫茶店で一緒にいた男でしょ？　あんなのといたら、すべて失うだけ。いい加減、目を覚ましなさいよ」

「わ、悪いところばかりじゃないんだから。あの人だって変わろうとしているし！　今度は作品を書くって……書いたもの。私見たんだから」

「その後どうなったか訊いたの？　それに書く書くって、今までも何度も同じこと言っているんじゃない？　いちいち宣言しなくても書く人は書くでしょ。少なくとも、同じことを何度も言うってことは、同じだけ嘘をついてきたってことよ」

「でも……！」

利沙子が反論しようとすると、佳恵が身を乗り出して会話に参加する。

「私の父もよく、今度こそ、次こそ、って言っていたけど、全然ダメなままです。永遠に治らない——ということに最近ようやく気づきました。だって私、ずっと、父の次こそ！って言葉を、信じていたんじゃなくて、信じたかっただけですから」

「え？」

利沙子の顔に困惑が浮かぶ。いや、図星を指されたときの表情だ、と環は思った。利沙子は小刻みに頭を振っていた。

「何それ。信じていたんじゃなくて、信じたかっただけって……」

「でも、そういうことでしょ。利沙子さんも、本当に元カレを信じているの？」

利沙子は呆然とその場に立ち尽くし、言い返すことはしなかった。

来客を知らせるチャイムが鳴った。

この場を離れたくないが、出ないわけにはいかない。環は立ち上がり、玄関へと急いだ。

「どちら様でしょうか？」

「山谷と言います。利沙子さんをお願いします」

「どういったご用件でしょうか？」

玄関にはひまりも来ていた。佳恵の父親？　と小声で訊ねる。

環は首を横に振る。ひまりは、じゃあ誰？　とでも思っているのか、怪訝そうな表情をしていた。

「彼女に用があって来ました。あ、連絡してあるので、利沙子に言ってもらえばわかると思います」

環たちが何か言う前に、要件を伝えてくる。利沙子の知り合いのようだが、ぐいぐいくる押しの強さに、良い印象は抱けなかった。

「聞こえてますかー？」

ひまりが、ハッとした表情で玄関のドアを開けた。

「その声、どこかで聞いたことがあると思ったら、利沙子さんの元カレ！」

「利沙子、俺のこと話しているんですか。でもひどいなあ、元カレって。俺は今も、付き合っているつもりなのに」

「つもりってところに本心が透けて見えそう。まあ、今カレでも元カレでもいいんだけど、お引き取りください。山谷さんでしたっけ？　部外者ですよね。相続のことに口を挟まないで欲しいんですけど」

「俺は利沙子のカレシとしてアドバイスしているだけです。あなたこそ、利沙子と俺の間に口挟まないでくれません？　というか、あなたですよね？　偽ダイヤ用意した人。それって立派な詐欺(さぎ)ですから。相続の資格ないですよ」

環は頭を抱える。利沙子から情報が筒抜けだ。

中途半端な知識で口を挟む人がいるから、ややこしいことになる。しかも、ひまりの指輪の件は、デリケートな話だ。

しかし環の心配をよそに、ひまりはひょうひょうとしていた。

「山谷さんは借金取りよりタチが悪いわね。全然関係ないのに、全部持っていこうとしているんだから」

「関係なくないですよ。俺は利沙子の恋人ですから」

「恋人の山谷さんに相続する権利はないの。部外者」

「でも、利沙子の人生は大切だ。アドバイスくらいしますよ」

「そこまで言うなら、結婚すればいいのに。利沙子さんの人生が大切なんでしょう？」

「嫌だなあ、利沙子と結婚したとしても、僕には相続の権利はないじゃないですか」

結婚してもメリットがないからしないが、お金は欲しいから口を挟む。利沙子の受け取り分を、自分が使おうという魂胆(こんたん)なのを、明彦は隠そうともしなかった。

タタタと、玄関に足音が近づいてくる。

利沙子に加え、佳恵まで玄関にやってきた。

「明彦！　来ていいなんて、返信してないでしょ」

「利沙子がいつまでも進められないみたいだから、俺が来てあげたんだよ。いい加減、終わらせた方が利沙子のためだから」

佳恵が明彦の方に人差し指を向けて叫んだ。

「嘘！　この人、絶対嘘つきの言い方してる」

いら立つ明彦は、チッと舌打ちをする。

「子どもは黙っててくれないかな。これは俺と利沙子の話」

「ああもう、バカばっかり。黙って」

ひまりの毒舌に、それまで表面上は笑(え)みを浮かべていた明彦の表情が変化する。目を吊(つ)り上げて、唇の端をヒクヒクさせていた。

「アンタこそ黙ってろよ。本物が見つからないからって、偽の指輪で相続しようって強欲(ごうよく)な人はさ」

「だからバカばっかって言ってんの。自分で用意した偽の指輪を相続して、私に何のメリットがあるって言うの？」

あっ……、と誰かがつぶやいた声がした。

「で、でも、理由があるから偽の指輪を用意したんだろ」

「理由と利益は別問題。そんなこともわからないの？」

無駄にあおらないで、と環はヒヤヒヤする。

部外者にはさっさと立ち退いて欲しいが、環はさっきからめまいがして、息苦しい。フラフラする。立っていることも辛くて、間に入ることができなかった。

それでも具合の悪さを悟られないように、環は平静を装っていた。

明彦が環の方を向く。ひまりなら、意地も頭も悪そうな顔をしているわね、と言いそうな表情をしていた。

「相続を仕切っているのは、あなたなんですよね？」

「それが何か？」

「あなたは故人のイトコどころか、ハトコって話じゃないですか。どうして我が物顔でここにいるんですか？　やっぱり遺産欲しさ？」

「私は遺言執行者にすぎません」

「その遺言執行者がいなくなった場合は、どうなるんですか？」

「……どういう意味ですか？」

環の顔がこわばる。

明彦は、怖い顔しないで、とへらへら笑っていた。

「人間、いつどこでどうなるかわからないじゃないですか。毎日日本のどこかで、交通事故によって亡くなっている人もいるわけだし」

「脅しですか？」

「嫌だなあ、そんなことできるわけないじゃないですか。もしもの話です。ただ、もしもあなたがいなくなった場合、今後の遺産相続はどうなるんでしょうね」

ダン！　と、凄い音がした。

目を吊り上げたひまりが、殴りかからんばかりの勢いで、明彦を壁に押しつけた。間に入ろうと利沙子が手を伸ばす。

「幸太郎！　やめて」

「やめて欲しければ、二人でこの家から出ていって！」

「出ていったら、遺言書の通りにならないでしょ」

あれ？　と環は思った。

利沙子が守りたいのは、明彦ではなく、雅子の残した遺言？

いや、そうではないはずだ。それなら、利沙子は大人しく手続きを進めているだろう。でも、遺言書の通りにならないって……？

全身を襲うダルさから、環の頭はいつものように働かない。冷静さを失っているひまりも気がかりだ。

「どうせ利沙子さんが相続したって、借金の返済と、この男に貢いで消えるでしょ」

「それは幸太郎には関係ないでしょ。それとも幸太郎にとって、指輪が見つからなくて、相続できないくらいなら、いっそどこかに寄付でもされた方が、私も佳恵も同じように何も相続できなくなるから都合が良かったりするわけ？」

「そんなことは望んでない！」

「口では何とでも言えるけど、心の中じゃあ、私や佳恵のことをバカにしているんじゃない？」

「違うから！」

「違わない！　そもそも幸太郎は何か隠してる。特にあの人に対しては、自分でも理解していないくらい、素直になれないし、ずっと何かにこだわっている感じがする」

「何かって何？」

「そんなのは知らない。でも、こだわっているのはわかる。幸太郎、自覚ないの？　余命を知って、東京からこっちに戻ってきたクセに、死ぬまで会おうとしなかったじゃない。本当に嫌いだったら、死んでから帰ってくるんじゃない？　それを生きているうちに帰ってくるって、実は気になって気になって、仕方がなかったんでしょ！」

「黙――」

言いかけたひまりを遮って、佳恵が叫ぶ。

「二人とも、やめてください！　言い争っている場合じゃないです！」

　利沙子が嚙みついた。

「佳恵は黙ってて」

「嫌です！　私も相続人です。私、お祖母ちゃんの遺産を、こんな人に使われたくありません。それくらいなら、放棄した方がマシです！」

「ちょっと、放棄なんてしたら、佳恵だって困るでしょ。大学に行けなくなるよ？」

「こんな無茶苦茶な人に渡すくらいなら、なくてもいいです。大学は、相続しなくても行く方法を考えます。今年行けなくてもお金を貯めてからでもいいし、探せばもしかしたら、お金がかからない方法だってあるかもしれないから。だから私、この人にお金を渡したくありません！」

　佳恵はきっぱりと言い切った。そこには不安や迷いは感じられなかった。

　ずいぶんと強くなった、と環は思った。

　この家に来たころは、何もかも諦めた様子で、自分の意見を言わずにいた。言っても無駄だと思っていたのだろう。でも今は、自分の気持ちを言葉にして、さらに先を見ている。

　とはいえ、佳恵はもう十分苦労したし、受け取る権利のあるものを手放す必要はない。そして雅子の遺言を守るのは、環の役目だ。

そう思う環は、佳恵の前に行こうと足を踏み出す——が、その瞬間、世界が暗くなった。

※

順調に進んでいた雅子との生活に変化が起きたのは、環の病気が原因だった。離婚する前から通院し、治療を続けていたものの、環の身体は腎臓移植が必要なところまで悪化してしまっていた。

医師からその話を聞いたとき、環はショックと同じくらい、納得もしていた。調子の悪さは、自覚していたからだ。

問題は誰から腎臓をもらうかということだった。移植を待つ人は多く、すぐに順番は回ってこない。また亡くなった人から提供される臓器よりも、生きている人からの移植の方が、生着率も生存率も高い。

それを知った雅子は、当然のことのように言った。

「私のを使えばいいわ。六親等以内だと、生体腎移植のドナーになれるんでしょう? 若くはないから、環さんの身体でいつまで機能するか……そもそも、ドナーの条件に合うかはわからないけど、使えたら私のを使って」

生体移植の場合、健康な人にも、麻酔や手術といったリスクがある。しかも、一度もらったら返すことはできない。

環の両親も存命だが高齢者だ。ドナーになれる年齢ではない。六歳年上の兄はいるが、去年大病を患っている。恐らくドナーにはなれないだろうし、仮になれたとしても、まだ養育中の子どももいることから、頼むわけにはいかない。離婚し、子どももいない環には、頼めそうな親類はどこにもいなかった。

それでも雅子の申し出に、すぐにうなずくことはできなかった。

「私、まだ環さんと一緒に暮らしたいの」

環にとって、雅子と一緒に生活するメリットは大きい。だが雅子からすれば、一人暮らしに戻ったところで、大きな変化はないはずだ。

「私は雅子さんに何も返せません」

「そんなことない。もともと、私の勝手なお願いでここに越してきてもらったんだから。環さんと私の娘、同い年なの。娘にはもう、何もしてあげられない。……私は、娘の葬儀にすら行かなかったから」

死んでも許せなかったというのだろうか。

環がなぜなのかと訊ねると、雅子は自嘲的な笑みを浮かべた。

「正確に言うと、亡くなったことは、葬儀が終わって少ししてから知ったの。娘の高校の同級生経由で。だから、葬儀自体に行けなかったのは仕方がなかったんだけど……知ったあとも動こうとしなかったのだから、最悪な母親よね。それにきっと、知らせを受けたとしても、行かなかったと思うし」

一緒に生活する中で、麻美の結婚相手の素行の悪さは聞いていた。何度も金を無心されたことも知っている。

「お孫さんと連絡を取ろうとは思わなかったんですか？」

「思ったわ。でも私、二人の子どもから逃げられるような母親なのよ。娘は子どもを産んでから、私のことを思い出したのか、一度は歩み寄ってくれたけど……相手はちょっと問題のある人だったし、娘も私に迷惑をかけたくなかったのか、結局、縁を切る形になってしまって。娘が亡くなったとき、孫を引き取ろうかとも悩んだ。でも、子どもとすら上手(うま)くいかなかった私が、孫を育てられるわけないから手を出さなかったの。孫は素直で、親思いの子だから、そばに置いておきたいと思ったけど。義理の娘……利沙子さんを家から追い出したのは、自分で生活できるようになって欲しいっていう、夫の希望ね」

そう言うと、雅子はクスリと笑った。

利沙子の放蕩(ほうとう)ぶりは、親族内で環の耳にまで入るくらいだったのだから、同じ屋根の下で生活していた家族にとっては我慢ならないこともあったと想像できる。

「娘は私よりも先に死んでしまった。だから、娘にしたかったことを、環さんにさせてもらっているだけなの」

ああそうか、この人は、私を守ろうとしてくれたのと同時に、自分の過去をやり直したかったのだと思った。

娘の身代わりと言われても、環は少しもショックではなかった。むしろ、好意を受けても良いのだと思えた。

それからしばらくして、雅子は環のドナーとなることが決まった。移植手術はおおむね医師の説明通りに進み、術後も良好に経過した。環も移植前より元気になり、日常生活は問題なく送れるようになった。就職も考え始めた。

雅子との生活は、新しい発見も、小さな刺激もあった。多くを望まなければ、十分幸せだ、そう思った。

だが、環の移植から二年後、ドナー検査のときには異常がなかったが、今度は雅子が腎臓ガンに侵されていることがわかった。体調不良は感じていたのだが、雅子自身、腎臓移植が原因だろうと思っていたから、環には不調を感じさせないように生活していたことで発見が遅れた。

腎臓が二つあれば、ガンが見つかった方の腎臓を摘出する選択肢もあったはずが、すでに雅子には一つしかない。環は自分の腎臓を、雅子に戻して欲しいと医師に詰め寄った。

だが、それはできないと言われた。

環は自分を責めた。自分が雅子から移植を受けなければ、雅子はガンが見つかっても手術が可能だったかもしれない。何より、雅子の腎臓をもらわなければ、雅子はきっと、もっと早い段階で、自分の体調の変化に気づけただろう。

でも雅子は、一度たりとも環に愚痴をこぼすこともしなかった。

※

「私が雅子さんを――」

「どうかしましたか?」

声に導かれるように、環がゆっくりと目を覚ますと、佳恵の顔がすぐ近くにあった。

「大丈夫ですか?」という、涙目の佳恵の声が、耳に痛いほど響いた。

「……ここは?」

「病院です! 環さん、救急車で運ばれたんですよ! しばらく入院だって。倒れるまで我慢しちゃダメじゃないですか」

叱られているのに、大切にされていると思えるのは、佳恵の必死さが伝わってくるからだろう。

もし、環に娘がいたらこんな感じなのだろうか。こんな風に自分を叱ってくれる人はもういないと思っていたが、不思議な縁で一緒に過ごすことができた。雅子のおかげだ。束の間の母親気分を味わわせてもらえた気がする。

「ごめんなさい」

「ちゃんと教えてください。やっぱり環さん、どこか悪いんですよね？」

「佳恵。説明はあとで訊くとして、環さんを休ませてあげないと。あの状況じゃ、具合が悪いと言い出せなかったでしょ」

　ひまりも佳恵と並んでベッドの横にいた。

「ひまりさん、お仕事は？」

「今日は遅らせてもらった。環さんが倒れて、利沙子さんが癇癪を起こして、あのバカ男がいたのよ。どうして仕事に行けるの……」

「利沙子さんは？」

「家で頭を冷やしている」

　疲れのにじむ顔でひまりは言う。

「山谷……さんでしたっけ？　あの方と出ていったのではなかったのですね」

「さすがに目が覚めたんじゃない？　あのバカ男と一緒にいるのは、自分のためにならないって。お似合いと言えばお似合いだけどね。待ちきれなくなって、家に来ちゃったってことでしょ。真性のバカよね」

病室とあって、小声で話しているが、ひまりはいつもにも増して辛辣だ。よほど、明彦に腹が立っているらしい。

佳恵も唇を尖らせる。

「あんなこと言われて目を覚まさないなんて、人間として最低すぎますから」

「どういうことですか？」

「佳恵」

ひまりが遮る。しかし、怒りが静まらない佳恵の口は止まらない。

「だってあの人、倒れた環さんを見て、これで相続を進めやすいんじゃない？　って言ったんですよ」

「佳恵！」

「ひまりさん、私は構いません」

むしろそれで、利沙子の目が覚めたのなら好都合だ。あの男に入ってこられるのは困る。

進めるなら今だ。とはいえ、身体が思うようにならない。人に頼るしかない。きっと雅子も、それを望んでいるような気がした。

「佳恵さん。突然入院しちゃったから、何の準備もないんです。今すぐ必要ない物はあとで家から持ってきてもらうにしても、売店で少しそろえてもらえますか？」

「はい、何が必要ですか？」

環がいくつか必要な物を伝えると、ひまりが財布から一万円札を渡す。病室から佳恵が出ていった。

「すみません、ひまりさん。あとでお返ししますから」

「そんなことはいいけど、何？」

「え？」

「話があるから、佳恵を病室から追い出したんでしょう？　だって、いくら今必要だからって、全部家から持ってこられる物じゃない。往復の時間を入れても、二時間もあれば用意できるんだから。……で？」


二日ほど入院して状態が落ち着いた環は、ひとまず退院することができた。だが、病気が治ったわけではない。今後悪化するようなことがあれば、人工透析（とうせき）か再移植を検討する必要があると言われた。

病院から帰った環は、ひまりと佳恵と、そして利沙子に病気の説明をした。もちろん、雅子の腎臓を移植した話もした。

ひまりが、すべて納得した様子でうなずいた。

「そういうことだったのね……」

佳恵も「そうだったんですね」と言う。利沙子だけは「どういうこと？」と、理解していなかった。

ひまりの目が、語らずとも何を言おうとしているか、環にはわかる。利沙子も感じ取ったらしい。

「どうせ、バカだと思っているんでしょ」

「自覚が芽生(めば)えたのは良いことね。じゃあ、もう少し考えなさいよ。移植のこと」

「え？　私の腎臓あげろっての？」

「一足飛びどころか、飛びすぎていて、どこから説明すればいいのかわからない……」

「最初からすればいいのよ」

結局環は、雅子との出会いから、一緒に暮らすことになった経緯、二人での生活、そして移植手術の話をした。

すでにある程度聞いていた佳恵はうなずき、初めて聞いたひまりと利沙子は、驚いたり、難しい顔をしたりしていた。

ひまりが恐る恐る口を開いた。

「もしかして利沙子さん、意味わからなかった？」

「さすがにわかる！　あの人の腎臓が、環さんの身体の中にあるって言うんでしょ？　どう考えても、環さんの身体と、そりが合わなそうじゃない。だから、また移植しなきゃってことになっているんでしょ」

「……そういうことではないですけど」

生体腎移植のドナーになれる年齢は、二十歳から七十歳となっている。もちろん、健康であることは当然の条件だ。

雅子がドナーになってくれたのは、六十歳を過ぎたころだ。ドナーが高齢になると、移植した臓器が若い人からのものよりも長くはもたない可能性がある、と医師から説明されていた。

その話を聞いた佳恵が手をあげる。

「じゃあ、私がドナーになります！　私の腎臓ならきっと、もっと長く使えます！」

佳恵の手を、ひまりが下ろす。優しさのある「バカね」が、ひまりの口からこぼれた。

「若いんだから、身体を大切にしなさい。まだまだ、これから素敵な出会いだって、いろんな可能性だってあるんだから。私のを使って。佳恵ほどではないけど、最初のよりは若いし」

「えー、幸太郎の臓器が環さんの身体に入るの？　口悪くなったりするんじゃないの？」

利沙子が、やめておいた方がいいよ、と環に言う。

「私の臓器がダメなら、利沙子さんのだって同じでしょ。性格も頭も悪くなったら、気の

「毒すぎるわ」

「はあ？　幸太郎の口の悪さよりはマシだから！」

「でも利沙子さんじゃ、環さんより年齢が上でしょ」

「たいして違わないって。人を年寄り扱いしないで！　ってか、ドナーになるなんて言ってないし。私はただ、幸太郎のはやめた方がいいし、佳恵に関しては、幸太郎と同じ意見って言いたいだけ」

「それだと、環さんの病気が悪くなったときはどうするつもり？　本格的に移植が必要になる前に、考えておいた方が良いことでしょ」

「でも、自分の身体切って、臓器をあげるって、簡単に言えることじゃないから」

白熱する会話に、環は脱力しながら「あの……」と口を挟んだ。

「ありがとうございます。佳恵さんも、ひまりさんも、そして利沙子さんも。でも皆さん、どなたも私のドナーにはなれません」

「え？」

三人が同じ表情になる。「え？」の言葉が、見事なまでピッタリとそろった。

「どういうことですか？　お祖母ちゃんはドナーになれたのに、私たち全員無理って」

「生体腎移植の場合、ドナーになれるのは、家族、となっています」

「私たち、一緒に暮らしているじゃないですか！」

「ここで言う家族……親族に該当するのは、六親等以内の血族、配偶者、三親等以内の姻族と定義されています。仮に皆さんが私のドナーになりますと言ってくれても、対象となりません」

ああ……と、ひまりが納得したようにうなずいた。

環と雅子は六親等にあたる。だが環とここにいる人たちは、法が定める親族の範囲に該当しない。

これが、ひまりと佳恵なら。利沙子とひまりなら。佳恵と利沙子なら。

誰もがドナーになれる条件を持ち合わせている。でも環だけは、その輪に入れない。

佳恵が顔を真っ赤にさせて、目に涙を溜めていた。

「どうして……どうしてそういう決まりなんですか？　家族ってなんですか？　ううん、家族とかじゃなくて、もし、自分にとって大切な人が病気になって、移植しないと死ぬかもってなった場合、ドナーになれないってことですか？　それって、おかしくないですか？　血縁とか、そういうのじゃないと、家族ではないんですか？」

ひまりが腕を組んで、考えをまとめたいのか、外部の刺激をシャットアウトするように、瞼を伏せた。

「そもそも生体移植が可能な臓器は限られているけど……親族以外を認めたら、問題が起こるかもしれないからじゃない？　例えば、誰かを脅して奪い取るとか。もしくは、お金持ちが助かるために、臓器を買うとか。本当かはわからないけど、自分の臓器と引き換えにお金を得るって、海外ではあるって話だし。もちろんリスクはあるから、よほど貧しくなければ売ろうとは思わないでしょうけど、本当にお金に困ったら……人は悪魔のささやきに耳を傾けることもあるんじゃないかな」

「何わかったような口をきいてんの。幸太郎は頭がいいんだから、抜け道考えてよ。いい方法はないわけ？」

利沙子の無茶ぶりに、ひまりは頭を抱える。

「私は医者じゃないの」

普段なら利沙子には同調しない佳恵も、このときばかりは加勢する。

「ひまりさん、考えてください！　大切な人がいなくなるって、言葉にできないくらい寂しいんです。私はあんな思いを、またするのは嫌です！」

二人に詰め寄られたひまりは、えー……と、困り果てた声を出した。

「抜け道があるなら、誰かがしていると思うけど……」

仮にそんな方法があったところで、環はもう、誰かから臓器をもらおうとは思わない。臓器提供の段階では、雅子の健康状態に問題はなかった。だから、雅子が死亡したのは環のせいではない、と言う人もいるかもしれない。

でも環は、雅子の死を早めたのは、自分のせいだと思っている。

あんな後悔は、もう二度とするものかと思っていた。

四

環はしばらく自宅静養となり、その期間の家事はほぼ佳恵が担当していた。

佳恵の料理の腕はあがり、掃除も手早く綺麗に行えるようになった。洗濯も抜群に仕上がりが良くなった。独り暮らしをするには十分なスキルを備えた。あとは、三日後にある本命の大学の合格発表だ。佳恵は弱音を吐くが、ひまりの見立ては五分五分らしい。

利沙子の相続手続きも前進している。長らく居場所がわからなかった一人は、運よくひまりがＳＮＳで所在を突き止めた。見つけられたのは、相続人が亡くなったことを知らせる書き込みをしていたからで、その子どもと連絡が取れた。遠方に住み、まったく行き来のない親族とあって、相続人の子どもは遺産を放棄することをすぐに同意してくれた。まだ残る一人の相続人から放棄してもらってはいないが、先は見えてきた。

「利沙子さん、あの方とはどうなりましたか？」

環の病状の説明が終わったあと、真っ先に訊ねたのはそのことだった。「あの方」とは、利沙子の元カレの明彦のことだ。

バツの悪そうな表情をしながらも、利沙子は「切った」と言った。

「連絡も取れないようにブロックしたし、あの人のところに残っていた荷物も処分した。ついでに、ストーカーで警察に相談した、とも言っておいたけど、これは嘘。悪知恵は働く人だけど、それを確かめるほどの度胸もないから。腕っぷしも弱いし」

「まるで、喧嘩して勝ったことがあるみたいな口調ね」

「うん、一度ね。また来ることがあったら私が追い返す」

ひまりの黒目が上下に忙しく動く。答えに納得したのか、「そう」とだけ言って、それ以上追及することはなかった。

とりあえず、利沙子の男性絡みの問題は解決したらしい。

あとはひまりの指輪だ。

環が倒れたこともあり、有耶無耶になっていた。利沙子の追及が始まった。

「ねえ、偽物の指輪は幸太郎が用意したの？」

「そう」

「何のために？」

ひまりが投げやりな態度で言う。

「……こんな相続問題、さっさと終わらせたかったから」

「どういうこと？」

「私は別に、あの指輪が本物ってことで良かったの」

「自分は一銭も得をしないのに、それで良いの？」

「滞りなく相続が進めば私は構わない。利沙子さんが借金を返済して、佳恵の進学費用を振り込んで」

「何よソレ。私と佳恵のためって言いたいの？」

「そうじゃない。でも二人とも期限が迫っているでしょ？　特に佳恵の場合、決まった日までに入学金を支払わなければ、合格しても取り消しになるじゃない」

「そんなの、現金の用意が間に合わないだけで、後々お金は手にするわけじゃない。学費くらい借りられるでしょ」

「さすが、ミス借金」

ひまりが鼻で笑う。利沙子が顔を真っ赤にさせて怒った。

「茶化さないで！　よくわからないけど、幸太郎の説明、ちょっと理解できない。訳わかんない！」

わめく利沙子に、佳恵が手をあげた。

「私もわかりません。だって……偽物の指輪を用意したってことは、ひまりさん、本物の指輪が出てこないって思っていたってことですよね？　指輪、本当に捜しましたか？」

「捜した。たくさん、捜したけど見つからなかったの……」

ひまりの言葉に嘘は感じない。捜した、というのは本当だろう。だがその意味を知るのは、ひまりの他は環しかいない。

佳恵が首をかしげた。

「でも私、ひまりさんがこの家の中で捜しているところ、ほとんど見たことなかったんですけど……どこを捜しましたか?」

ひまりは黙っている。

「指輪はこの家に中にあるはずですよね? 確率的に一番あるのは、お祖母ちゃんの部屋だと思うけど、私、ひまりさんが捜しているところ、見たことなかったですよ?」

利沙子が環に訊ねる。

「貸金庫と契約していたって話はあった?」

「雅子さんが亡くなったときに、お付き合いのあった銀行などには問い合わせましたが、そういったことは一切ありませんでした。もちろん、私も聞いていません」

「ってことは、やっぱり指輪は家の中にあるってことじゃない? もしかして、庭に埋まっているとか?」

環は口を出したかった。でも今ではない。

もう一つ、雅子の最後の望みを叶えなければ、真実を言うことはできなかった。

——ピンポーン。

玄関のチャイムが鳴る。皆の間に緊張が走った。

「私、出ますね」

「……もしかして、利沙子さんの元カレ？」

利沙子は「まさか……」と言うが、否定はしない。

「額が額なのよ。諦められない人はいるでしょ」

ひまりの一言に、全員で玄関に向かう。

ドアを開けると、見たくない顔がそこにあった。

「ややややあ」

不自然な笑みと、不躾な距離感に環は鳥肌が立った。

「お父さん……！」

佳恵の父親だ。前にこの家に来たときよりも頬が痩けている。髭も数日間剃っていない様子で、髪の毛を洗ったのはいつのことかと思うような有様だった。

「久しぶり。皆で出迎えてくれるとは、そんなに俺を待っていたのかな？」

「……待っ……ん……ない」

言い返す佳恵の声が小さい。父親を前にすると、言っても無駄だという気持ちが前に出てくるのだろうか。

「とりあえず、中に入れてくれるかな？　腹が減ってしかたがないんだ。できれば、風呂にも入りたい。佳恵ともゆっくり話したいし、こんなところで立ち話もなんだからさ」

「……って」

「佳恵、ちゃんと食べさせてもらっているのか？　声が小さくて聞こえないよ。ええと、誰だっけ、アンタ？」

佳恵の父親は環の方を向いた。

「紺野環です」

「ああそうそう、紺野さん。ちゃんと俺の可愛い娘の世話、してくれてた？　家事とか、こき使ったりしなかっただろうね？」

図々（ずうずう）しい佳恵の父親は、環も苦手だ。いや、嫌いだ。

自分の娘でさえ、自分からの視点でしか見ていない。佳恵がどんなことを思って、どんな風に考えているかなど、これまで一度たりとも、想像したことがないのだろう。

環はできる限り、感情を殺して答えた。

「責任を持って、お預かりしておりました」

「えー、本当かなあ？　俺がこの目で見ないと安心できないな。ちょっと中に入れてよ。何だったら、しばらく娘のそばにいて、確認させてもらえないかな。うん、そうだ。それがいいな」

勝手に上がり込もうとするが、入り口で佳恵と環と、それに利沙子とひまりでブロックする。それでも構わず、佳恵の父親は強引に上がり込もうと、身体を近づけてきた。

「オッサン臭いから近寄らないで。っていうか、家が臭くなるから入らないで」

利沙子がこの場にいた全員が思っていたことを口にする。このときばかりは、環も利沙子の口の悪さを止める気にはならなかった。

「しばらく家に帰れなかったから、着替えもできなかったたし、仕方がないだろ。だから風呂に入れてくれって言ってんだ」

無茶を言い続ける佳恵の父親に、利沙子は負けじと言い返す。

「帰ってくれればいいの。この家のお風呂に入らなくていいから、今すぐ回れ右をして」

「何言ってんだ！　俺は佳恵の父親だぞ！　未成年の子なんだから、俺が監督しないといけないだろ！」

「今まで放っておいて、何の監督するのよ」

「相続に決まってるだろ！　親には、子どもの代理人になる権利があるんだから」

どうやら、以前この家に来たあとに、無駄な知識を付けたらしい。

緊迫感が漂う玄関に、ひまりの声が響く。

「利沙子さんの元カレみたい」

「ここまでひどくないから！　そんなことより、どうすんの。明彦と違って、この父親、自分が部外者って自覚ないし、佳恵の分の遺産を受け取る権利は一円もないのに、全部自分のモノくらいに思っているから超厄介」

「ちょっと利沙子さん。本人が聞いている」

「聞こえるように言ってんの」

「そうよねー」

緊張から、鼓動が早くなっていた環だが、利沙子とひまりの会話を聞いていると、バカバカしくなる。

ひまりが佳恵の父親の前に立った。

「相続はまだ終わっていませんから」

「まだ？　いったい何をやっているんだ。佳恵、説明しなさい」

佳恵より先に、ひまりが答える。

「部外者に答える必要はありません」

「何度も言うが、俺は佳恵の父親だぞ！」

「それが何か？」

ひまりが佳恵の父親と、鼻先を突き合わせるくらいに顔を近づける。離れていても臭う（におう）というのに、ひまりは表情を変えずにいた。まるで、佳恵を守るのは自分だと言わんばかりの態度だった。

「子どもには、親を扶養（ふよう）する義務があるんだ！」

「親の務めも果たさないで、子どもが面倒見てくれると思っているの？　子どもの世話もしなかったのに？　よくもまあ、その汚い顔を娘の前に出せたわね」

「アンタこそ、黙っててくれ。親が困っているときは、子どもが助ける。佳恵が困っているときは、俺が助ける……予定だ」

父親が佳恵の腕をつかんで引っ張る。

「佳恵、お父さんと一緒に暮らそう。今度はうまくいくさ」

ひまりがすぐに引き離した。

「ほーら、やっぱり佳恵の遺産目当てね。残念ながら、佳恵を連れてここを出ていったら、佳恵の遺産相続の権利はなくなるからね。それでもいいの？」

「え？」

「遺産相続の条件の一つなの。すべての相続が終わるまでは、ここで一緒に生活するって」

「じゃあ、俺もここで暮らす」

「この家は、相続の権利がある人しか住めないの」

「少しくらいいいじゃないか。親子なんだから」

親子、という言葉を聞いて、利沙子もひまりも、目つきが険しくなる。

この家において、親子、という言葉は、そんなに軽いものではない。利沙子もひまりも、そして佳恵も、その関係に悩んできた。

「なあ、佳恵。お母さんが育ったこの家で一緒に暮らそう。いいだろ？　何も言わないってことは、いいってことだよな」

父親はひまりの防御をかいくぐろうとしている。このまま佳恵の父親を中に入れてしまったら面倒だ。とにかく今は、帰ってもらいたい。穏便に済ませたいと思っていたが、無理そうだ。

「お父さんと一緒に住みたいよな？　お父さんは佳恵と住みたいんだ」

懇願（こんがん）する父親に、佳恵の表情は変わらない。まるで父親の声など聞こえてないかのように、瞬（まばた）き以外の動きを止めていた。

父親も娘の表情は見えているはずだが、佳恵を心配する言葉はない。あくまでも自分のことばかりを主張していた。

「親は子どもと一緒に住むのが当たり前なんだよ」

その瞬間、感情のこもらない、冷ややかな佳恵の声が、鋭い刃（やいば）のように空気を裂いた。

「今まで、放っておいたクセに？」

「……佳恵？」

一瞬、玄関が静まり返った。誰かの唾（つば）を飲み込む音が響いたような気さえした。

次の瞬間、佳恵が堰（せき）を切ったように話しだす。

「都合が悪くなると……ううん、私が貯めたバイト代まで持っていったのに、お祖母ちゃんの遺産が手に入ると知ったら、一緒に暮らすのが当たり前なの？　それで今度は、遺産を手にしてどうするの？　借金の返済？　パチンコ？　競馬？　キャバクラ？　ああ……また新しい女の人に貢ぐの？　ね、どうせお金がなくなったら、また私を捨てるんでしょ。今度は、私も大人になってきたから借金まで押し付けようとか思っている？　私は一生、アンタのために生きるの？　やだよ。どこかに行って、二度と私の前に顔を見せないで！」

「佳恵、親に向かってなんて口の――」

「うるさい！　アンタなんか親じゃない！　私の家族は死んだお母さんと、ここにいる人たちなの！　変な人ばかりだけど、ここの方がずっといい！　もっと早く、ここに来たかった。お祖母ちゃんはどうして、生きているうちに私のこと迎えに来てくれなかったの！」

佳恵はこれまで諦めの方が勝って、ぶつけることのなかった想いを、怒りとともに父親に向けていた。

きっと、ずっと我慢していたのだ。

それを知ると、環はあの日に迎えに行ったことを後悔した。もっともっと、早く迎えに行けば良かった。

「佳恵、そのくらいにしておきなさい」

ひまりが佳恵を制止する。

「嫌！　この人、このくらいじゃ絶対わからないから。私、子どものころに何度も頼んだけど、変わってくれなかった。私のこと、いつも邪魔にしていた。今だってお金がなかったら、私のところになんて来なかった。もう嫌なの。私を自由にして。私の前から、永遠に消えて！」

佳恵は全身で叫んでいた。今まで、佳恵のどこにこんな言葉が隠れていたのかと驚くくらい叫んでいた。

まさかここまで抵抗されるとは思っていなかったのか、佳恵の父親はがっくりと肩を落とす。

「佳恵、言いすぎ」

だが、ひまりの静止に、うなだれていた父親がパッと表情を明るくした。

「そうだ、俺は親なんだぞ」

「アンタは関係ない」

容赦なく、ひまりは佳恵の父親を切って捨てる。うるさいから黙ってて、と追い打ちをかけるのも忘れない。

「言っても無駄な人に、何を言っても響かないの。言うのはいいけど、自分が壊れるほど言わなくていいの」

興奮状態の佳恵は、目に涙を浮かべている。

だが完全に冷静さを失ったわけでもなかったらしい。

「それって……ひまりさん自身のこと？」

「うん、まあ……どうだろう……。偉そうなことを言っても、私も全部はわからない。家を出たことに関しては、今でも間違っていたとは思っていないけど」

「私も間違いたくない。どうすれば間違わずに済むの？　だって、死んでお金だけ遺（のこ）されても、どうしていいのかわからない。ね、環さん、どうして？　私、ずっとこの人と一緒にいるの、嫌だったのに！」

佳恵の、どうして？　の答えは、環も持ち合わせていない。答えてあげられない。

「きっと、同じ間違いをしたくなかったんじゃないかな」

ひまりが優しい目をしていた。この家に来たころは、シニカルな表情をしていたひまりが、春の日差しのような温かな笑みを浮かべていた。

「あの人……母さんは、不器用だったんだと思う。理想が高すぎて、その理想を下げることができなくて。でもどこかで、自分の不器用さ、正しさに縛（しば）られていることを自覚したんだと思う。だから、もし佳恵を迎えに行ったとしても、また私や姉さんと同じ失敗……佳恵が家を飛び出すようなことになったらって、考えたんじゃないかな」

佳恵がよくわからないという風に首をかしげている。

「遺産の内容を思い出しなさいよ」

「リネンの世話？」

「もちろんそれもあるけど、それが最重要ではなかったはず。誰にも懐かない猫なら、面倒を見るのは誰でもいいってことでもあるし。それでも佳恵にリネンを預けた」

「……私が猫を好きだって思い込んでいるお祖母ちゃんの誤解じゃなかったの？」

「うん、きっと……佳恵を一番自由にさせてあげられる方法を考えていたんだと思う」

「私を自由に？」

「あの人なりに、というオマケはつくけどね。他にもっと、良い方法はあったと思うから」

佳恵にはひまりの言葉をすべて理解するのは難しいようだ。だが、ひまりは自分の中で答えを見つけたらしい。

「それよりコレを先に解決しましょう。終わったら、私もみんなに話したいことがあるから」

コレ、と言ったひまりの親指は、佳恵の父親に向いていた。

「話したいこと？」

「その前に――利沙子さんも佳恵のお父さん押さえて」

利沙子とひまりが、同時に佳恵の父親の腕を左右からつかんだ。

「な、何をする！　離せ！」

大人二人につかまれた佳恵の父親は、逃げようと身体を揺する。だが利沙子もひまりも、がっちりとその腕をつかんでいた。

「佳恵、玄関の鍵かけて。環さん、私のスマホがそこにあるから電話して」

佳恵を病室から追い出したとき、環は佳恵の父親が来たら借金取りに連絡しようとひまりに伝えていた。受験前に余計なことを考えさせたくなかったからだ。

「引き取りに来てもらうためにね」

環が連絡する先は、佳恵の父親が借金をしている金融機関だ。もちろん、あまりお行儀のいい会社ではない。

前回、佳恵の父親と入れ替わるように来た彼らの連絡先を、環は訊ねておいた。また姿を見せたときは、こちらから連絡する、と。

もちろんこれが、時間稼ぎにしかならないことはわかっている。だがそれで良い。

これこそが、雅子の遺志だったのだから。

佳恵の父親を追いかけていたのか、借金取りは比較的近くにいたらしく、電話をすると十分ほどでやってきた。

見るからに強面の男性二人に佳恵の父親を引き渡す。だが、すぐには帰らず、これまた中に入ろうとしてきた。

「お約束通り、この男性はそちらの好きにして構いませんので、お引き取り願います」

環が穏やかに伝えても、相手の表情はピクリとも動かない。タイプは違えど、佳恵の父親と似た世界にいる人たちだった。

「子どもが遺産を相続するって話を聞いたよ？」

「そのことと、そちらの方の借金返済とは、一切関係がありません」

「そうは言うけど、親子でしょ。親の借金は子どもが返すものでしょ。家族なんだから、助け合わないと」

「そんな法律は聞いたことがありません。なんでしたら今すぐ、弁護士の先生をお呼びいたしましょうか？」

「ああ？」

相手は凄んでみせる。怖いと思ったが、環も引くわけにはいかない。今は佳恵を守らなければならない。環は恐怖を隠して相手を睨んだ。

「アンタに睨まれたって、少しも怖くないんだよ。それに、そっちがその気なら、こっちだって考えがあるんだけど。親が死ねば子どもが相続するって話はよくあるだろうけど、たまに、子どもが先に死んで、親が相続するってケースもあるわけよ。ね、お嬢ちゃんの身に何かあれば、親父(おやじ)が相続するってことでいいんだよね？」

「これ以上お帰りにならないというなら、弁護士ではなく警察に連絡しましょうか？」

「民事不介入って言葉、知らない？　警察は個人の借金のことまでは立ち入らないよ？」

「借金問題ではそうかもしれませんが、不法侵入や恐喝(きょうかつ)なら来ていただけると思います」

付け焼刃(やきば)の知識で、環はどこまで対応できるか不安だった。もちろんひまりも近くにいるが、佳恵から離れずにいてもらっている。

「あのさー」

一歩下がった場所から、利沙子の声がした。

「この子のお祖母ちゃん、用意周到に準備していたんだよね。そんな父親がいることはもちろん知っていて。だから相続したところで、きっと父親が簡単にお金を動かせないようになっているよ」

佳恵の父親を押さえていた男たちが、互いに顔を見合わせていた。

「そもそも、子どもに親の借金の返済義務がないことくらい、知ってるでしょ。それでも強引に取り立てるなら、それ相応のことをさせてもらうしかないけど。ね？　環さん」

「え、ええ……」

ひまりも応戦する。

「そうね。私たちができるのは、借金をした本人を引き渡すだけで、それから先は知らないから。ついでに言うと、今のやり取り、全部録画をしているから、今後この子に何かするつもりなら、本気で警察呼ぶからね」

「――録画？」

男たちが玄関をキョロキョロ見回している。

あるのは陶器製の傘立てと下駄箱、その上には木彫りの置物、花が活けてある花瓶（かびん）があるが、カメラらしきものは見当たらない。

「別に隠してなんかいないけど」

ひまりの視線の方向を見ると、花瓶の横にスマホが立てかけてある。

「今って、あるのが当たり前だから、視界に入っていても気にしないのね。で、どうするの？」

ひまりが睨みながら、一歩、男たちに近づく。ただ、佳恵には指一本触れさせないとばかりに、後ろ手にかばっていた。

男たちがわずかだが後ろに足を引いた。

環は頼りになる家族とともに、「お引き取りください」と言った。

五

佳恵が初めてこの家に来たときに、ひまりたちと顔を合わせた応接室に皆が集まった。テーブルの上には、食べきれないほどの料理が並んでいる。いつもの食事は、台所とつながっているダイニングを使っているが、今日はお祝いだからとこの部屋にした。

部屋の隅にはリネンもいる。佳恵の方に近づいてくることはないが、出ていこうとする様子もなかった。

「他にもリフォームした部屋はあるけど、ここは窓も天井も壁も床も、フルリフォームして洋室にしたのよね」

「利沙子さん、詳しいですね」

佳恵が興味をそそられた表情をしていた。

「そりゃ、私にとっては生まれた家だもの。人を招くのに豪華な部屋が欲しいって……まだ私の母親が元気だったころのことだけど」

「こんなお屋敷に住んでいたなんて、利沙子さん、お嬢様みたいですね」

「あら、私はお嬢様よ？」

利沙子がくるりと回ると、スカートが風に揺られて広がった。

「過去のお嬢様、そんなところでポーズ取ってないで、さっさと料理を運んで。佳恵も。あ、環さんは休んでいて」

ひまりは取り皿を運んでいた。

「大丈夫ですよ。今日のお料理はほとんどデリバリーですし、佳恵さんが頑張ってくれましたから。それに主役は佳恵さんです。私がこんなところでのんびりしているのも……」

「若いんだから、動けばいいの。これまでずっと、環さんは家のことをしてくれたんだから、環さんは座ってて。感謝祭って意味も含めて」

「でも今日は、佳恵さんのお誕生日と合格祝いですよ」

「一度にいろいろ祝っても良いじゃない」

「幸太郎ってば仕切り屋ね——って、やっぱりその格好に幸太郎は違和感しかない」

「だったら、ひまりと呼んで」

「それもねえ……私の中では幸太郎なのよ。別にスカート穿いててもいいけど、今さらひまりって、違う人みたいにしか思えない」

「そんなもの？」

「そんなもんよ」

「だったら、母さんが受け入れられなかったのは仕方がないのかな……」

「さあね。単純に、許せなかっただけじゃない？」

「少しはフォローしようって気持ちはないわけ？」

「ない。死んだ人が何を考えていたかなんて、わかるわけないし」

「ああ……」

「バカだから、考えてもわからないの。言われる前に言っておく」

台所の方へ行ったひまりと利沙子は廊下でも言い合っている。にぎやかな声がしていた。


『佳恵の十八歳の誕生日を全員で祝うこと』


遺言書はもう一枚あった。付言事項が記載されたそれは、今回の相続とは直接関係がないため、環はあえて公開せずにいた。

当初の予定では、すべての問題が解決したあと、佳恵の誕生日パーティーを行うはずだった。

利沙子の相続問題はあと一人残っている。そしてひまりの件は、まだすべて終わったわけではない。

佳恵の父親が金融会社に連れていかれたあと、ひまりはみんなの前で、十八歳で家出するときに、指輪を盗んで売ったことを告白した。共同生活を始めてから、その指輪を買い戻せないかと捜したけれど、見つけることはできなかった。だから、偽物の指輪を用意した、と。

遺言書の話を聞いたとき、ひまりはあるはずのない、あの指輪を遺すと書かれているとは思ってもいなかった。指輪がないことは、母親が一番わかっていたはず。そもそも、何を遺すと書かれていたとしても放棄するつもりで家に来た。自分はもう、もらっている。あとは、スムーズに相続を終わらせたかった。警察に届けられなかっただけで、感謝しないとね。だから——これで終わり。

寂しそうな顔で、ひまりはそう言った。

そこにはきっと、自業自得(じごうじとく)とはいえ、死ぬまで雅子に認められなかった悲しさがあったのだろう、と環は思っている。

「これでラストでーす！」

佳恵がケーキを持ってきた。利沙子とひまりが、グラスや飲み物を手に、あとに続く。

未成年の佳恵にはジュース、利沙子とひまりにはシャンパンが注(つ)がれる。環も佳恵と同じジュースにしておいた。

「じゃあ環さん、何か一言」

「環さん。挨拶は短くね。客のジジイなんか、やたらと乾杯前の話が長くて、シャンパンの泡(あわ)が消えたこともあったから」

長くも何も、そもそも環には話すことなどない。

「私は特に……あ！　そういえば、私の体調面でいろいろご面倒を……」

環が謝罪をしようと話し始めると、ひまりが遮った。

「それは十分聞いたから。食べ始めましょう」

——ピンポーン。

来客を告げるチャイムが鳴る。

部屋の中の空気が一瞬で冷える。各々顔を見合わせながら、ひまりがイスから腰を浮かせた。

「私が行くわ。利沙子さんも来て」

「なんで私まで？　幸太郎一人でいいじゃない」

「万が一、またバカ男が来たら利沙子さんが追い返すんでしょ」

「……ハイハイ」

利沙子は渋々ながら、ひまりと玄関へ行った。

残された佳恵と環の間に緊張感が漂う。

利沙子の元カレならまだいいが、佳恵の父親だったら。それとも、父親を連れていった借金取りが、再び佳恵に払えと迫ってきたら。

考えると、環の鼓動が早くなる。

意外にも二人はすぐに戻ってきた。

「どなただったんですか？」

利沙子がA四サイズの封筒をヒラヒラ振っていた。

「郵便局。書留だったから、印鑑が必要でチャイム鳴らしただけだった。で、コレ。岩田からの書類だと思う。この前、お金を払うことで決着したから」

「じゃあ私、ハサミ持ってきますね」

佳恵が部屋を出ていこうとすると、利沙子が止めた。

「いらない」

利沙子は手で封筒を破り始めた。

止める間もなく封筒を開けた利沙子は、中から紙を取り出す。封筒はギザギザになったが、幸い、中に入っていた紙に破れたところはなさそうだった。

「どうでした？」

白い歯を見せて笑った利沙子が、じゃーん、と効果音付きで用紙を環の方へ向けた。

「十六名、全員終了！　他の人たちからの実印ももらったし、これで相続手続き完了へ向けてのお祝いも加えられる」

「え、でも……」

戸惑った様子の佳恵が、ひまりの方を向いた。利沙子は相続の手続きを終えたら、この家の売却に進むのだろう。すでにいくつか、不動産会社に声をかけているらしい。

「佳恵。私のことは気にしないで」

「でも指輪は、大切な思い出ですよね？」

否定しないひまりは、曖昧（あいまい）な様子で「まあ……」と、言葉を濁（にご）す。

環は心の中で呼びかける。


――雅子さん、今ですか？


そのとき、環の問いかけに応（こた）えるように、部屋の隅にいるリネンが小さく鳴いた。

環はスカートのポケットから、小さな箱を取り出してテーブルの上に置く。蓋（ふた）を開けると、中にはキラキラと輝く指輪が入っていた。

「書類上の手続きはまだ残っていますが、相続はこれですべて完了しますね」

「環さん、いくら偽物だからって、なんでポケットに指輪なんて入れてんの」

乾杯前のはずだが、利沙子はすでに酔った様子で笑っている。箱を手にすると指輪を取り出し、ジャジャジャジャジャーンと、結婚式の定番ソングを口ずさみながら、佳恵の左手の薬指にはめた。

佳恵は「重ーい」と、左手を目の高さまで持ち上げる。

「普段着けるには、大きいですね。本物なら値段が気になって、私なんか指にはめることもできないと思いますけど」

「それは本物です」

「もう、環さんったら冗談言っちゃって」

「いえ、本物です」

「本物は見つからなかったんですよー」

受験に合格したからか、それともこの生活が終わる寂しさを胡麻化すためか、佳恵のテンションが高い。利沙子が横から手を伸ばして佳恵から指輪を奪い、自分の指にはめる。

「……その箱」

そうつぶやいたひまりだけが、顔をこわばらせていた。

ひまりが利沙子の指から、指輪を抜き取る。

「どうして……？」

「ちょっと、痛いじゃない！」

「……本物」

「は？　幸太郎まで、環さんの冗談に付き合……あれ？　前の指輪とは、プラチナのリングのところの傷が違うような……」

「そりゃそうよ。この前の指輪は新品のプラチナリングを使ったもの。でもこれには、いくつも傷がある」

「しかも、石も違うような……気のせいかもしれないけど……」

今度は利沙子がひまりから指輪を奪い取った。

「ですから、その指輪は本物のダイヤモンドです。遺言書に添付されていた鑑定書の石になります」

ひまりの顔がどんどんこわばっていく。まるで幽霊でも見たかのように、信じられないと言わんばかりの表情をしていた。

「どうして……？　だってこれは、私が東京の質屋に売って……まさか！」

どうやら正解にたどり着いたらしい。

「はい。指輪を売った日、ひまりさんと別れた直後に麻美さんが雅子さんに連絡してきたそうです。このままにしても良いのか、と。雅子さんはすぐに質屋に連絡を入れて、翌日には買い戻すために上京したと言っていました」

「お祖母ちゃんにとって、とても大切な指輪だったんですね」

しみじみと、佳恵が利沙子の指にあるダイヤモンドを見ている。環は首を横に振った。

「いいえ、雅子さんが言うには、もともと自分で買った物でもなく、この家にあった物で、指輪そのものに思い入れはないそうです。それどころか、大きすぎて身に着けると気を遣い、これを着けて外出したことは、一度もなかったそうです。確かに、私たちが出席した結婚式でも、雅子さんはこのダイヤの指輪は着けていませんでした。これだけ大きなダイヤなら、指にあれば目立ちますからね」

「じゃあ、どうして私にこれを？」

「ばっかねえ。そんなこともわからないの？　幸太郎に遺したかったからに決まってるでしょ。アンタ、心当たりあるんじゃない？」

ひまりは黙っていた。

環もその思い出については、雅子から聞いていない。買い戻したということを聞いたときも、雅子は詳しくは語らなかった。

環は利沙子から指輪を買い戻した雅子さんからもらい、ケースに収めて、ひまりに手渡した。

「指輪を買い戻した雅子さんは、最初は前と同じように押し入れの天井の板を外して隠していたらしいのですが、遺言書を書かれたときに、私に預かっておいて欲しいとおっしゃいました。だけど、隠し場所に困ったんです。部屋を捜されたら見つかってしまう。だからといって貸金庫などにお願いしたとしても、もしも私の身に何かあった場合、見つけられなければ困る。だったら常に私が身に着けていれば良いのではないか、と。普段はもっと小さな箱に入れて、ポケットに入れていました」

利沙子が叫んだ。

「それはさすがに、危険すぎるでしょー！　天井裏もどうかと思うけど」

「金庫は、そこに貴重品があることを教えているみたいで、かえって物騒だと雅子さんがおっしゃっていました」

「確かにそういう一面もあるけど！」

「私が持ち歩いていたのもそれに近いですね。まさかスカートのポケットに、一千万円以上もするダイヤモンドがあるとは、どなたも思いませんでしたよね？」

ひまりも利沙子も佳恵も同時にうなずく。「それで環さんのスカートのポケット、いつも膨れていたんですね……」と佳恵がつぶやいた。

「雅子さんは、完璧な人ではありませんでした。その証拠に、生前に解決する方法を見つけられませんでしたから。ただ、この指輪はひまりさんに遺したい。その意味を、きっとひまりさんはご存じだから、とおっしゃっていました」

「バ……ッカ……じゃないの？　回りくどいし、わかりにくいし。どうせあの人のことだから、盗ったことの責任を取れとか言って、私が白状するまでダイヤを出しちゃダメとか言っていたんでしょ」

ひまりの目から涙が溢れる。だがこのときばかりは利沙子も茶化さない。佳恵がそっと、ティッシュを渡していた。

「さすが親子ですね」

環は苦笑した。まさにその通りだったからだ。

許したい。そして話せない関係を作ってしまったのは自分の責任だ。だけど、盗んだことは反省して欲しい。

そう言った雅子は、まさにひまりが言った通りの言葉を遺していた。

これですべてそろった。もう、この家にいられる時間は終わりに近づいている。

「さて、のんびりしていると、食事の時間がなくなりますね。二時間後に弁護士さんがいらっしゃる予定ですから」

「なんで弁護士？　もしかして、このあいだの借金取りのことで相談でもするの？」

待ちきれなかったのか、もう利沙子がシャンパンのグラスに口を付けている。いや、すでに二杯目だ。

「いいえ、あの人たちが来る前からお約束をして――そういえば、利沙子さん。借金取りの人たちに、佳恵さんが相続しても簡単にお金を動かせないようになっている、とおっしゃっていましたけど、そんなことが可能なんですか？」

「私が知るわけないでしょ」

「え？」

ひまりが笑っている。

「出まかせでしょ。私も最初は驚いたけど、それ相応のことをさせてもらうしかないけど、と聞いたとき、出まかせと気づいたわ。言い方が全部、曖昧だったから。だから私も乗ったの」

「まさか、ひまりさんも出まかせだったんですか？」

「まあね。借金取りへ電話したときにスマホを下駄箱の上に置きっぱなしにしていたから、それを……」

「あっきれたあ、幸太郎だって、私と似たようなことしていたんじゃない」

「一緒にされるのは、なんか嫌……」

ひまりは不満そうに口を曲げていたが、本気で不機嫌ではなさそうだ。

「弁護士の先生には、今までも相談はしていましたが、最終的なチェックや申請のことなど、不備がないように行いたいと思いますので、ここからは専門家とともに進めたいと思います」

「だったら最初から全部頼めばいいのに」

「誰かさんの取り分が減るのを心配してくれたんじゃないの？　弁護士に頼めば費用がかかるから」

不満を口にする利沙子に、まだ涙が乾かないひまりがツッコんだ。

「それもありますが……これも雅子さんの遺志でもありました。あまり、順調に進みすぎても、佳恵さんにとって後々面倒になるかもしれないから、と」

「私、ですか？」

「はい。今日は十八歳のお誕生日ですよね？　今日から晴れて大人です」

「じゃ、佳恵にもシャンパン飲ませて良いの？」

利沙子が持っていたグラスを佳恵の方に向ける。

「いえ、お酒とたばこは二十歳からです。ですが十八歳は成人です。大人になれば、保護者の同意が必要なくなります。それはつまり……親から独立できるということです」

背もたれに身体をあずけたひまりが天井を見上げた。

「ここで一緒に生活したのは、あの親父から佳恵を守ってあげろということだったのよね」

「ええ。もちろん、成人したからといって、親子の縁が切れるわけではありません。追いかけてくる可能性もあります。でも……今までよりは自由になれるはずです。そのために、できる限りのことをするつもりです」

――佳恵が十八歳になるまで一緒にいて、守ってあげて。そして自由にさせてあげて。

それが、雅子の最後の望みだ。結果的に、それが今日、すべて叶った。

「私は、雅子さんから大切な物をもらいました。もらいすぎました。どうやっても返すことはできません。でもこれで、少し……ほんの少しだけ、返せたような気がします」

環がこれ以上、雅子のためにできることはないだろう。

佳恵のこれからは、ひまりと、利沙子も少しは力になってくれるはずだ。何より、佳恵自身がこれから、もっと力をつけていく。流されるしかできなかった佳恵も、自分の意思で歩いていけるはずだ。

「乾杯、しましょうか？」

「環さん、何一人で終わった気になっているの。終わらせたりなんかしないから」

まだグラスに口を付けていないはずのひまりが早口で言った。

「……何のことですか？」

「環さんの病気。まずはもっと良い治療法がないか、医師と相談して、他の治療方を探すの。お金が必要なら、それこそ私の指輪を売ればいいし」

「ダメです！」

「どうして？」

「だってあれは、ひまりさんと雅子さんの大切な指輪……」

「そう、私の物。だから私の好きにしていい。母さんも環さんの治療費に使われるなら、喜ぶと思うし。で、最終的には再移植も視野に入れましょう。前に言った通り、私の腎臓使って」

「親族以外は無理と言ったはずです」

「そうね。でも養子縁組すれば、可能なんじゃない？　いろいろ厳しく審査されるだろうから、一つずつクリアしていかないとだけど、環さんが次に移植が必要になるときまでに間に合わせればいいんでしょ」

佳恵が突然立ち上がって、環のそばにやってくる。ギュッと両手を握られた。

「私も環さんの子どもになります」

「えっと……確かドナーは二十歳以上だった気が……」

「二年後には二十歳です。環さん、今すぐ移植が必要なわけではないですよね？」

「ええ……まあ……」

「だったら大丈夫です！」

ひまりと佳恵の迫力に押された環は、助けを求めるように利沙子を見る。

利沙子が、えー、と言いながら、眉間にシワを寄せた。

「私は別に、いいかなあ……」

「大丈夫、利沙子さんには期待していない」

ひまりがバッサリと切り捨てると、利沙子は「仲間外れも嫌かも」と騒ぎ始める。

利沙子の声が耳障りだったのか、部屋の隅で寝ていたリネンが、突然起き上がった。

ふぅーっと、威嚇するような声を利沙子の方へ向けている。

佳恵がリネンに近づく。

「ゴメンね。ビックリした？」

佳恵が手を伸ばすと、リネンは大人しく抱かれた。佳恵はリネンの身体に、顔を寄せた。

「環さん、お祖母ちゃんから、リネンの名前の理由を聞いていますか？」

「いえ……」

「そうですか」

佳恵は心なしか、しょんぼりしているように見える。だが環には理由はわからない。

ひまりがリネンの背中を撫でる。

「佳恵が想像していた通りじゃない？」

「……ひまりさんも気づいていましたか？」

「きっと、そうなんじゃないか、ってことくらいはね」

佳恵もひまりも、具体的なことは言わない。だが環は、二人が何を言いたいのかはわかっていた。

リネンは植物の麻の一種だ。亡くした娘の名前——麻美から一文字取って、猫に付けたのではないかということだ。雅子から聞いたわけではないが、きっとそうだと環も思っていた。

「ちょっと、何のこと？　何の話をしてるの？」

利沙子が再び、仲間外れにしないでと騒ぐ。それを見て、ひまりも佳恵も笑う。

初めて顔を合わせた日のことが嘘のようだ。室内はにぎやかな会話で溢れている。リネンも同じ部屋にいて、今は皆が笑顔だった。

佳恵がリネンの耳元でささやいた。

「みんなに、生きていて欲しかったな……」

エピローグ

桜前線が日本列島を北上し、すっかり春の陽気になった四月初め。新潟の桜のつぼみはまだ固かったが、日ごとに暖かさを増していた。

庭には、佳恵、利沙子、ひまり、環の四人が集まっている。

ひまりが、恨みがましい目で家を見上げていた。

「相続手続きに手間取っていたのに、売却するときは爆速なのね。私、もう少し部屋探しに時間をかけられると思っていたんだけど」

「幸太郎はこだわりが多いの。バストイレは別とか、駐車場は敷地内じゃないと嫌とか」

「一泊、二泊のビジネスホテルじゃないんだから、トイレとお風呂は別に決まっているでしょ。それにこっちにいるなら、車は必須だし」

「家賃にもこだわるからでしょ。お金あるのに」

「利沙子さんは、収入の範囲内で生活することを学習して。じゃないと、せっかく清算しても、また借金することになるから」

「わかってる。だから今度は仕事するし、環さんと同じアパートにした」

「それはそれで、環さんが気の毒なんだけど……」

縁側に座っていた環が微苦笑を浮かべていた。

「いいんですよ。私も、もしもというときは、近くに知り合いがいてくれると安心ですし。最近は調子が良いので、そういうことはなさそうですけど」

薬を変えたら、環の体調もかなり改善した。それでも、いつまで今の状態でいられるかはわからない。

「三人で一緒に住もうって言ったら、幸太郎が嫌がったんでしょ」

「嫌に決まっているでしょ。家は落ち着くための場所なの。私はただ、もう少し引っ越し先を吟味（ぎんみ）したかっただけ」

「あと十日はいられるんだから、感謝してよ。思ったより高値で買い取ってくれる業者があったんだもの。売らないわけにはいかないでしょ」

利沙子が相続した土地家屋は、学生向けの小さなマンションを建てる業者が買うことになった。来春には入居が開始できるようにと、近々家を取り壊し、建設が始まる。

「利沙子さんにとっては、生家でしょ？　寂（さび）しいとか名残惜（なごりお）しいとか思わないの？」

「ベーつに。家なんて、いつか壊れるものでしょ？　私には固定資産税を払い続けるのは無理だし」

あっけらかんと言う利沙子に、ひまりが小さなため息をついた。

「……意外とまともなことを言うバカね」

三脚の前にいる佳恵は、眉間(みけん)にシワを寄せて、カメラの角度を調節していた。

「女子高生は、撮影のプロじゃないの？」

ひまりが近づくと、佳恵はカメラから顔をあげ、代わってと頼んだ。

「いつも自撮りなので、三脚使ったことないんです。それにもう、高校生ではありません」

「そうね、大学生ね。引っ越したら、近所の写真送ってよ」

佳恵が何か訴えるように、ひまりを見ている。捨て猫みたいな目をしていた。

「不安？」

ためらう様子もなく、佳恵は首を縦に振った。

「素直ね。でも、やれることはやったはず。分籍もしたし、役所に居場所を教えないように手続きもした。もちろん、完璧(かんぺき)とは言えないかもしれないけど、何かあれば私たちも駆けつけるから」

「それは、そうなんですけど……私だけ、離れるから」

ひまりたちは、世帯はバラバラになるが、同じ市内に住む。だが、佳恵は県外へ行く。合格した第一志望の大学に通うためでもあるし、父親から離れるために、これまで縁のなかった土地で生活してみようと思った。

しかし、引っ越しが近づいてくると、皆と離れることを実感した。会いたいと思っても、すぐには帰ってこられない。

肩を落とす佳恵は『寂しい』を身体中から発していた。

「大学生で一人暮らしを始めることなんて、珍しいことじゃないし、佳恵がここで暮らしていたのはたった半年ちょっとじゃない。それまではほとんど一人で暮らしていたようなものでしょ。大丈夫」

「うん……」

「とりあえず、大学の勉強頑張りなさい。必死になったら、寂しいなんて思う暇もなくなるから。それにリネンもいるでしょ」

庭のあちこちをスマホで撮影していた利沙子が、不思議そうに言った。

「あの不愛想な猫がいてもねえ。それに勉強したら寂しくなるって、意味わかんない。ってか、なんで弁護士?」

「弁護士じゃなくて、法学部です。法律勉強したからって、全員が弁護士になるわけじゃないですよ。ただ、法律の知識があったら、自分の身を守れるかなあ……って」

「それだけ?」

「まあ……今のところ興味を持てたのが法律だったから」

「えー、やっぱりわかんない。そういう面倒なことは、専門家に任せればいいのに」

利沙子さんにはわからないよね、とひまりが茶化す。

「利沙子さんだって、お酒売り場で働くんでしょ？」

「とりあえずパートでね。別に興味あるってほどじゃないけど、一番自分に馴染みがあったから」

なるほど、と利沙子を除く三人がうなずく。

「さて、引っ越しの準備も終わっていないし、写真撮影しちゃいましょ」

ひまりが一人一人に立ち位置を指示する。縁側に腰をかけた環の横は佳恵。その両隣にひまりと利沙子が立つ。

「あと五秒！」
五、四、三……カウントダウンが始まったとき、佳恵が「……あっ！」と、大きな声を出した。
「何？」

「リネンも一緒に！」

――パシャ。

慌てた佳恵は背中を向け、利沙子は目をつむっている。カメラを止めようとしたひまりは前に飛び出し、きちんとレンズの方を向いていたのは環だけだった。その近くに、暖かな日差しを浴びて寝ているリネンがいたことは、画像を確認したときに気がついた。

この作品は書下ろしです。

本書を刊行するにあたって、長谷川裕雅弁護士に監修していただきました。

本書はノンフィクションであり、登場する人物、および団体名は、実在するものといっさい関係ありません。

相続人はいっしょに暮らしてください

一〇〇字書評

切・り・取・り・線

購買動機（新聞、雑誌名を記入するか、あるいは○をつけてください）

- □（　　　　　　　　　　）の広告を見て
- □（　　　　　　　　　　）の書評を見て
- □ 知人のすすめで
- □ タイトルに惹かれて
- □ カバーが良かったから
- □ 内容が面白そうだから
- □ 好きな作家だから
- □ 好きな分野の本だから

・最近、最も感銘を受けた作品名をお書き下さい

・あなたのお好きな作家名をお書き下さい

・その他、ご要望がありましたらお書き下さい

住所	〒				
氏名		職業		年齢	
Eメール	※携帯には配信できません	新刊情報等のメール配信を 希望する・しない			

この本の感想を、編集部までお寄せいただけたらありがたく存じます。今後の企画の参考にさせていただきます。Eメールでも結構です。

いただいた「一〇〇字書評」は、新聞・雑誌等に紹介させていただくことがあります。その場合はお礼として特製図書カードを差し上げます。

前ページの原稿用紙に書評をお書きの上、切り取り、左記までお送り下さい。宛先の住所は不要です。

なお、ご記入いただいたお名前、ご住所等は、書評紹介の事前了解、謝礼のお届けのためだけに利用し、そのほかの目的のために利用することはありません。

〒一〇一－八七〇一
祥伝社文庫編集長　清水寿明
電話　〇三（三二六五）二〇八〇

祥伝社ホームページの「ブックレビュー」からも、書き込めます。
www.shodensha.co.jp/bookreview

祥伝社文庫

相続人(そうぞくにん)はいっしょに暮(く)らしてください

令和 4 年10月20日　初版第 1 刷発行

著　者　桜井美奈(さくらいみな)

発行者　辻　浩明

発行所　祥伝社(しょうでんしゃ)

東京都千代田区神田神保町 3-3
〒101-8701
電話　03（3265）2081（販売部）
電話　03（3265）2080（編集部）
電話　03（3265）3622（業務部）
www.shodensha.co.jp

印刷所　萩原印刷
製本所　ナショナル製本
カバーフォーマットデザイン　芥 陽子

Printed in Japan ©2022, Mina Sakurai　ISBN978-4-396-34844-1 C0193